# 画 马
HUA MA

赵宏兴◎著

时代出版传媒股份有限公司
安徽文艺出版社

## 图书在版编目（CIP）数据

画马 / 赵宏兴著. -- 合肥：安徽文艺出版社，2025.3. -- ISBN 978-7-5396-8154-2

Ⅰ. I247.7

中国国家版本馆CIP数据核字第2024ES7388号

出 版 人：姚 巍
责任编辑：汪爱武　　　　　　　　　　装帧设计：张诚鑫

出版发行：安徽文艺出版社　　www.awpub.com
地　　址：合肥市翡翠路1118号　邮政编码：230071
营 销 部：(0551)63533889
印　　制：安徽新华印刷股份有限公司　(0551)65859551

开本：880×1230　1/32　印张：9　字数：202千字
版次：2025年3月第1版
印次：2025年3月第1次印刷
定价：59.00元(精装)

(如发现印装质量问题，影响阅读，请与出版社联系调换)

版权所有，侵权必究

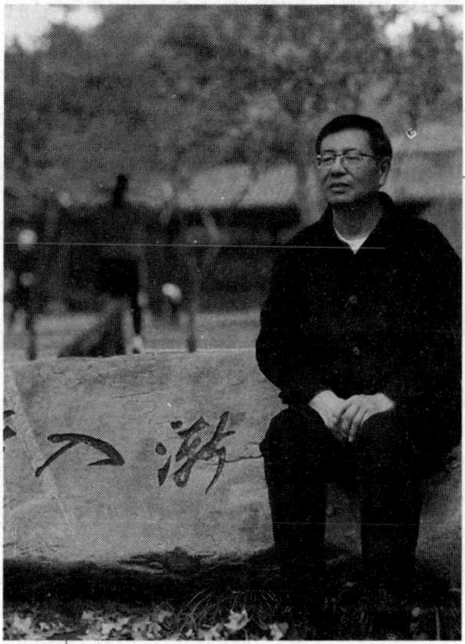

赵宏兴，《清明》主编，一级作家，中国作家协会会员。出版有：长篇小说《父亲和他的兄弟》《隐秘的岁月》，中短篇小说集《头顶三尺》《被捆绑的人》，诗集、散文集《刃的叙说》《身体周围的光》《岸边与案边》《窗间人独立》《黑夜中的美人》《梦境与叙事》等，主编有多部文学作品集。于《收获》《人民文学》《大家》《十月》《长江文艺》等杂志发表作品数百万字，有作品多次被《小说月报》《小说选刊》、各种年度精选选载。曾获冰心散文奖、《芳草》文学奖、梁斌小说奖、安徽省社科奖等多种奖项。

# 目 录

## 短篇小说

| | |
|---|---|
| 被捆绑的人 | / 003 |
| 画马 | / 022 |
| 来自古代的爱情 | / 041 |
| 平行线 | / 060 |
| 耳光 | / 075 |
| 念兹在兹 | / 094 |
| 烂眼睛 | / 111 |

## 中篇小说

头顶三尺　　　　　　／ 125
父亲的土地　　　　　／ 171
伙牛　　　　　　　　／ 209
欲望初绽的夏天　　　／ 248

后记：一个写小说的人　／ 276

## 短篇小说

# 被捆绑的人

## 1

最近,刘正东老是梦见自己被绳子捆绑着,他越是用力挣扎,绳子捆绑得越紧,直到他大汗淋漓地从梦中醒来。新的一天开始了,刘正东又回到正常的生活状态。

早晨,太阳出来了。妹妹先是把那张缠满了布条子的破竹椅搬到屋外,选一片阳光充足的地方放下,再回到低矮的屋内。哥哥刘正东正从一方窄小的窗口朝外看,墙壁是土垒的,窗子是当初垒墙时用锹挖出来的。窗外有几棵槐树,阳光从秋天茂盛的枝头上漏下来,洒在地面上,可以嗅到土地里散发出来的秋天的气味。

"哥,起来吧,椅子放好了。"妹妹来到刘正东的床前,喊道。父母一早就下地了,现在家里只剩下她和刘正东。

刘正东用双手把自己软管子一样的双腿挪到床边,然后拿来木制的双拐,架起身子。虽然他瘦了许多,但是从高大的身材上,仍可以看到他过去生龙活虎的影子。妹妹赶忙上前用双手搀扶住他的双臂,这时,她从空大的袖筒里,抚摸到刘正东两条瘦弱的胳膊。她说:"哥,你又瘦了。"刘正东轻轻地笑着说:"可我又没少吃。"刘正东调整了一下身子,他一走动,双腿就像两条软管子在地上拖着。妹妹把刘正东搀到竹椅子上,让他坐下来,竹椅子发出一阵承重后的嘎吱声,然后平静下来。刘正东坐下来后,妹妹又把一条破旧的毛巾叠成长条,搭在他的双腿上。安顿好哥哥,妹妹回屋拿了筐,要下地去。

刘正东叫住了她,说:"妹,你把昨天晒的棉桃拿来,我上午摘摘。"

妹妹又进屋,把一筐棉桃端来,放到他的身边。

刘正东看着妹妹挑着两只硕大的筐子,出了村头。

刘正东开始摘棉花。

好的棉花开放在地里,洁白而丰满,是名副其实的花朵。这些好棉花在地里就已被摘下了。在收回来的棉秆上,还零星地挂着一些青涩而瘦小的棉桃,需要把这些棉桃摘下来,摊开在地上晒。这些青涩的棉桃是坚硬的,经过几次大太阳的暴晒,棉桃的壳子就呈现出铁黑的颜色;再用脚踩踩,坚硬的棉桃就裂开了;再晒几个太阳,棉桃就像经过严刑拷打一样,吐出内里营养不良的棉花。刘正东用手指掰开棉桃咧开的嘴,轻轻一拽,瘦长的棉花就从黑色的壳子里被扯出来了。好棉花都要拿到市场上去卖的,这些孬棉花是留下来家里用的。

残疾了的刘正东只能做这些简单的活计,为家里减轻点负担。

半天时间,刘正东的身边已堆起一小堆黑色的棉桃壳子,筐子里盛满了一堆洁白的柔软的棉花。他有点累了,停下来,休息着。

阳光是纯净的,没有一丝杂质;地面是干爽的,还留着雨天时狗和鸡走过的杂乱的脚印,像史前化石的印迹。村外,远远近近的田地里都是绿色的庄稼,灿烂的阳光一落到上面,就会化成拔节的声音。更远处就是葫芦山头了,像一顶巨大的帽子,盖在这片平坦的土地上。天蓝得透彻,几缕白云飘浮着,丝丝缕缕的,似乎就要融化了。这时,一架飞机轰鸣着从头顶飞过,银色的机身,在无垠的天空中像飘浮着的一小块冰,很快就无影无踪了。

阳光晒在刘正东的身上,暖和和的,直达他的骨头。他觉得自己的身体就是这坚硬的棉桃,阳光用两个指尖把他内心里的棉花往外扯,慢慢的、舒适的、鲜艳的。他喜欢这种感觉,他要寻找的就是这阳光。他真想伸出手去掬上一捧阳光饮下去,把内心深处的阴影赶走,但他的双腿是软的,他迈不开步子。

刘正东在阳光下晒着晒着,思绪就飘远了。

刘正东把搭在身上的毛巾拉拉,这条毛巾还是他在矿上打工时,那次劳动竞赛,他得了第一名的奖励。

刘正东去矿上打工,是因为矿上工资高,贫困的家里亟须这笔钱来补贴生活,比如刘正东不小了,要盖房子讲亲了,母亲的风湿性关节炎要钱治病了,等等。刘正东第一次下到三百米的井下,头顶着一盏矿帽灯在那个黑咕隆咚的巷道里走着的时候,就感到很压抑,很向往地面上的阳光。但他一进入工作面,肌肉就鼓胀着,他拼命地干活,把地面上的阳光忘得一干二净。因此,每到发工资时,他领的钱是最多的。他把这些钱源源不断地汇到家里,家里贫困的生活也因为他的努力而好了起来。

悲剧是在一年后发生的。一天,刘正东和同事们在井下掘进,忽然轰的一声响,岩头发生了塌方,碎石埋住了三个人。待刘正东在医院里醒来时,他的全身缠满了绷带,而其他两个人没有抢救过来。来看他的同事都夸刘正东幸运,保住了性命,大难不死,必有后福。两个月后,刘正东出院了,可他的两条腿永远站不起来了,他瘫痪了。

中午,父母和妹妹都从地里回来了。父亲和妹妹各担着一担山芋,父亲的脸在阳光下仿佛是手工艺人的陶,一条条皱纹在他瘦削的脸上交错着;妹妹的脸在阳光下呈现青春的光泽,尽管常年劳动,皮肤有些黝黑,但阻挡不住青春的气息。母亲矮小的身子跟在后面,肩上挑着一担山芋秧子,山芋秧子在地上扯扯拉拉的,上面长着一片片手掌一样的叶子。父亲把山芋担子放下,进屋去了。母亲把山芋秧子扯下一些丢到猪圈里,一会儿就听见猪大口大口嚼食的声音。

妹妹放下担子,来到刘正东的跟前,把他摘好的棉花摊开来,在阳光下晒。

过了一会儿,母亲把饭做好了,父亲把刘正东从屋外搬进了屋里,放到桌子前坐下来。一家人边吃着饭,边说着地里的事,哪块地里的稻子如何,哪块地里的山芋如何。这些田地刘正东是了如指掌的,但他瘫痪的双腿再也不能健步如飞地踏上这些田间地头了。

吃过饭,大家又都下地去了,只留下刘正东在门前的太阳地里。

现在,刘正东又看到那几只花喜鹊飞来了,它们扇动着黑白相间的翅膀落到门前的椿树枝头上,叽叽喳喳地叫着。它们的自由欢快,使人想到天地的广阔,想到时空的无限;而眼下,刘正东却窝在这张破旧的竹椅子上。他下意识地敲打了一下自己的双腿,他悔恨往昔的岁月里睡去了太多的时间,如果现在还他健康的双腿,他会每天早晨去田野里奔跑。

第二天,仍然是晴天,金黄色的阳光似乎是一只老母鸡,有着温暖的翅膀。

父母吃过早饭下地去了,妹妹留在家里。她先把家里换下的衣服洗了,然后在门口两棵槐树上拴了一根绳子,把衣服一件件地晾上去,抻平。那些衣服张开着,长长短短、宽宽窄窄的,仿佛可以看到它们在田间里劳动的姿态、自由的姿势。

刘正东坐在破竹椅子上,看到自己的那身衣服,灰色的,腰部以下是皱巴巴的,这是他长年躺着造成的,那是他身子的缩影。

妹妹把衣服晾好后,就开始搬出板凳刨山芋。

板凳上钉着一个刨子。妹妹坐在板凳上,拿着一块硕大的山芋,弯着腰在刨子上熟练地推着,发出嚓嚓的声音。薄薄的山芋片从刀口连续地飞出来,经过短暂的距离,落到地面上。阳光照在上面,山芋片像一对对翻飞的翅膀。一筐山芋刨完了,妹妹又搬来一筐,继续刨。很快,她的面前就堆起了一个圆锥形的白色的小山。

刘正东坐在破竹椅子上,眯缝着眼睛看着妹妹干活。妹妹的几缕黑发从发夹里掉下了,在她面前晃动。妹妹的身子是柔软的,在听不见的旋律里舞动。

刘正东对妹妹说:"山芋本来是块石头,被刨子一刨就有翅膀了,一块山芋身上可以有许多翅膀哩。"刨山芋的活过去刘正东干起来也是拿手的,现在,他只能坐在破竹椅子上看了。

妹妹停下来,用手把面前的几缕黑发掖进发夹,说:"山芋怎么能有翅膀呢?"

刘正东说:"因为它被刨成山芋片了。"

妹妹说："哦,山芋片怎么是翅膀?"村子里的年轻人都出去打工了,妹妹是和他说话最多的人,细心的妹妹疏解了刘正东心里不少忧郁。

刘正东说："你想想,山芋片晒干了,就可以挑到市场上卖,它们有可能去酒厂,有可能去食品厂,它们去的地方可多了,这不就从地里飞出去了?"

妹妹直起腰来,说："哥,你真会想,我现在不刨了,它们就飞不起来了。"

刘正东说："没有翅膀的山芋,一定是痛苦的,它们只能像一块块石头堆在咱家房子的墙脚,弄不好还会烂掉,它们的生命就完了,白来世上一回。"

妹妹又刨起山芋来,说："哥,我看你可以当作家了。"

"哥也读过几本书的。"刘正东笑着说,"拿几块山芋片给我吃。"

妹妹停下来,弯腰挑了几块大而薄的山芋片递给刘正东。刘正东拿在手里,用牙一咬,山芋片脆脆的,丰满的汁液就润了出来。刘正东把几块山芋片吃了,仿佛把几只翅膀吃到肚里去了。妹妹问他还要不要了,他说再拿两块吧,咱家今年的山芋甜。妹妹就又递上了两块。

一天的时间,在大家的忙碌中很快结束了。太阳落山了,刘正东也回到屋里,坐在自己的小床上。微弱的光亮从门口照进家里,渐渐地,光亮越来越少。天黑下来了,刘正东拉亮了头顶的灯泡。

## 2

夜里,刘正东做了同样的梦,那根绳子从黑暗中慢慢爬上他的身子,他用力驱逐着。绳子被他扔出去好远了,但过一会儿,绳子又爬了过来。这样反复着,他实在是精疲力竭了。就在这时,绳子爬上了他的身体。他的身体像一个架子,绳子像藤蔓一样从双脚往上爬着,一直爬到他的双臂,然后紧紧地把刘正东捆了起来,让他动弹不得。刘正东低下头去,用牙齿狠狠地咬着脖子下面的一段绳子,他要用牙齿咬断它。绳子的断口处,渗出了鲜血来,绳子痛苦地腾挪着身体,最后,隐藏进了他的身体里。他没办法找到绳子了。

刘正东惊恐地大叫一声,醒了。

他睁开眼睛,天已大亮了,一根电灯开关的绳子悬挂在他的头顶。他愤怒地伸出手去挽住这根细长的绳子,猛一用力,绳子被拉断了,他的手掌也被勒出了一道紫色的印痕。

转天开始下雨了,雨水淅沥着,刘正东就不想起床了。

这雨一下就是数天,地面上一片泥泞。有时,小鸡们湿着羽毛,从外面进到屋里,在干燥的地面上踱着步子,印上几个浅浅的"个"字。父母还在雨中进进出出地忙碌,刘正东只能坐在屋内看着外面的雨水发呆。

雨下了几天了,到处都湿漉漉的,刘正东感到被窝里似乎也有点湿了。

这时,他感到小腿的内侧有一个肿块钻心地痒,像有无数个小蚂蚁在爬动,它们在体内寻找什么呢?他用手抓着,驱逐着,那些蚂蚁四处逃散了。凭感觉,他知道这可能是疹子犯了。

过去,每到秋雨季节刘正东都要犯一回疹子的。刘正东犯疹子一般都是请邻村的小医生来治。小医生是乡亲们对那个医生的俗称,一是因为他年龄小,高中毕业没有考上大学,就去县城卫校上了几年学,回来就开始行医了;二是因为他不能看大病,只能看一些小病。所以大家都称他为小医生。

小医生告诉刘正东,目前世界上只有止疼的药,还没有完全止痒的特效药。小医生的嘴唇上刚长了一圈毛茸茸的胡须,他认真地说着,仿佛他是一位权威。

刘正东感到疑惑,难道痒比疼难治?

小医生说,要止痒,最好的办法是用疼的办法,用药都不行。

久病成良医,现在,刘正东对疹子的情况也了如指掌了:疹子先是红肿奇痒,要不停地抓;接着就开始溃烂,要涂药膏了。但疹子产生的溃烂气味是很令人恶心的,他只能独自忍受着,直到疹子痊愈。

刘正东开始为双腿上的疹子愁眉不展。

雨天,农人闲下来了,父亲找村里的大爹来家搓绳子,以备农忙时使用。大爹把上好的稻草放到一块树根做的砧子上,父亲用一根木榔头一下一下地砸。每砸一下,大爹就把手里的稻草翻一下身。屋子里顿时就有了稻草被砸出来的青涩味道,和沉闷的砰砰声。

砸了一上午,把一捆稻草砸软了,两人坐到长条凳子上,开始搓绳子,每搓动一下,手掌都会摩擦出嚓嚓的声音。一股金黄色的稻草绳子,在屁股底下慢慢伸长,然后拖到了地上。两位老人一边搓绳子,一边絮絮叨叨地说话,话比外面的雨珠子还多。

刘正东倚在床头,看着两人快乐地搓绳子,这种劳动的快乐也感染着他,他看着看着,开始困倦起来,眯上了眼睛小憩。恍惚中,他梦见两位老人屁股下的绳子越来越长,朝床上爬过来,他惊恐地醒来,头晕眩着,长长地叹了一口气。

他让两人不要在家里搓绳子了,要不就去大爹家搓绳子。

父亲不理解刘正东的心理,他停下来,奇怪地问:"我们搓绳子有啥,怎么挡你的事了?"

刘正东心里难受,但又说不出道理,只好说:"我怕闻这草的味道。"

大爹看到愁眉不展的刘正东,招呼说:"正东伢。"

刘正东嗯了一声。大爹精瘦的脸上挂满了笑,一副慈祥的样子。他走到刘正东跟前,拍了拍他的被子说:"伢子,这腿到医院是治不好了,哪天我请菩萨来给你看看,看看菩萨可有法子。"

刘正东听了大爹的话,觉得可笑,但他没有笑。大爹在村子里被视为大仙,家里摆着菩萨的位子,他每天的功课就是对着各路神仙烧香磕头。远近的人病了,也都喜欢找大爹请请菩萨帮忙。有时有的人家猪丢了、狗跑了,也来找大爹,大爹是有求必应。请菩萨也是体力活,大爹会忙活半天,然后给出个答案。这在乡下很普遍,似乎也成了民俗。其他人请菩萨是要收费用的,大爹人好,多少年来不收一分钱,乡亲们都很感谢他。

两个人夹着一捆稻草出门去了。

夜里,刘正东做了一个梦。梦中他坐在破竹椅子上,天突然阴沉下来,接着刮起了大风,他像一只塑料袋子一样被吹起来了,他慌张地不停地划动着双臂。忽然,他飞起来了,空气像厚厚的棉花,在腹下流动,他的双手向前划动着,有时在空中一个腾跃,像鲸在海洋里游弋。

刘正东从空中看到村头有几个人聚在一起说话,看到自己常坐的那个破竹椅子就放在自家的屋门前,上面空荡荡的。椅子由于长年使用,破损严重。他飞到田野上空,看到地里三三两两的人在做农活。过去他感觉做农活很辛苦;现在,他感觉能有一个健康的身体,在田里做农活很幸福。终于看见父母和妹妹在地里做农活的身影了,他想落下去帮忙,但他站不住。飞累了,他只有又飞回来,回到椅子上,落下来,躺在上面。

见到妹妹,刘正东悄悄地告诉她,他会飞。妹妹睁大了眼睛不相信。

刘正东说:"你等着看吧。"妹妹把他扶到屋外,刘正东试着风的强度,一股风吹过来,他身体向上前倾着,奋力地划动着双臂。终于,他飘起来了,在空中自由地飞来飞去了。

他在村子上空转了一圈,又飞回来落到妹妹的面前。妹妹高兴地紧紧地拥抱着他,蹦着说:"噢噢,我哥会飞了。"

刘正东会飞翔的事,慢慢地传开了。许多人到天庭那里去告状,一个走路的人,为什么要让他飞?这样下去,当初用泥造人时立下的规矩不就变得乱七八糟了?菩萨觉得有理。

有一次,刘正东正在空中飞翔,遇到了一个白胡子白眉毛的老人。老人看到他,很是吃惊,问他怎么会飞的。刘正东说,他的腿没用了,所以他要飞。老人说:"飞翔比走路更危险,你还是回去用腿走路吧。"老人说完就没有了影子。刘正东这才恍然大悟,原来,他是菩萨。

刘正东仍然在天空中飞翔着。一天,他刚飞到村头,从一棵大树上忽然飞起一张大网,把刘正东网住了,同时网住的,还有几只受惊的麻雀。

原来是菩萨派天兵天将捉他来了,他们把他从网中拉出来按住,然后用绳子把他紧紧地捆了起来。绳子是细细的白色的塑料绳子。像打包一样,他们捆住了他的双臂,捆住了他的双腿。一用劲,细细的白色的塑料绳子就勒到他的肉里了,他动弹不得。他们把他扔到破竹椅上,刘正东像一段木头一样,躺在上面挣扎着,可是不管任何用。

刘正东大声地叫喊着,他被自己的声音惊醒了,他睁开了双眼,发现自己和往常一样地躺在床上。

他看到妹妹了,早起的妹妹和往常一样正对着墙上的镜子梳头,显然妹妹并没有听到他在梦中的叫喊。妹妹浓黑的头发从梳子中流过,如瀑布一样美丽。父母佝偻着腰在准备着一天的劳作。

刘正东开始搬动两条软管子一样的双腿穿衣服,难道这不能动的双腿里真的有一根绳子在捆绑着?他想打开看看,但没有办法,他狠劲地捏了一下,疼痛还是涌上他的心头。

雨,仍然下着,从窗户向外看,似乎小了些,有时就要停下来了;但到了下午,又下了起来,让人心烦。

这天下午,村里的姑娘小春过来找妹妹玩。小春打着一把小花伞,很洋气的,进了屋门,一收,伞就成了一小把了。妹妹见小春来了,高兴得很,忙端来板凳,两个人坐下来开始叽叽喳喳地说话。她们两个从小一起长大,一起上学,上到初中时,一起辍学回了家,在村里是无话不谈的好朋友。这两年,小春到外面打工去了,很少回来,起初妹妹很是孤单,直到很久才恢复到正常的状态。今年,南方的厂子都关门了,小春也提前回到了家。

这次小春来,给妹妹带来了一条黄色的披巾,网状的,妹妹披在肩上,身上穿着白色的衬衫,一下子就鲜亮起来。然后,妹妹从墙上取下镜子,到门口的光亮处左照右照,兴奋极了。小春就站在她面前教她怎样打结。妹妹说："这东西是漂亮,但在乡下能穿出去吗?"小春就笑着说："别顾忌他人的眼光,没事的,城里的女孩子穿着超短裙,只盖着屁股哩。"妹妹说："你在城里可穿?"小春就笑了,说:"你猜猜。"妹妹也笑了,说:"我不猜,我知道。"然后,小春又拿来一个精致的小盒子,从里面抽出一把精致的小刀,刀片的下端是一截红色的塑料柄,小巧玲珑,让人爱不释手。妹妹喜欢得不得了,问这刀能干啥。小春告诉她,这是用来修眉毛的。

小春对着镜子在自己的眉毛上修了起来,边修边教妹妹,说不要让自己的眉毛长得像田埂上的茅草,乡下的女孩子的美都被粗糙淹没了,城里的女孩子为什么漂亮,就是因为她们会打扮。

两个女孩子像两只雀子,使一段雨天的时光充满着快乐,没有一丝阴影。刘正东坐在破竹椅上,看着这两个快乐的女孩子,自己也被感染了,他咧嘴笑着看她们。

最后,两个女孩子自然说到打工上来。妹妹问南方可好打工,自己也想出去打工挣点钱,好给家里过年。

小春说,南方一时可能不要人,她和那些姐妹回来了,准备在省城里找工做。现在,她在家里等着,带队的在城里联系,联系好了,就会打电话来,到时就把妹妹喊上。

到了晚上吃饭时,妹妹就把想去打工的事给父母说了,父母也没吱声。因为,妹妹要出去打工,过去也提到过,家里也确实困难,如果能出去挣点钱来补贴家里,也是一个好主意。但一个女孩子家在外,怕人家有闲言碎语。现在,村里有小春先出去打工了,妹妹跟着小春去打工,家人放心,村里也不会有什么闲话的。

3

天终于晴了,这些天来的阴霾被阳光一照,散得一干二净,空气中透露着明媚和舒畅。

妹妹像往常一样把刘正东背到屋外的阳光下坐着,太阳晒在他的身上,他的身上渐渐就有了阳气在升腾;但这次和往常不一样,他的双腿开始痒了起来,他知道,这是疹子在进一步加深。不久,大腿上的疹子就会化脓、溃烂,又要花钱去治疗了。现在,痒又一次钻心起来。他把裤带解下,在大腿的内侧找到那个肿块,他不停地用手挠着,还不止痒,就用指甲朝硬块上切去,直到切出一道道深深的痕来,痒暂时止住了。

小春来告诉妹妹,领队的打电话来了,说城里的工作联系好了,可以去上班了,如果妹妹愿意去就可以准备了。

妹妹自然是欢喜得不得了,这两天一直忙碌着收拾东西。母亲是舍不得让妹妹走,做饭时也单独为妹妹添了一些菜。刘正东也替妹妹高兴,他对妹妹说出门要带的东西、要注意的事项等。

第二天,照样是个好天气,妹妹要背刘正东去外面晒太阳,刘正东说:"妹,哥今天想去湖边看看,你去东头大姨家借一个平板车,拉着我去。"

湖在村子的东边,是一个自然形成的沼泽地,离村子不远。妹妹说行,就出门去了。

妹妹很快就从大姨家把车子借来了,平板车在农家主要是用来干农活的,上面还有点垃圾。妹妹从屋里找来扫帚,把车厢清扫了一下,然后背着刘正东,让他坐在上面。妹妹在前面拉着,沿着一条土路,磕磕撞撞地向村东边走去。

一出村子,视野就开阔起来。收割后的原野,一望无际,远处的葫芦山头更显得高了起来。三三两两的乡亲在地里劳作着,有时,遇到村里的人,刘正东就和人家打个招呼。两人走了一会儿,就到湖边了,妹妹找了一块宽敞的平地,把车子停了下来。刘正东抬眼望去,湖水是汪洋的,蔚蓝的,他的眼前一下子开阔起来。他对这个湖是熟悉的,受伤前,他经常来这里游泳、捕鱼。这个湖对村里的人来说,就是一个菜篮子、一个游乐场。现在,他来看湖,感到这是一片天空,一片栖息在心里的自由的天空。阳光打在水波上,闪着刺眼的金光,在渺茫的地平线上,有一片连绵的低矮的山峦,像是可以用手轻轻地抹去。湖面上有一些野生的蒿草,一蓬蓬地站立在水中。

刘正东激动起来,让妹妹从地上拾起一块土坷垃递给他,然后用力地向湖水扔去。湖水发出咚的一声,荡起一片涟漪。妹妹也拾起一块土坷垃扔进去。两个人笑着,水声惊起了几只水鸟,它们从蒿草中飞起来,飞到湖的深处去了。

不远处的水面上,稀稀拉拉地漂着一些野菱角的秧子,那些菱形的叶子,像一朵朵开放的花。妹妹过去,折了一根芦苇的秆子,捞了几条秧子,摘了一捧菱角,用水洗洗,拿回来递给刘正东。菱角有四个尖尖的角,小小的身子裹着紫红色的皮。他们剥开菱角的壳,里面是一粒小小的白色的菱籽,放到嘴里嚼着,有着淡淡的甜味。

他们在湖边坐了好久,刘正东的身体晒着阳光,有了热量,接着双腿又开始痒痒起来,钻心的痒,使他的身子一阵麻木。他恨不得用刀子把一块块痒痒剜出来,像扔土坷垃一样扔到湖水里去。

妹妹说:"哥,我们回去吧,要做饭了,要不妈干活回来没饭吃的。"

刘正东说:"好,回家。"

晚上,小春来找妹妹,约定明天一早就去镇上坐车,去城里打工。

小春一走,母亲开始为妹妹忙碌,父亲在一旁抽烟。母亲要给她的包里塞上这样塞上那样,恨不得把全部东西都塞进小妹的包里。妹妹说装不下了,带去也用不上的。

妹妹来到刘正东的身边,说:"哥,我要走了,你在家里要照顾好自己。"

刘正东对妹妹说:"妹妹,你放心去吧,这些年我连累你了。"

妹妹说:"你客气啥,你是我哥呀。"

父亲说:"伢子你尽管去,你大哥我们都能照顾好的。"

两天后,妹妹就背着背包,和小春到城里打工去了。

4

妹妹一走,刘正东的心里就变得空落起来。

父亲搀扶着他拄着双拐艰难地挪到屋外,坐在那只破椅子上晒太阳。

这天,母亲拿来几把镰刀,让刘正东把镰刀磨磨,明天好下地去割稻子。这些年来,每到秋收季节,家里的镰刀都是他磨的。母亲交代完毕就和父亲下地去了。母亲瘦弱的身子总是有着无穷的力量,里里外外不停地忙碌着,不知疲倦;父亲总是默默地在家里与田间地头来来往往,没有一声叹息。

现在,刘正东一个人坐在太阳底下,开始磨镰刀。他先是把磨刀石放在板凳的头上,固定好,用布蘸上水,把石面打湿;然后身体前倾着,用手把刀按在上面,来回地推动,很快磨刀石下就流出了一层污水,镰刀的口渐渐地明亮起来。刘正东拿起来,习惯性地用手指抹去污水,一道弧线般的刃明晃晃的,让人想到白银似的光芒。

接着他开始磨第二把镰刀,很快就磨好了。

他停下来休息,躺在破竹椅子上,抬头仰望着天空。今天的天空有着片片白云,太阳的光从白云中穿下来,呈现出放射状的光芒。有一架喷气式飞机从天空上飞过,尾部拖着长长的白色的汽带,飞机那一小点亮光在天空中像箭一样迅速向前飞行着。刘正东喜欢看这样的飞行,他看得眼睛发酸,然后,低下头来揉揉眼睛。

随着太阳光逐渐强烈,刘正东的双腿又开始痒起来,那种钻心的痒。他先是用手抓,但还不行。他从身边拿出磨好的镰刀,镰刀明亮的光,给了他许多关于美的想象。他用刀口在隆起的硬块上轻轻地刮了一下,刀口经过,有着爽意的清凉。他这样在一处又一处瘙痒处刮过,立刻就有了淡淡的血痕,涌起一阵疼痛;但他感到很舒服,他想起小医生说的话,疼痛是唯一能止住痒的方法。

一不小心,他把一个肿块刮破了,他看到血从口子里渗出来了。他闭了一会儿眼睛,又睁开眼睛,一小片血像玫瑰一样开放在他苍白的皮肤上。他用毛巾轻轻地拭去血,就看到那道浅浅的口子了。他对这个口子有了猜想,这里面隐藏着什么呢?他忽然想到那根捆绑他的绳子,他就在寻找那根绳子,这些年来自由就如此地被它捆绑着。

　　他又朝下划去,疼痛使他暂时感受不到钻心的痒了,他只感到刀子是美丽的,可以帮助他实现对自由的追求。他本来就瘦弱的腿上,没有多少肉可以让他划下去。血更加汹涌地从深处涌出来,这让他想起村东湖里的水,那是有着母亲胸怀的水。他的脑子是清醒的,他不能再这样下去了,这不是在梦里。否则,他会死去。他停住了手,把刀子在毛巾上擦拭干净,然后放起来。

　　他眯着眼睛休息着,阳光是平静的,没有一丝惊悚。现在,刘正东有了作为一个男人的气概,这是多少年没有过的体验了。

　　过了一会儿,疼痛过去,又一阵钻心的痒,开始轻轻地爬上他的身体,越来越重了。他睁开了眼睛,这次,他用刀子把原来的伤口切得更大了,他看见捆绑自己的那条绳子了,白色的、细细的,就在血液之中,他毫不犹豫地伸刀将它割断。他又看到那条红色的绳子了,粗粗的,在搏动,他伸刀进去就把它割断了。这时血一下子就喷涌出来了,他的眼前一黑。他真的在天空中飞翔起来了,他可以去向任何地方。他飞过田野,劳作的父母看到了,叫他快快回来。他答道,好啊。他飞到城里了,妹妹和小春看到了,欢呼着,问家里好不好,他自由地飞着……

5

　　傍晚,从地里回来的父母,首先看到刘正东歪躺在破竹椅子上,他们没有在意,先是把农具放下,然后进屋喝了口水。父亲过来,喊了一声东子,没有回声。他感到今天的刘正东和往常不一样,走近了一看,刘正东紧闭着双眼,脸色苍白;再往下一看,吓了他一跳,刘正东的身下一片殷红。他感到出大事了,忙喊来老伴,老伴一看,儿子早断了气,旁边扔着雪亮的镰刀,刀口上沾着丝丝血迹。她趴在刘正东的身上就号啕大哭起来:"我的伢呀,我怎么想起来让你磨刀子啊,我要死啊。"

刘正东的死立刻惊动了村子里的人。

大爹来了,痛悔地说:"前一阵子,我就讲来给这个伢子请请菩萨的,一忙就拖了下来,没想到他却走上了这条路。"

村里的小医生来了,看了看刘正东的伤口,说是切断了大动脉,失血过多而死。

派出所也来了,勘查后认定刘正东是自杀,不是他杀。

第二天,在外打工的妹妹赶到了家。她望着躺在木板上的哥哥,悲痛欲绝,她哭喊着:"哥哥,我知道你的苦处,但你怎么能割自己的双腿?下辈子你一定要爱护好自己的双腿!"

不久,当地的晚报刊登了一则新闻——《双腿残疾男子,割腿不幸身亡》:

> 9月25日,××县××镇,一名叫刘正东的村民用刀将自己右腿的大动脉和筋割断,虽经多方全力抢救,但还是因失血过多死亡。
>
> 9月27日,记者采访时,谈起大儿子刘正东,悲伤欲绝的母亲说,如果不是多年前他在一家煤矿打工时遭遇塌方,致使双腿残疾,儿子在当地算得上是一个帅小伙子。
>
> "哥哥身上生的湿疹在天气变化时会奇痒无比,有时他会

用小刀在身上刮。"刘正东的妹妹说。自从在煤矿出事后,刘正东的双腿就没有任何知觉了,拄了好多年的拐杖。他为何要做出如此傻事?家里的人猜测,刘正东的举动也许是想减轻其父母的痛苦与负担,因为他的父母都60多岁了,身体不好,还要下地劳动。

但只有刘正东知道,他是想割断身体里的绳子。

# 画　马

## 1

李连想被众人簇拥着走进饭店的那一刻,眼前猛地一亮。他还没从昨天低落的情绪中走出来,现在一下子掉入这样高大上的氛围里,李连想的名人感觉又慢慢地复活起来。他需要这样的转场,从一个贫瘠的草场转到另一个水草丰美的草场。

大厅里亮如白昼,标致的美女们穿着紧身的裙装工作服,站成一排,一群人走进来,她们都弯下腰齐声说着"欢迎光临"。大厅的中间是一个大圆桌子,高高的椅子,每个位子前是摞起来的三个精致的碟子,一块白色的餐布,上面印着"欢迎中国书画名家采风团"一行字,可见主办方的用心。

大家都推李连想坐上首,李连想说:"不行,应当是范老师坐上首。"这次活动范老师是组织策划者。范老师拉着李连想说:"应当要尊重艺术,你是著名画家,应当要坐上首。"李连想推辞不过,就和范老师一左一右坐下来。首席坐好,大家各自找到自己的位子,整齐地坐下来。

李连想坐在范老师的身边,这使他有了被视线聚焦的感觉;但李连想经历的场面多了,也习惯了,他十分镇定地把双手放在桌面上,端坐着。

"李老师你看,这上面有马,是你画的吗?"刘小娟女士举着一个小碟子,朝对面的李连想风趣地说。李连想以画马著称。刘小娟来自另一个城市,也是这次画家采风活动中唯一的一位女性,她穿着眼下流行的肥大袍子,手上戴着一个金手镯,戴一副圆圆的眼镜,时尚而文雅。

大家低头看面前的碟子,碟子上果然印着一匹装饰精美的骏马,马抬起一只前腿,另三只腿站立着,马的鬃毛被修剪整齐,背上铺着一块精美的坐垫。

李连想笑着说:"这哪是我画的马,这是电脑里的马。"

李连想穿着一身中式对襟长袍,唇上的髭须修剪得整整齐齐,一看就是艺术家的范儿。

旁边的范老师说:"电脑里的,就是没有人味儿。"

范老师来自北京,穿着皮衣,操着一口京腔。范老师虽然在北京工作,但老家是我们这里的,可以说是从故乡走出去的名人。而且他粉丝多,号召力强,这次采风活动,来了不少名家,可谓十分成功。

李连想说:"是的是的,电脑里美好的东西,能带给人幻境;现实的东西再差,带给人的是生命。"李连想一说,大家都附和地笑了起来,说还是名人名言。刘小娟把筷子放在碗上,也仰起脸咯咯咯地笑了起来,她白皙的面庞在灯光下显得丰满高贵。

玩笑一开,大家顿时轻松起来。桌子上不断上菜,冒烟的、冰镇的,河里的、海里的,农家的、进口的……接着大家开始埋头吃了起来,一时桌子上只有吃菜的声音。吃了一会儿,范老师停下筷子,说:"今晚请大家喝台子酒,但喝台子酒有两个规则:一是主人要带头喝,因为假台子酒多,主人带头喝以验真假;二是不能炸罍子,因为台子酒贵,炸不起。"小城喝酒有炸罍子的风俗,就是酒喝到兴奋时,把酒倒进分酒器里两个人一饮而尽,这叫感情深,一口闷。

说完,范老师就给自己倒了一杯,仰起脖子,一饮而尽。大家都鼓起掌来,端起杯子开始喝酒。

酒喝到中场,大家又说到画画。范老师说,他有许多名人的画。有一次,著名画家老查给他画了一幅画,可他坐出租车,下车时忘了拿。老查的画,可是紧俏的货,一平方尺一万元还要找关系哩,大家不免嘘了起来。

李连想说:"我们那儿有一句顺口溜,就是钓鱼的人总是说自己跑掉的都是大鱼。"

李连想这么一说,其实就是在挖苦范老师。范老师是名人,一般人是不敢这样说的;但李连想也是名人,而且两人的关系不一般。

范老师说:"我的画前几年卖得好,我和经纪人对半分。卖二十万,他得十万,我得十万;卖一百万,他得五十万,我得五十万。事情我也不问,都是他操作。但到去年,市场就差得不行了,价格一直往下掉。"

李连想说:"画价再掉,自己的挂价不能掉,你要是掉了,收藏你画的人,会来找你算账的。"

范老师说:"是的,价不能掉,但画子挂价也有讲究的,要画几张烂画挂最高价,还有不想出手的画要挂高价。"

刘小娟用餐巾纸擦了一下嘴,说:"这就奇怪了,好画挂高价可以理解,那些烂画为啥要挂高价?能卖掉吗?就是让外行买去了,也对不起人家呀。"

李连想吃了一口菜,抬起头来,对刘小娟说:"为啥烂画要挂高价,而真正想出手的画却只能挂一般的价格?这是心理营销,人家看烂画都这么值钱,就有了可比性,一般的画就卖出去了。好画反正你不想卖,挂多高都无所谓。"

刘小娟听了,恍然大悟。

一个时辰,酒桌上的话题都围绕着李连想和范老师,大家不时地附和喝彩。吃完饭,大家都乘车回房间休息了。

李连想带着一身的光耀回到房间。关上门,坐在沙发上,房间里一片静寂,甚至有了些荒芜,酒场上的热烈和光耀都已在门外消失殆尽,他又回到现实里,许多失意又涌上了心头。

## 2

现代社会,每个人都有几副脸孔,这有利也有弊。

李连想对外是著名画家,本职工作是一家生产汽车的集团公司的部门销售经理,画画只是他的业余爱好,但业余的东西反而做得更好。昨天下午,李连想去一家公司做公关工作,因为这家公司要买一台大货车,李连想公司生产的货车正符合条件。

其实,这件事本来用不着李连想去跑的,但他过去给这家公司董事长吴弓送过一张画。那时,吴弓董事长刚上任,正是跃马扬鞭奔前程的时刻。吴弓很喜欢马,李连想又是小城画马的名人,便在朋友的引荐下找到李连想,想让李连想给他画幅马挂在办公室。吴弓董事长对李连想画的马很满意,临走要付给李连想润笔费,李连想婉拒了,吴弓紧紧地拥抱了李连想一下,对他说:"来日方长。"

有这份情意在,李连想对这个生意还是很自信的。说句实在话,一年来,李连想为公司的销售操了不少心,为了公关也送了不少画。在李连想的努力下,单位的工作业绩很好,效益成倍增长;但进入今年后,生意一直不好做,董事长把他叫到办公室批评了几次。所以,即便是一辆车子,他也想亲自去争取一下,改变一下运势。

李连想还是第一次来吴弓董事长的办公室。吴弓董事长的办公室很高档,墙壁上是紫红色的装饰,地上铺着红色的地毯。空调热气开得很足,与外面寒冷的空气形成鲜明的对比。

李连想走进去时,吴弓董事长正在打电话。见李连想进来了,吴弓示意他坐下来。

吴弓董事长打完电话,又重新坐回他那高大的真皮转椅里,对面的墙上挂着一个著名作家写的条幅"厚德载物"。李连想上前寒暄了几句,但吴弓贵人多忘事,已认不出他了。李连想心中很不快,便提到上次画的马。

李连想说:"那匹马,吴董事长没挂办公室?"

吴弓哦哦着,似乎恍然大悟地说:"挂在家里了。"两人握了握手。

有了这层情感的铺垫,接下来的交流顺畅起来,李连想便说起了公司买车子的事。吴弓董事长把身子往后使劲地靠了靠,说:"我×,你怎么知道的?"

吴弓董事长说完,并不看李连想,而是看着办公室里的绿植。

吴弓油亮的头发往后梳着,宽大的脸板着,显示出傲慢的神情,与当初他求画时的热情判若两人。李连想虽然看不惯这样的派头,但为了生意,还是忍气吞声。他尽量克制自己,做销售工作,心理要强大,不能有书生气。

李连想笑笑说:"是朋友告诉我的,如果有可能,还请董事长您多关照。"

吴弓董事长顿了一下,用手指敲着桌面说:"我×,不瞒你说,我们真的要买一台车子,但不是你们的车子。"

李连想还想说几句,但吴弓董事长先开口说:"我要开会去了。"说完抬手关了空调,关了电脑,把桌子上的纸张收拾一下,站起了臃肿的身子。

这还没说上两句话,就结束了。李连想做了多年的销售,虽然不是每次都成功,但凭他小城画家的名头,到哪人家也会奉为座上宾的。现在,他真想也回撑吴弓一句"我×"。

"仰天大笑出门去,我辈岂是蓬蒿人。"李连想心里陡然生出这一句。联想起最近一段时间来工作上受到的挫折,再加上在吴弓董事长这儿受到了冷遇,李连想觉得很委屈,心里憋着一口气。

回到家,李连想便赶时间来机场,去下杜市参加"中国书画名家采风"活动。这次采风活动,是半个月前范老师打电话邀请李连想参加的,由一家著名钢铁公司赞助。几个画家朋友已好久没见面了,大家在一起切磋技艺、叙叙友情还是很快乐的。每次采风,李连想都能打开思路,创作出满意的作品。这次采风,也正好安抚一下自己郁闷的心情。

妻子开车送他去机场。李连想的家里也是一地鸡毛,母亲在住院,妻子早年辞去工作,一路陪着儿子成长。现在,儿子在上大学,家里的经济来源全靠李连想一个人的工资,不免捉襟见肘。自从李连想干了销售经理,拿了高提成后,家里的生活才有所改变。

想到在吴弓那里受到的屈辱,一路上李连想心里很堵,也不想说话,偶尔妻子说一句,他只是嗯嗯着。妻子问:"有心事吗?"李连想说:"哪里,我在寻思着不会误点吧。"李连想搪塞着,不想把心头的不快说给妻子,妻子为了这个家也操碎了心。妻子说:"不会的,时间还早着呢。"

到了机场,李连想让妻子把车停到落客平台,妻子却要把车开到社会停车场。下了车,李连想拖着行李在前面走,妻子跟在后面,一直送到候机厅二楼,李连想要去安检了,妻子才磨磨蹭蹭地离开。李连想常常出门,妻子常常送,但这次李连想却有了分别的留恋。他觉得过去为工作忙忙碌碌的,忽视了家庭的温暖,现在才回过神来。安检完坐下来,李连想给妻子打了个电话,让她回去开慢点,不要着急。妻子说不急,也不赶路。

飞机准时起飞了,冲向茫茫的黑夜,李连想从窗口看下去,大地上是一座灯火通明的城市。马路如璀璨的项链,行驶的车子是一个个移动的亮点,像一颗颗小小的珍珠。李连想想,马路上有一辆车的灯光,是妻子车子的灯光吧,她正在回家去。转瞬,灯火通明的城市远去了,机翼下是一片黑沉沉的土地。

到达下杜市已是晚上十点多了。接李连想的车子把他送到一幢楼前,司机告诉他,这幢楼是接待省部级领导和社会名人的。李连想瞅了一眼,面前这幢黑黝黝的建筑,里面透出朦胧的光线。

在大厅登记完后,李连想拖着行李箱往里走。这是一座方形的建筑物,楼高只有三层,端正威严,果真不平常。经过双重的玻璃门,里面是一个宽大的大厅,摆放着几组宽大的沙发,顶上是琉璃的吊灯,像天空的银河般璀璨。拐了一个弯就是房间,房间的门高大气派,地上铺着软软的地毯,行李箱拖在上面,没有一点声音。

进了房间,李连想把灯全部打开了,那些灯让拐拐角角都亮了起来;但每一只灯的光都是弱弱的,怎么也照不亮房间。李连想最痛恨这种设计,仿佛房间就是为了做暧昧的事,不能亮,只能暗。

房间布置得高雅豪华,宽大松软的床摆放在中间。

躺在床上,在寂静中,吴弓董事长的油亮的背头、铁板一样的脸孔又在李连想的眼前浮现。他感到浑身燥热,开始脱衣服,臃肿的羽绒服脱下后,他感到轻松自由,这才是真实的自己。他伸展了一下双臂,一拳打在床上;但床铺是松软的,他用力砸下的一拳无声无息、无影无踪。

## 3

第二天上午,在市里参观,道路、楼房、人群和街头花园,全国的城市似乎都是统一的模式,没有什么新鲜的。但每到一地,都有大大小小的领导笑脸相迎,迎接他们这些来自全国各地的著名艺术家,让人感到荣耀和尊敬,这些荣耀和尊敬往往是人与人之间烘托出来的。

下午参观的是一家庞大的现代化钢铁公司,晚上是钢铁公司的董事长请大家在一个五星级酒店里吃晚饭。

吃完饭下楼,门口已停了两辆黑色的中巴,车身在宾馆门前的灯光的照射下,锃亮锃亮的。大家陆续坐进去,车厢内散发出一股沁人的馨香,有人说,香水味这么浓,不好。范老师说:"这不是香水味,这是中草药的香味,健康提神。"刘小娟咯咯咯地笑了,说:"老板就会搞,这么晚了还让我们提神,提神去干啥?"范老师说:"有事干,这就拉你去,别害怕哟。"刘小娟又咯咯咯地笑了起来。刘小娟的笑往往能化险为夷,画龙点睛,化干戈为玉帛。

车子轻轻地行驶在夜色中,宽阔的马路上灯火通明,车流如织,楼群矗立在夜色里,层层叠叠的窗户亮着黄色的灯光,偶尔还有透过窗帘的红色灯光。

车子行驶到一个大院里停下。大家走过一条甬道,水边豁然矗立着一幢红色的大楼,像一根擎天柱,仔细一看是一幢装饰了灯光的写字楼。写字楼鹤立鸡群,直杵天空,底下是一个池塘,水面倒映着楼的影子,增加了楼的雄伟。不断变幻着的灯光,在夜色里迷幻迷离。大家驻足看了一下,一起步入一座古色古香的四合院里。

走进去,只见门口已站着四位女士,她们躬身相迎。房内宽敞,灯火通明,两旁是一排排书架,书架上摆满了整齐的书。屋子中央摆放着几条长案,案几上已铺上白色的棉毡,还有几卷宣纸和笔砚等,大家一看就知道啥意思了。

几个人已按捺不住,拿起笔,蘸了墨,就在展开的宣纸上挥舞起来,画荷的、画树的、画牡丹的、画山水的……大家各显身手,围观的人欣赏着,赞不绝口。

范老师拿起一支毛笔,蘸了几笔墨,一笔下去,快速地划过,又来几笔,几枝老藤枯枝就出来了;然后又伏下身子去细细勾线,一只小鸟就站在枯藤上了。众人看着,心想,果然是名家。

画好了,几位女士把画拉起来,要和范老师合影。范老师刚一离身,又有人上来要合影,范老师就站着不动,来来往往的人都开始轮着来合影。合了影的人,就忙着看手机,然后满意地笑了。

李连想坐在一旁喝着茶,主管的女士走过来笑着对他说:"李老师,我们董事长临走时有特别的交代,希望得到您的宝画哩。"

李连想嗯了一声,慢慢站起来,来到案几前,大家闪开了身。李连想把一张宣纸裁成了一个长条形,然后拿起一支粗大的毛笔,饱蘸浓墨,提在手上凝视一下,猛地按下去,用力千钧,然后猛地旋转,雪白的纸上留下一个巨大的黑墨团。围观的人不知道这是啥,但也不敢吱声。李连想再提笔,又饱蘸浓墨,用手在纸上拃了两下,然后在另一个地方又用力地按下去,再猛地旋转,仿佛能听到毛笔痛苦的吱吱声。李连想提起笔来,围观者觉得奇怪,怎么画了两个黑墨团子?看看画,再抬头看看李连想,看看李连想,再低头看看桌子上的画。李连想似乎在沉默着,冥思着,伸手想把笔伸进清水里洗洗,却把笔伸在毡子上,手仍在一下一下动着。有人提醒:"李老师,你的笔落在毡子上了。"李连想这才想起来,抬起手把笔伸进盛有清水的碗里,众人附和地笑了起来。

李连想重新选了一支小号毛笔,轻轻蘸了墨,在空白处勾了起来,一匹马立即有了雏形。

李连想对马有着深厚的感情。少年时,李连想的家里就养了一匹马,这匹马主要是用来帮助父亲拉平板车,挣钱养家的。马和父亲从外面拉着板车回到家,父亲就把马的缰绳交给李连想,让他去放马。李连想找最好的草地放马,马吃饱了,他就给它洗澡、梳毛。他了解马的每一块肌肉,他最喜欢马的眼睛,圆润有神,充满爱意。

每次马一看到他来,就欢快地踢着蹄子,打着响鼻。后来这匹马死了,母亲把马肉腌了,家里其他人都说马肉好吃,只有李连想没有吃一块。上初中时,班里有一位同学喜欢画马,他就有了兴趣,跟着同学学画马,这一学就入了迷,拜师访友画了几十年,在全国有了名,成了名人。李连想画的马,就是他心中的马。青春时,笔下的马是他心中的理想,他的马神采飞扬,是他朝远方飞奔的动力。人到中年,他却时时感受到无形的压抑和排挤,虽然青草地还在,溪水还在,蓝天还在,他的马却腾跃不起来了。

他想着画着,眼睛一红,滑下了两滴泪水。李连想画马画哭了,围观的人都惊诧不已。

刘小娟飞快地从抽纸盒里抽出几张雪白的纸巾递给李连想,李连想用手接过来,拭了拭眼角,觉得不好意思。

李连想一流泪,其他几个画家也停了笔,不好画了。

李连想说:"不好意思,你们画你们的,我这是心情不好。"

刘小娟说:"李老师画画不光用心,还用情,是大画家……"刘小娟眼睛也跟着红了。

李连想打断她,说:"不能这样说,每个人创作时都是用心用情的。"

范老师说:"不是这样的,每位画家都在画同样的题材,许多人已熟视无睹了,只是工匠罢了。李老师天天画马,却仍然画出了感情,是大师。"

李连想又拿起笔,开始画马的眼睛了。他那么细心,他理解这匹马的内心,它眼睛里看到的,就是他眼睛里看到的。他又看到少年时的那匹马了,它多么潇洒,多么英俊。他骑在它的背上,他们驰骋在河滩的草地上,草地上盛开着白色的野花,还有几蓬野生的杂树。马驮着他,他们快乐地奔跑,有了这匹马,他可以跨过河水、跨过高山、跨过雪地,他可以到达一切想去的地方。看天边的那块白云,也是一匹白马,马尾翘着,头颅昂着,整个身子是拉长的,像在奔跑。这是天堂中的马吗?还是他的马跑到了天上?

他用心涂染着马的眼睛,然后轻轻地吹了一口气,这是他画马的习惯。每画到眼睛的最后一笔,他都要吹一口气,他希望像传说中的那样,这是一口仙气,能使马从纸上活起来;但马没有活起来,仍是一双眼睛和他对视着。

画完最后一笔,李连想在旁边空白处题了一首诗:"下马饮君酒,问君何所之?君言不得意,归卧南山陲。但去莫复问,白云无尽时。"

李连想的字写得也好,草书流畅俊逸。

李连想离开桌子,坐到旁边的沙发上。两个女士拿起他的画,来到他的面前,和他合了影。

地上很快就铺满了画,画家们都感到疲惫了,坐下来喝茶休息。过了一会儿,范老师说:"回宾馆吧,时候不早了。"大家收拾了东西,起身离开。

回到房间,刚坐下,响起轻轻的敲门声,李连想起身打开门,只见刘小娟站在门前,李连想吃了一惊。刘小娟睁着两只大眼睛望着他,说:"李老师,我们出去走走吧。"

李连想说:"这么晚了,不出去了吧。"

刘小娟说:"还早,才十点哩。"

李连想想,这小姑娘想出啥么蛾子,但受到一个美丽姑娘的邀请,心里也是愉快的。作为名人,李连想也时常在活动中受到粉丝们的邀约。

李连想穿了外套,和刘小娟一起走了出去。

外面是朦胧的行道灯,甬道两旁是修剪整齐的冬青树,两人慢慢地走边说,李连想就给刘小娟讲他少年养马的故事。走到一个小池塘前,通过曲折的石桥,他们来到亭子里坐下。

刘小娟说:"李老师,你画马画哭了。"

李连想笑笑说:"唉,没事的,这几天心情不好。"刘小娟坐得很近,李连想可以听见她轻轻的呼吸声。

刘小娟说:"我知道你心情不好,我第一眼见到你,就看出来了。"

李连想说:"你这个小人精,你约我出来就为说这事?"

"是的,人生都有不如意。"刘小娟沉默了一会儿,搓着双手,望着李连想说,"你的忧伤感动了我,我们的内心里都会有或大或小的忧伤,每个人都逃不了。"

李连想的心里是潮湿的,需要刘小娟这样的女孩子的阳光照耀;但他又不想和她谈自己的心事,他要保持自己作为著名画家的尊严。他望着她说:"你还年轻,还不理解人生,你是'为赋新词强说愁',而我们是真愁。"

刘小娟说:"我虽然年轻点,但我的心里也有块壁垒,我常用'仰天大笑出门去,我辈岂是蓬蒿人'来宽慰自己,这样我的心情就好起来,就有了力量再和人生搏斗。"

刘小娟的话触动了李连想的内心世界,他觉得有了知音,他站了起来,激动地拥抱着刘小娟。刘小娟挣扎了一下,轻轻地说:"李老师,我还没准备好。"但李连想的唇已印在她的脸上。

两个人平静下来,李连想说:"回去,明天就分别了,我给你画幅马。"

回到房间,李连想从行李箱里拿出纸和笔,在写字台上展开,开始画马。李连想还是那个风格,先是拿起一支粗大的毛笔,饱蘸浓墨,提在手上凝视一下,猛地按下去,用力千钧,然后猛地旋转,雪白的纸上留下一个巨大的黑墨团……

李连想提着笔说:"我画的马,听从我的内心世界,我决不画与心灵阻隔的马,所以有时就用了情。"

最后,李连想又要伏下身去吹马的眼睛,刘小娟也把头挤过来,两个人的嘴同时吹向马的眼睛,气息徐徐。吹完马的眼睛,两人对视了一下,刘小娟努起了唇伸过去,涂了口红的唇像一朵含苞待放的玫瑰,李连想的唇压了上去。两人再看桌子上的画,这是一匹奔腾的马,一往无前,马的眼睛望着远方,充满着憧憬。

李连想对刘小娟说:"这匹马你懂吧?"

刘小娟说:"我懂。这是我们心里的马,和前面画的马已不一样了。"

李连想说:"这匹马已挣脱桎梏,不再受欺压。"

刘小娟说:"我懂。"

李连想说:"你不懂。"

刘小娟拿着画出门了,李连想坐下来,他的眼前还浮现着刘小娟那双纯洁真诚的眼睛。名人的荣光,又使他找到了可以畅快呼吸的洞口。

4

李连想去吴弓董事长那里做公关。

吴弓的办公室是宽大的,一张紫黑色的大写字台上面堆满了报纸、文件,李连想坐在吴弓董事长的对面。吴弓董事长半躺在高高的转椅上,油亮的头发往后梳着,宽大的脸板着,一双眼睛望着桌子上的一盆绿植,态度傲慢。李连想说完话,吴弓董事长把目光收回,然后坐正身子,开始说话,说着说着声音就高了起来,话语里不断夹杂着粗话,飞扬跋扈。

李连想看不惯这种权贵的嘴脸,先是按捺着情绪听着,因为听意见也是一种尊重,也是一种工作,但他没有想到董事长会如此倨傲。一股热血直冲他的脑门,他豁地从椅子上站了起来,顿了一下转身往外走了。

吴弓董事长停止了高谈阔论,惊讶地望了他一下。在印象里,无论他如何,手下的人都是唯唯诺诺地听着。这次他还没说完,李连想怎么敢站起身走了,太大胆了吧!

李连想走得很快,昂着头,两步走到门口,一把拉开半掩着的门,走到走廊上,大声地说:"仰天大笑出门去,我辈岂是蓬蒿人。"

走廊两边办公室的门都开着,听到外边的动静许多人站在门口看。对门的主任一把拉住他,说:"画家,什么事?好好说,不要激动嘛。"

李连想晃了一下身子,继续往前走。二处的小张朝他竖起了大拇指,看来正义的人到处都有。

这时,吴弓董事长走出办公室,从背后三步并两步追上李连想,拉着他的胳膊低声说道:"回去,你不能这么做,有话可以好好说。"

李连想用力甩开了他,说:"没什么了不起,老子不做这个生意了。"

这时走廊里人多了起来,几个人七手八脚把李连想拉到小会议室,大家坐下来劝他,后勤老李给他倒杯水放在他面前。这些人都是他的好朋友,他们平时都开开玩笑,聚聚会,有他们的劝解,李连想的心情慢慢平静下来。

办公室主任说:"你再去和董事长沟通一下,道个歉,以后,还有机会合作的。"

这句话刺激了李连想,刚刚平复的心情又激动起来,他大声地说:"这说的啥话,我做不到!"他甩手走出众人的视线,给他们留下一个高大的黑色背影。

从吴弓董事长那回来,李连想回到自己的办公室。办公室不大,但是独立的一间。两年来,他在这里运筹单位的大事小事,每天来得最早,走得最晚,有时星期天还来加班,屋里的每个角落都有他的气息。

季节是冬天,外面是冷的,窗外枝头的树叶都已枯黄,在蓝蓝的天空下,显得更加孤寂。树林的外边是一条马路,一辆辆车子穿梭往来,屋内寂静无声。办公室里是温暖的,这种温暖好似一只手,轻抚着你,无声、体贴、温柔,如果没有抗拒力,人的血液、内脏都会被掏空,人便空荡了,没有了自我。

李连想掏出手机,给刘小娟打了个电话,告诉她自己辞职了。

刘小娟问他在哪里,从电话里可以听见她盈盈的气息,如羽毛般令人受用。他说正在办公室收拾东西,不久这间办公室将成为另一个人的办公室。

这时,门砰的一声被踢开了,李连想抬头一看,只见吴弓董事长带着几个人,提着棍子冲了进来,李连想的头猛地一炸……

李连想冲出门外,门外站着一匹骏马,他飞身跨了上去,骏马长啸一声,驮着他在楼群里飞奔起来,马蹄嗒嗒如擂响的鼓点,许多人停下来,给他鼓掌。

骏马飞奔到草原,眼前是无边的平坦的大地,上面开满了鲜花。

骏马停下了,李连想从马背上跳了下来,他走到马的前面,轻抚着马头。马低着头,十分温柔顺从。他感谢骏马,是它带他逃离了苦难,逃离了红尘。他的眼睛湿润起来,这时他看到马硕大的眼睛也在流泪,泪水浸在长长的睫毛里。他久久地凝视着这匹马的眼睛,然后轻轻吹了一口气,用双手紧紧地抱住了马头,他和骏马相互依偎着。

李连想醒来了,原来刚才做了一个梦,他睁开了眼睛,四周黑沉沉的。他睡不下去了,看了看手机,深夜三点多钟,他倚着床头坐起来,垂着头在黑暗中回忆着刚才的梦境,感到沉重无比,但沉重是什么?

沉重是黑色的,它从诞生的那一刻起就带着祖先的基因。它虽然没有 DNA,但它在人群中一代一代传播,生命力强大,无影无形。沉重最适宜生存的地方是人的心灵。沉重突然降落在李连想的心头,他无法赶走它,只有选择忍受;但忍受也是有限的,他要掐死沉重只有先掐死自己,或者与它同归于尽。

他想"仰天大笑出门去,我辈岂是蓬蒿人",这种古老的血液在他的体内流动,他甚至想辞掉销售工作,再也不用到处去看"权贵"们的脸色,做一个真实的自己。他觉得与一匹马打交道比与一个人打交道容易,他觉得艺术的生活要比俗世的生活好。俗世会把他身上最后的一点尊严像剥羊皮一样剥离下来,呈现出赤裸的肉体,无生命的肉体,供他们食用。但他又看到那些人在蔑视他,说,你"出门去"试试,你每月的房贷要还,你的孩子在上大学,每月还在等着你汇款,你的母亲还在住院,医院里又要催医疗费了,别看你是一个名人,你也逃脱不了庸俗的生活。生活是一朵花,美丽有毒,但还是要在大地上开放,与其他花朵一起共同组成蓬勃的春天。

李连想越想越睡不着了,夜色是浓缩的,他在努力倾听夜色里发出的声音。这声音很微弱,常常被其他强大的声音所遮掩;但它一定存在。

5

天下没有不散的筵席,名人们也不例外。采风活动结束了,明天就是星期一了,大家都得回去上班。

早晨,大家开始在微信群里留言告别,李连想关注到了刘小娟的留言:"春风得意马蹄疾,一夜看尽长安花。祝老师们一路顺风。"李连想在后面回复了三个赞,他想她会懂的。

范老师给李连想留言,说自己还在被窝里,不赶来送他了,回去后多联系。

来时,为了赶时间,李连想乘的是飞机;回去的时间充裕,李连想乘的是高铁。

李连想倚在宽大的窗口,看着高速闪过的河流、楼房、道路……李连想浮想联翩,高铁奔驰的啸音,是一种被打破的声音,是一种剥离的声音。那被速度剥离的,都是可以丢弃的;在速度中到来的,都是未来的。一切动植物都需要融入速度中去。生命需要速度,这是生命的高级状态;速度参与到生命中来了,这是过去我们不明白的,不具备的。只有太阳在天空中是恒定的,走得再远,它炽烈的阳光仍在普照,仿佛母亲的面孔,慈祥且温暖。

女检票员出现在车厢,一排排地检票,到了李连想的面前,让他出示车票。李连想拿出车票,她瞅了一眼,然后又毫无表情地还给了他。现在,他不再是一个名人,仅是陌生人中的一个,与普通的乘客没有区别。上上下下的人,都是陌生的面孔,带着新鲜的气息。远方是无尽的,循环的。在这庞大的世间,一定有一个看不见的东西在旋转,使人顺从,无法抗拒。

李连想就这样坐在松软的座椅上浮想联翩,和许多陌生的面孔累积在车厢里,那些人的脸上充满了旅途的疲惫,而李连想的面孔却是兴奋的。

明天,他又要回到工作岗位上,做他的销售工作。

# 来自古代的爱情

## 1

想了好久,林成木还是想利用这次隔离的机会和情人李格格分手。

他们已有一个月没有见面了,这在过去是不可能的;但现在是疫情期间,李格格也没话说。

林成木倚在床头,拿着手机,滑来滑去,脑子里很混乱。在微信里,找到李格格的名字点开,多少次,他们在这里互诉衷肠;但现在,消息栏里空空荡荡,他们已好久没有联系了。他又点开她的朋友圈浏览了一下,李格格的朋友圈设置了三天可见,里面也是一片空白,说明这三天她没发过内容。过去她可是每天发朋友圈的,有时一天可以发上两次,上班路上的一朵小花、早晨的一缕阳光等,都是她朋友圈的内容。林成木退出朋友圈,果断地把李格格的名字删除。

林成木将微信、QQ、通讯录里她所有的联系方式都删除了,大有壮士断腕的壮志,又有风萧萧兮易水寒的悲伤。每删一次,他的眼前就浮现出李格格哀怨的眼睛。这双眼睛他太熟悉了,她的眸子是黑色的,像清澈的水潭,可以投身进去;她的眉毛是轻扬的,右眼的眉毛中,隐藏着一点小小的黑痣;她的鼻尖翘起着,性感,他曾不止一次在亲吻时,轻轻地咬一下她的鼻尖;她一笑,就露出嘴里两排玉一般的牙齿。现在,他不敢再细看,他停下来,他觉得自己是一个小人,躲在阴暗里实施着不可告人的阴谋。

做完这一切,林成木再次告诫自己,把心收回来,不要放在她的身上。他曾在电视上看到,亚马孙雨林里有一种毒蝴蝶,它的花翅膀自然绚丽,但能让捕食者昏沉,直到被吞噬。

林成木想,李格格的美丽不是我的,让她在这个清晨飞去吧,并祝福她。

## 2

人虽然被隔离了,但生活还要正常地进行。

儿子雨雨在看布鲁克动画片,雨雨才四岁,已能理解动画片里的情节了,看到兴奋时,便在地上腾跃,嘴里哇哇地大叫着台词。他身上仿佛有了魔力,有时蹿到林成木的身上,他的一双小手激动地紧握着林成木的手,做着动画片里的动作。

一天的时光很短,到了晚上七点,林成木拿着遥控器要看新闻,雨雨仍在看动画片,没有停的意思。林成木对雨雨说:"电视机也不是你一个人的,大家都要看。"雨雨扑上来夺他手里的遥控器,小大人似的说:"电视机是大家的,你们大人都看好久了,要让小孩子看看了。"林成木笑了,也不抢了,把遥控器还给了他。

晚饭,妻子一个人默默地和面、擀面、剁菜,蒸了几屉包子,没要林成木插一次手。隔离使林成木发现了妻子的长处,妻子真的能干,真的贤惠,这是他以前没有发现的,想到自己过去和李格格所做的龌龊之事,他感到很后悔,很对不起妻子。

吃过晚饭,林成木要下楼去。林成木算了一下,已三天没有下楼了,家门口放着两个大垃圾袋,实在看不下去,要扔了,还想去小超市里买点东西。

他每次下楼,家里都会引起一次波动。

妻子生气地说:"不能下楼,外面那么紧,你没听说一个人在菜市场与另一个人说几句话,就被感染了?"

林成木站在门口,边换鞋边说:"这是晚上,不要紧的。"

妻子说:"病毒也不分晚上白天的。"

林成木说:"我是说,晚上外面没人。"

雨雨也赶过来,要跟林成木下楼去,被妻子一把拉住了。林成木哄他说:"外面有病毒,不能出去。"

雨雨问:"那你怎么能出去?"

林成木弯下腰说:"爸爸是大人,病毒打不过爸爸。"

雨雨似懂非懂地"哦"了一声,作为交换条件,他叮嘱林成木说:"爸爸,你要给我买一个玩具,布鲁克的。"

林成木笑着,拍了拍雨雨的头,说:"好的。"

妻子阻拦不住林成木,便扒下他的外套,拿了一件专门出门穿的衣服,给他套上,这是妻子的出门防护要求。

林成木在电梯间遇到一位男子,两个人都戴着白色的口罩,小心地挪了挪保持着距离。

林成木扔了垃圾,在楼下的暗影里走,因为几天没有下楼了,便有了一种淡淡的陌生的感觉。忽然听到歌声,林成木停了下来。歌声是从二楼飘下来的,抬头望去,只见一位女孩子坐在窗口弹着吉他唱歌,窗内的灯光映照出她的倩影。她的歌声还带着青涩,但不失甜美,吉他弹得也算熟练。林成木静静地倾听着,歌声带给了他一种舒畅的感觉,这几天来笼罩在心头的郁闷像冰遇到了火,开始慢慢地融化。

一会儿,楼上的女孩子大概发现了林成木,便停止唱歌,用力地咳了一声,然后朝外呸呸地吐了几下。林成木听歌的心情一下子消失得无影无踪,在这样封闭的环境下,沉重的空间里,本来歌声带来的是美好,现在带来的却是恶的心灵,拥有这样心灵的人把歌练得再好,又有啥用?就像眼下的病毒,即使它的形状再像皇冠一样漂亮,但仍是一个病毒。

林成木很生气地离开了,到了小区内的小超市,里面的几个人都戴着口罩,一对夫妻在取在网上买的一大筐蔬菜。林成木买了两袋汤圆、一袋水饺、两袋瓜子、两袋花生米、一个布鲁克小玩具就回来了。

一进门,妻子首先让他站在门口,给他全身喷酒精消毒液,空气里顿时弥漫起一股浓烈的酒精味;然后她把林成木的外套脱下,挂在门口,让他换上在家穿的衣服。一套规定程序做完,妻子才让林成木来到客厅,正式进入家庭生活。

雨雨拿到布鲁克玩具很兴奋,跑一边玩去了,妻子坐下来看电视,林成木去卧室休息。过了好久,隔壁传来一个男人的说话声,听不清说啥,但可以感到怒气,夹杂着摔东西的声音,接着,听到女人的尖叫声,短促而激烈。沉静片刻,男人的声音又起,嗡嗡的,这种声音里透出愤怒与暴力,女人除了偶尔的尖叫,就是嘤嘤的哭泣。在隔离的日子里,一切都无能为力,使得争吵也被隔离和忽视。

嘈杂的声音使得林成木休息不下去了,他趿着拖鞋从卧室走了出来。对妻子说:"隔壁在吵架。"

妻子关了电视,和林成木来到卧室。果然,隔壁吵架的声音又爆发,林成木说:"现在打架了,还没人敢去拉呢。"

妻子说:"可能是这个女人在外有了情况,老公在审她哩。"

林成木说:"就你想象力丰富。"

林成木忽然联想到李格格,她以前在家里是否也遇到过这样的情况?林成木惊惧起来,觉得对不起李格格,如果他们的感情再进行下去,还不知道会发生什么事情哩,现在自己主动断了这种关系是多么明智。

3

林成木没有想到,和李格格分手是这么难。

几天了,每天早晨醒来,林成木第一个想起的还是李格格。

林成木呆坐在床头,自责地想:"我怎么如此没出息呢?这怎么能断得了?"林成木恨死了自己,他要管住自己,把往日所有的秩序、感情和思想都隔离起来,然后重新审视,重新取舍。但不得不说,与李格格的分离是疼痛的,这种疼痛先是来自肌肉。过去他们有着亲密的接触,这已形成了规律,每到这个周期来临时,肌肉就会疼痛,看不见,摸不着,体肤完整,没有伤痕。不久,疼痛到达心灵,心灵的疼痛比肌肉的疼痛更令人绝望。疼痛久居在心灵里,平时他是熟视无睹的;现在,它开始慢慢地攥紧,像一只手在攥紧他的心,越来越紧,让他无法呼吸。他想大声喊出李格格的名字,这样心里才能轻松点;但他不能,他不能功亏一篑。冷静下来他又鼓励自己,必须要战胜自己,这个关过去了,以后就会风平浪静,生活就会豁然开朗。

他觉得自己是一个病人了,但他还要装作正常人,他有深深的愧疚感,觉得对不起忙碌的妻子和天真的儿子。虽然到处都在隔离,但他们是一家人,呼吸畅快,生命相依,能被隔离开的,从物理上定义就不是亲人。

想了很久,林成木的脑子混沌了,又和衣倒下,继续睡去。再醒来已是上午十点多,家里仍是静悄悄的,都在睡觉,但他脑子里蹦出来的还是李格格。

林成木倚在床头,想把和李格格的感情梳理一下。

他们的感情已有五年了。五年前,他们在一次外地培训班上相识,然后走火入魔。

李格格的老公是从乡下考进县城工作的,一个农村孩子,能在城里娶一个美貌的女子做妻子,那是他们整个家族的荣耀。婚后,爱情的颜色渐渐褪去,不到两年,李格格就发现这个男人的性格有缺陷,两句话不对,就会嗷的一声大叫,像疯了一样。而她是一个温柔恬静、说话低声细语的女子,她不能适应他的这种性格,她生活在巨大的抑郁中,夜晚常常从噩梦中惊醒。有一次,李格格随他回老家,中午和亲戚们在一起吃饭,李格格不知道说了哪句话使他不高兴了,他嗷的一声,一巴掌就扇向李格格,她的眼前顿时黑了。他还在叫嚷,几个人上来拉也拉不住。

这些年来,巨大的压抑使她整天心绪不宁,她多次想跳楼,想撞车,但是她想到可怜的女儿,还是坚持活了下来。林成木的出现,使李格格重新开始了生活。李格格对林成木说:"我应当感谢你,是你拯救了我,要不是你,我也许已经死去了。"说完,李格格紧紧地偎在他的怀里。林成木说:"我心里只有你,我会牵着你的手走下去。"每次说完,林成木的心里都觉得不是滋味,这是山盟海誓吗?自己又能给她什么呢?他觉得惭愧,只有更紧地拥抱着她。

去年的春天,林成木的母亲去世了,那天他从乡下回来,悲伤中,他第一个想见的就是李格格。

那晚,李格格穿着一身素衣,他们两个人走在湖边的草地上,林成木还沉浸在母亲去世的巨大悲痛中。不久,一轮明月从湖上升起,白色的月光映在湖水上,像撒了一层碎银子。远处,城市的灯火沿着湖岸,串成一条金色的项链。

林成木忽然转过身去,捧起李格格的脸,说:"格格,从此你就是我的母亲了。"

李格格说:"不要胡说,这会折寿的。"李格格的脸迎着明月,眸子里闪着的亮光,宁静而纯净。

林成木说:"女人的身上都天生地潜伏着母爱,你把这份爱给了我,你就是我的母亲了。"

五年了,他们已是一对亲人,分不清彼此了。他们两人与其说是情人,不如说是相互支撑的亲人。生活是一架庞大的机器,不光需要外部的光泽,更重要的是内部的转动。压力使齿轮发出咔咔的声音,但这份情感是润滑剂,使这架陈旧的机器又顺畅地转动了下去。很长时间里,林成木觉得他们的这份感情是适合黑格尔"存在即合理"的哲学的。

爱情的诞生需要理由,但杀死爱情,不需要理由,只需要一根刺,能刺痛自己灵魂的一根刺。

隔离后,林成木对这份感情有了冷静的思考,对家庭有了新的认识。这些思考和发现虽然是勉强的,甚至是荒诞的,但这是压死爱情的最后一根稻草。林成木时常上微信去看看李格格是否留言了,但李格格始终没有只言片语回复他。这说明,这些天来,李格格根本就没有打开他的微信看过,如果看了,发现自己的微信被林成木拉黑了,她肯定会有强烈的反应,会电话质问他,抱怨他。但现在,一切都风平浪静。在这段隔离的日子里,是不是李格格也像自己一样重新发现了家庭的价值,回归了家庭?如果真是这样,他祝福她,也祝福自己。当初选择分手时,林成木内心里还有着深深的内疚和遗憾,现在一丝也没有了,他的内心反而有了许多安慰。

4

林成木觉得不能再窝在家里,要出去走走,让内心变得开阔,这样便会减轻他对李格格的想念。

早晨,林成木对妻子说:"出去走走。"

妻子一听,就睁大了眼睛,说:"怎么要出去了?这可是疫情最严重的时候!神经病。"

林成木不屑地说:"我们去山上,也不是去步行街。"

妻子说:"去山上也不行。"

林成木说:"山上也没人,空气里也没病毒。"

妻子说:"现在哪条路都封了,你没看新闻吗?"

林成木说:"封了,我们再回来。"

林成木的固执,妻子是阻挡不了的,只好收拾东西。出门已是上午十点了,林成木开着车子,雨雨和妻子坐在后排。被关了几天的雨雨兴奋起来,妻子逗他说:"我们上山去,要把你丢了可愿意?"雨雨调皮地说:"愿意。"妻子说:"山上有老虎可怕?"雨雨说:"有老虎也不怕。"

车子到达山脚下,原先上山的路果然封了,几棵大树横七竖八地拦在路口。妻子抱怨地说:"我说路封了吧,还不信。"林成木停下车子,说:"这里还有一条小路,一般人不知道,我们去看看。"林成木开着车子,拐了一个弯,车子碾着深深的蒿草,缓慢地向前行驶着,又一拐弯便看到一条窄窄的石子路,车子沿着石子路上到坡上,一条柏油路豁然出现在眼前。车子沿盘山公路轰鸣着往上走,现在已是仲春了,万木葱茏。开到山顶,三人下了车,雨雨兴奋地跑啊跳啊,他的笑声在山顶上飘荡。山道边有紫色的野花、黄色的野花、白色的野花,妻子采了一把,让林成木用手机给她拍照。

山顶上空气清新舒爽,偶尔山脚下有一列火车驶过,发出轰隆隆的声音,雨雨跑过去看,就看到一条白色的身影从绿树中迅速驶过。站在山顶上,林成木的心里也轻松下来,他感到自己的伟岸和崇高,只要迈过这个坎,他就会成为一个妻子的好老公,儿子的好爸爸。他想起古人的一句话:"天将降大任于斯人也,必先苦其心志,劳其筋骨,饿其肌肤。"自己不正在经历这一切吗?

林成木举起双臂朝着山脚下广袤的原野高声地喊道:"我会成

功的!"

妻子不明就里地嘲笑他说:"你有啥要成功的?"

雨雨跑到他的身旁,学着林成木的样子,举着双手喊:"我会成功的!"

林成木和他一起喊道:"我会成功的!"

林成木看到山路边有一块大石头,问雨雨:"雨雨你能搬动这块石头吗?"

雨雨不自量力地蹲下身子试了一下,石头纹丝不动,林成木蹲下身子一下子就搬起来了。雨雨拍着手跳着说:"爸爸成功了。"

林成木拍着手上的泥灰,说:"我们成功了!"

山顶上充满了开心的笑声。

不久,山坡上又上来一对夫妻带一个孩子,一看就是一家;另一边上来两个小伙子,他们是爬上来的,看样子是在锻炼身体。看他们越来越近,林成木决定下山去。

## 5

半个月过去了,林成木对李格格的感情,像翻过了一个又一个山头,现在,他终于到达一片广阔的草地,他的心胸开始舒畅,视野开阔无限。

这些天来,他已习惯没有李格格的日子了,没有李格格的日子,他也没觉得缺少什么,反而觉得生活的平面是平整的、光滑的、完美的。李格格已风吹云散,他已回归正常的家庭生活,闲时喜欢翻看手机里的家庭照片,那些快乐温馨的场面一一浮现,这是过去没有的。

随着疫情的控制进展,单位通知错峰上班了。

早晨,林成木骑着电动车去上班。马路上车子很少,显得很宽敞,偶尔驶过一辆公交车,车里也没几个人,都戴着口罩隔得很远,不像过去公交车上的人挤成一团。

到办公室的楼下,迎面放着两个牌子,上面是硕大的二维码,本来熟悉的保安,也变得陌生起来,冷冷地挡住每个人,要求扫码才能进入。

林成木走进办公室,里面冷冷清清,每张办公桌都收拾得干干净净,还是隔离前离开的样子。林成木把自己的桌子擦一下,泡了一杯茶,打开电脑坐下来,开始处理手头上的事。

不久,同事行静过来了。

行静是一个年轻的女孩子,博士生,在办公室里学历最高。她就坐在林成木的前面,隔离了这么久,大家见了面,都显得十分亲切,两个人开始谈起这场疫情和隔离。

行静用双手捋了一下头发,清秀的面孔迎着光显出饱满的青春光泽。她幽默地说:"哎,林老师,我们要离远点,保持距离。"在单位里,大家都知道行静的老公是一个单位的副总,这让行静平时有了一种优越感,她的美丽也因此有了一种高贵的附加值。

林成木心里本来有这个想法,可被行静说出来反而不好意思了,他笑着说:"我的两个码都是绿色的,我这些天都在家,哪儿也没去,身体杠杠的。"

这时,办公室的电话响了,行静起身去接,林成木提醒说不要用话筒,用免提安全些。电话是集团办公室打来的,提醒上班要保持距离,也带有查岗的意思。

林成木在电脑里找女作家春子的日记看。现在,关于疫情的日记很流行,但大都是雷同的流水账。林成木喜欢看春子的日记,春子的日记里有一种哲理。

春子说,隔离应该是哲学上的互相吸引,而不是物理上的互相拒绝。隔离是无边的,疾病、人群、感情都需要隔离。现代科技的智能化,使感情的隔离更加艰难,感情缺少隔离便检验不出真诚,在智能的渠道里流淌的感情真假混杂,病毒滋生,最终会使生命萎缩。隔离,现在社会上流行着这个词,连最亲的人,都要面对。隔离,不要说见面,就连鸟的翅膀也是多余的了。

林成木正看着,手机响了一声,打开一看,是李格格要求成为微信好友的请求。最怕的事情还是发生了,林成木猛地一惊,手机差点掉到地上。这个时候李格格的出现太具有冲击力、破坏力、粉碎力、科幻力了,他一时不知道该怎么办。

李格格留言:"还删除了!"简短的语言里有着责怪和爱意。

李格格主动来找他,这说明李格格还在爱着他,否则她就会顺水推舟就此断了,对比李格格反而显出自己的"小"来。他双手扣着置于脑后,仰在椅背上,凝视着天花板。李格格的出现是打开另一扇世界的窗口,如果点开,另一个世界就会扑面而入,自己就会被淹没,就会溺亡。如果继续关闭,这将是一个黑洞,他会诞生无比的沉重、惭愧与罪恶。

是接受,还是不接受?林成木把手机放下又拿起,他的内心里仿佛有两个人在撕扯,在搏斗,他从没感到如此的艰难、虚弱。直到下班了,行静跟他打招呼,他才从恍惚中醒过来,说:"你先走,我还有点事。"

行静背着坤包走了,办公室里就剩下林成木一个人了。他站起身来走到窗前,对面是一座庞大的剧院。过去这一带热热闹闹,现在却冷冷清清,只有马路口的红绿灯照常忙碌。林成木重新坐回椅子上,把手机打开,看到李格格的留言,他回复道:"删不了。"

接着李格格回复了,说:"五年了,还变啥?"

林成木说:"想想,这世上只能有这份感情了。"

李格格说:"有时间吗?晚上见一下。"

林成木犹豫了一下,说:"好。"

筑了多少天的堤坝,瞬间轰然倒塌,洪水裹挟着泥沙汹涌而下,啸声震天,气势磅礴,无可阻挡。

## 6

傍晚,两个人来到湖边的草地。

前几天城市的空气污浊沉闷,经过中午一场小雨的清洗,空气清新,透着湿润润的爽意,仿佛是花昂贵的费用买来的。天空上飘着一朵朵絮状的白云,高远而透彻,在云朵之间,是大片蔚蓝色的天空。偶尔,一两只鸟扇着翅膀在半空中飞翔,自由而快乐。

两个人都戴着硕大的口罩,先是保持着距离,好多天不见了,显得有点矜持和对疫情的畏怯。虽然口罩遮住了李格格大半个脸,但她那两道弯弯的蛾眉和嘴唇的形状,即使被遮挡住也是熟悉的。

林成木拿出手机,打开绿色二维码,朝李格格晃了晃,说:"我是安全的,你没事吧?"

"没事。"李格格答,接着也打开自己的手机,朝林成木晃了晃绿色的二维码,笑着说,"暗号对上。"

两个人都戴着口罩,说话的声音有点闷闷的,可以看到口罩在嘴上的一吸一动。

林成木说:"这次疫情真是太怕人了。"

李格格答:"就是,但疫情还没过去,我们都要小心。"

林成木说:"这么长时间的隔离,说明我们都是健康的,要不就感染上家人了。"

两个人有一搭没一搭地说着话。他们一抬头,就看见远处山上的宝塔了,林成木指着宝塔说:"你看,我们的爱情宝塔。"去年春天,他们去爬那座山,登上了那座塔,在那座塔的每一层里,他都给她一个吻。

林成木上前轻轻地抱了抱她,两个人的头靠得很紧,他听到她急促的呼吸。

他把她脸上的口罩轻轻地拉下来,露出口罩后面翘翘的鼻子、红润的嘴唇,他想吻她,她迅速又把口罩拉上,说:"现在是疫情期。""不怕,我们都是绿码。"他的身体里,原本熄灭的火腾地燃烧起来,他又一把拉下她的口罩,不由分说地把嘴唇贴了上去。李格格也不拒绝了,两个人的嘴唇就这样紧紧地印在了一起,丢失的世界重新回来了。

"好幸福!"她一遍遍地自语着。她细长的手指握在他的手中,那层淡淡的温暖被他握着。有时她的胳膊轻摇着,露出一个女孩年轻而浪漫的神情,他被生活挤压的心,此刻舒展开来。他所祈盼的幸福眼下不正握在自己的手中?他觉得两个人的心是如此贴近,相偎相依。

"好幸福!"他也喃喃地说。他能闻到她嘤嘤的气息,他能听到她澎湃的激情。隔离,已无影无踪,仿佛是古代的一场游戏,虚假而荒诞。

偌大的草地上,只他们两个人牵着手在漫步。没有风,周围宁静而安详。渐渐地,天色暗下来了,远远近近的行道灯亮了起来。

7

新的一天,是从妻子的忙碌开始的。

早晨,妻子去做早饭,厨房里发出叮叮咚咚的声音。雨雨在沙发上玩着玩具,他对那几辆玩具小汽车永远充满了兴趣,反复地推来推去,模仿上坡下坡。

林成木在看新闻,他最关心的是疫情。自从和李格格见过面后,他就在计划和她下一次见面。他的手机叮咚响了一声,拿过来一看,是同事行静发来的留言。行静留言她老公被感染了,在家咳嗽发烧,她自己也在咳嗽。行静没有多说,应了大家通常说的:字越少,事情越大。

林成木一下子从沙发上跳了起来,头轰地一下,似乎听到身体内发生断裂的声音,双眼发黑。他们昨天在办公室里见的面,如果这是真的,自己也可能被感染了,还有和李格格的见面等,这一连串的情况,将是一场灾难。

林成木感到恐惧,他来到阳台上,马上拨打行静的电话,好半天,行静接了。

林成木问:"你老公怎么感染上的?"

行静哽咽地说:"实在对不起你。那个贱人几天前去会情人了,被感染上的。"

林成木握着手机的手在颤抖,他气急败坏地骂道:"疫情这么紧,他怎么还去会情人,这不是找死吗?!自己死都不要紧,还把我们这些无辜的人都搭上了……"

林成木说着说着便卡住了,自己昨天不也是去会李格格了吗?他有什么理由去说别人?他不管行静在那头的哭泣,便挂了电话。

林成木回到客厅,有气无力地坐在沙发上,低垂着头,不由得咳了几声。先是轻轻地咳了几下,他奋力地忍着,接着咳嗽反而剧烈起来。他倒了一杯水润了一下嗓子,用手捶了捶胸口。

妻子从厨房过来问怎么咳嗽了,他紧张地朝她挥挥手,意思是让她离远点说:"不知道,可能是刚才喝水呛的。"

停了一会儿,不咳了,林成木回到房间躺在床上,他感到如此的恐惧和绝望。自己真的被感染上了吗?他又想到与李格格的见面,他轻轻地拉下她的口罩,他们的舌头绞在一起。她肯定也被感染上了,她回去又感染家里人。如果是这样,他们的行动轨迹马上就会被大数据详细地披露出来,几点几分在哪里,和谁在一起,等等。林成木越想越后怕,他感到自己就是一个不可饶恕的罪人。他想要不要把这个信息告诉家人,告诉李格格,要不要去上报,要不要去检测……但他又没这个勇气。

妻子做好早饭来喊他去吃饭,他没有出去。过了一会儿,妻子又来喊他,说再不吃饭就放凉了。林成木说不想吃,用被子盖住了头,这样捂着,一片黑暗,仿佛已与世界隔离。

中午,他下楼去走走。戴着口罩走在马路上,在一个居民区的路口,扎着一个红色棚子,几个身穿红马夹、戴着红帽子的志愿者在看守着。看到他们,林成木的心里有点恐惧,害怕自己这个潜在感染者马上被他们识破,被抓住。马路上空空荡荡,过去拥挤的马路此刻如此宽阔,任林成木怎么走都行,但他的腿还是跟跟跄跄。他下意识地朝身后望了一下,红棚子里的志愿者并没有追过来。

他不敢在街上走了,回到小区,乘电梯来到自家的楼顶。这是一幢二十三层楼的楼顶,楼顶的边沿,几户人家用泡沫箱盛着泥土,栽种着各种蔬菜,青青的叶子透着蓬勃的生命力。林成木在一个石凳子上坐下来,他感到一片茫然和孤独,他感到自己就是一个罪恶的源头,马上就要暴露在光天化日之下。他最怕的是流调,首先暴露的是李格格,接着是妻子、孩子。妻子和李格格对他的爱都是真挚的,这两边的爱是不能碰面的,只能一个在阳光下,一个在暗地里,但他都珍惜。现在是他亲手毁了她们,他感到深深的愧疚和绝望。他又开始咳了起来,他奋力地咳着,在这空旷的楼顶,没有拘束没有阻拦,他要把那个黑色的罪恶咳出来,吐出去,但是不能。他想到了自杀,在闭上眼睛的那一刻,世界将远去,罪恶将消融。

他打开李格格的微信,向她发了一朵小红花,李格格很快就回复了。

林成木说:"守着我,不许变心。"

李格格说:"你放心,我心里只有你一个人。"

林成木说:"我们相互珍惜。"这是在告别,还是在忏悔?林成木感到十分悲伤。

李格格说:"你是上帝送给我的人,上帝知道我以前过得辛苦。"

李格格的留言,让他的脸像着了火一样烫人。她还是这么痴情,而自己连把真实情况告诉她的勇气都没有,但相信不久后她就会知道了。那时,她会怎么痛苦呢?他会怎么面对呢?还有单位里的那些人,他们会怎么议论呢?他越想越胆怯,他觉得前面就是一个深渊。他又一次想到了死。

林成木打开手机相册,把雨雨的照片放大了看,从他的眼睛看到他的双手,直至双脚,一点一点地放大看,忽然眼睛便湿润了。世间是如此的美好,他却是一个罪人。现在,他开始怀念隔离,隔离是金属的,在地面上闪着诱人的光泽,他多么迫切地需要。他从楼顶上朝着那道光泽纵身跳了下去,在坠下的短暂瞬间,他听见风声呼唤,看到世界从眼前一晃而过,看到灵魂从身体里唰地一下飞出。接着他重重地摔在草坪上,他最后看到的是粉碎的天空,然后一切归于干净。

这时手机响了,林成木惊了一下,刚才的幻觉是多么可怕。

妻子问他在哪里。他说在楼上。

妻子说:"在楼上干啥?快回来。"

林成木说:"透透气,马上就回来。"

妻子说:"你心里有毛病,家里这么大不够你透气的!"

## 8

一天的时间虽然短暂,林成木却感到如此的漫长,他经受着无尽的折磨和恐慌。现在他恨死了行静,但又想行静也是无辜的,根子还是行静的老公,那个腐败的小官员。如果他不去上班,碰不上行静,生活就会朝另一条小径行走。他的家庭是幸福的,他与李格格的相伴是甜蜜的,现在,一切都在不经意中改变了。

傍晚,他再次站在楼顶上,望着远远近近的楼群,每个窗户后面都有一个家庭,他不由得想起托尔斯泰那句著名的话:幸福的家庭都是相似的,不幸的家庭各有各的不幸。

他决定在真相暴露之前,选择结束自己的生命,免得面对强大的舆论旋涡时生不如死。他站在楼顶,选择跳下去的地方。他想象着,他躺在地上的姿势应当是"大"字形,不应是蜷缩的;身下应当是一片草地,不应当是一片白色的水泥地。然后,他在一片灯火中,被车子拉向火葬场。

叮咚,他的手机响了一下,他打开一看,是行静的留言。行静说,下午她老公去核检了,是阴性,医生诊断是轻度肺炎,不是新冠肺炎感染者。

林成木捧着手机,他害怕是幻觉,又仔细地看了一遍,还是这几个字。他颤抖着手,给行静打了电话,行静在电话那头已猜到他的意思,没等他开口就说:"林老师,是真的,我老公不是新冠肺炎感染者,你放心吧。"过了一会儿,行静又把那张核检单子拍成照片,发了过来。

林成木长长地舒了一口气,澎湃的生活气息重新扑面而来。他张大口,还想和昨天一样大声地咳嗽,却怎么也咳不出来,这真是奇怪了。

# 平 行 线

## 1

孙雪雷上班时间较晚,每天上午九点才出门,出门时孙雪雷照例将昨天的生活垃圾提下楼扔掉。

孙雪雷响应号召,把垃圾分为可回收垃圾和不可回收垃圾:不可回收垃圾大都来自厨房,是一些剩饭剩菜;可回收垃圾大都来自客厅和书房,还有一些快递纸盒子。现在家里的垃圾可回收的已经大于不可回收的了。

孙雪雷穿鞋,开门,乘电梯。到楼下,走几步,拐过楼角,甬道的边上有两个蓝色的大塑料桶。小区里,这样放垃圾桶的地方有好几个。

孙雪雷提着垃圾刚走几步,就看到那个胖胖的老太太急匆匆地迎面走了过来。老太太常年在这个小区里拾垃圾,对在哪里能拾到垃圾已了如指掌。老太太发现孙雪雷扔的垃圾最好,就开始有心注意起来。时间长了,老太太掌握了孙雪雷扔垃圾的时间规律,每到这个时候,就守在这里,孙雪雷会准时地提着垃圾出现。

孙雪雷像往常一样,把手中的垃圾砰的一声扔进蓝色大垃圾桶里。

就在孙雪雷扔完垃圾刚走几步的时候,身后却传来一阵吵闹声。孙雪雷回头一看,见老太太与一位花白头发的男人在争执。

老太太站在垃圾桶边,两只手抓着孙雪雷刚扔下的垃圾袋,花白头发的男人也抓着袋子,两个人在争夺着,那是一袋可回收垃圾。

老太太很愤怒,猛一拽,说:"你这人想干啥?"

花白头发的男人说:"我先拾的,你干啥?"

老太太说:"我在这儿拾垃圾都几年了,你问问小区里哪个不认识我?"

花白头发的男人说:"拾垃圾还分前后,谁拾到的就是谁的。"

两个人为自己扔的一点垃圾在吵架,孙雪雷站着看了一下,觉得不好意思起来。毕竟是垃圾,即使卖了,也不值几个钱,值得争吵吗?孙雪雷不理解,也不屑。他没注意这个花白头发的男人是什么时候出现的,肯定是跟在自己身后的吧。

孙雪雷想上前劝说一下,但又放弃了。因为拾垃圾的和自己毕竟不是一个层次,他能让谁拾不让谁拾?劝不好,反而把自己卷了进去,不要蹚这个浑水,过去孙雪雷就吃过多管闲事的亏。

老太太可能没有花白头发的男人劲大,垃圾还是被他夺了去。

花白头发的男人一边往外拿着报纸和饮料瓶子,一边往垃圾桶里面倒着那些脏东西。

老太太空着手,骂骂咧咧地往回走。花白头发的男人没有吱声,一脸的满足。

孙雪雷走在路上,刚才的一幕让他感到惊诧,他以前没有注意过,也没想到过自己的垃圾会引起一场战争。

## 2

孙雪雷是小城里的知名作家,以写底层人物出名,发表了一些小说,省里的几家文学刊物联合给他开过研讨会,有个著名评论家说他是"短篇王",使他名声大噪。

孙雪雷喜欢看书,每天下班包里总是装着一些杂志和报纸。他看书有个特点,把书报掏出来,放到茶几上,先是浏览,把不需要看的,扔在地上,把需要看的放在茶几上,这样一堆书报很快就分出要看和不要看的两堆来。然后他把要看的细看,看完后再扔地上。他看杂志也是这样,并不是把一本杂志从头看到尾,而是先看目录,找适合自己的作品看,看了喜欢就撕下来,其他的就扔了。形象地说,孙雪雷这种读书的方法就如嚼甘蔗,一边嚼,一边吐,这样脚边就积下了厚厚的一撂,明天上班带下楼扔了。

孙雪雷的住房小,盛不下过多的东西,他喜欢简洁,就要扔东西。记得日本有一本书叫《断舍离》,就是说过日子就是扔的学问,不要认为拿到家里的东西都是好东西,舍不得扔,日积月累,垃圾就会埋没了自己。书中说的与孙雪雷的想法不谋而合,也给他扔垃圾找到了理论依据。

后来,孙雪雷又分析出扔垃圾的深层意义。

这个社会是分多个层次的,有些东西在自己的手里是垃圾,但并不是无用的。比如,吃剩下的东西,扔了后,就是野猫的美食,小区里的几只野猫肥肥的,因为有了这些垃圾而衣食无忧。那些纸、瓶子、快递纸箱等,却是那些拾垃圾的人的生活来源。孙雪雷不止一次看到,那些拾垃圾的人拾到垃圾时的快乐;而自己的垃圾能给这些拾垃圾的人带来一天的快乐,自己也是快乐的。同时,孙雪雷还发现这几年来出现了两种新垃圾:一种是一次性口罩,一种是抖音的噪音。

孙雪雷的妻子却不这样认为,她喜欢把用过的东西留下来,进行改造再使用,比如:把可乐瓶子清洗晒干,说装豆子不生虫子;把油桶收起来,说可以装米;那些化妆品,用完了瓶子还是那么漂亮,可以做花瓶等。

还有家里的纸箱子和报刊等,过去,每次孙雪雷去扔,妻子都要吵一次。妻子骂他不会过日子,这些东西积攒起来,家里也可以卖,一个月下来,也能卖不少钱哩。

这个孙雪雷也算过。有一次,他用小行李车拉了一车的书呀纸呀纸盒子,跑了半天路,找到一家收垃圾的店,也只卖个十元八元的,就觉不值得,还不如扔了。而垃圾积了一个月,不但占用了自己的空间,自己跑这一趟,卖那点小钱还不够辛苦费的。回来孙雪雷就把账算给妻子听,两人经过几次拉锯战后,妻子也不问了。但家里正用着的东西如果找不到了,妻子第一个感觉就是被孙雪雷扔了,找他质问。孙雪雷说没有扔,你再找找。过不了几天还真的出现了。

3

在这个小区里,拾垃圾的老太太大家都熟悉。

老太太的儿子在菜市场卖鱼,每天穿着黑色的皮大褂,脚上穿胶鞋,用三轮车拖着一车鱼一早就往菜市场赶,中午回来,车子里的鱼卖完了,但皮大褂上沾满了鱼鳞,一身的腥气。

老太太一家的生活简陋,生存环境差;但她家的院子里,有一棵梨树,每到春天,就开一树洁白的花,仿佛能照亮夜晚,给这个家庭增添了不少诗意。

老太太有两个上小学的孙子。放学后,两个孙子跟在老太太的身前身后,有时老太太就牵着他们的手,去翻垃圾桶。老太太每天拖着肥胖的身体,准时出现在小区的几处垃圾桶旁,像上班一样准时,仿佛这小区就是她的地盘,这些垃圾桶都归她管理,别人要是插进来,就是侵犯了她的领地。

老太太没想到,现在小区里又出现了一个拾垃圾的人,就是那个花白头发的男人,这让她觉得领地被侵犯了。

那天,为了孙雪雷的垃圾,老太太与花白头发的男人第一次发生了碰撞,也让孙雪雷开始注意起这个男人来。

这天孙雪雷乘电梯下楼,意外地与花白头发的男人在电梯里碰上了面。他手里提着一捆纸箱废纸等,头发蓬乱着,国字脸胖胖的,肤色黝黑,眼睛望着电梯,没有表情。孙雪雷觉得这个人好面熟,过了一会儿,才想起那天他与老太太为拾垃圾争吵的事。

电梯里时间很短,他们一起走出来,花白头发的男人走在前面,打开楼道的玻璃门,用脚挡了一下,直到孙雪雷走出后才放下,这给孙雪雷留下了一个美好印象。

走在马路上,孙雪雷随口问了一句:"你也住这幢楼?"

半晌,花白头发的男人说:"不是的,我是来十楼拿垃圾的,十楼一位老人家里有点垃圾让我上来拿。"

孙雪雷盯着他手里的那捆废纸问:"多少钱?"

花白头发的男人说:"不要钱,就是一点烟盒纸、药盒子,也不值钱。"说完,他提了一下手中的垃圾让孙雪雷看。孙雪雷瞄了一眼,也就是的,不值多少钱。

孙雪雷问:"你贵姓?"

花白头发的男人说:"姓行,行动的行。"

孙雪雷问:"还有这样的姓?我还是第一次碰到。"

两人不冷不热地说了几句话,到了小区门口就各奔东西了。

4

行师傅就租住在这儿的城中村里。城中村是一片错落的二层楼房,楼群中有几条幽深曲折的小巷。城中村与小区一墙之隔,但奇怪的是,行师傅租住的这个小院子,却与小区的一个小门可通。物业曾要封住这个门,但没有封成,原因是当年这个工厂小区在这片城中村建房时,这儿就是一户人家的院子,小区用地正好划到这个院墙,小区的围墙和院子的院墙共用一段,这个小门就存在下去了。但达成协议,院门只允许这一户进出,不允许其他住户共用,否则小区就没法管理了,就要封门。

孙雪雷住的房子,就在小区的最后一排四楼里,他站在楼上的北窗前朝下一看,行师傅的小院子就一览无余了。行师傅租的院子是红砖平房,门窗都用瓷砖镶边,可见当年盖起来时的气派,但现在已变得陈旧了。院子中间有一棵老梧桐树,夏天浓荫匝地,行师傅的那辆破旧的三轮车就停在大树下。行师傅进进出出，手里都提着垃圾，很少空着。

星期天，孙雪雷买了空调，空调安装后，那个装空调的小伙子说："我把你的纸箱带下去吧。"

孙雪雷激灵了一下，小伙子是想要这几个空调箱子，但他一下子就想起了老行，说："不要你带了，这个箱子我还有用。"

那个装空调的小伙子一声不吭地收拾着东西，不满地走了。孙雪雷来到门前边关门边和他说再见，小伙子也没有搭理一声，孙雪雷觉得挺不好意思的。

下午，孙雪雷下楼，正好迎到老行从院子出来，就给他说了家里空调箱子的事，让他来拿。老行随后跟着他上到楼上。

打开门，孙雪雷热情地邀老行进屋。老行站在门口，望着铺着木地板的家，犹豫着。孙雪雷说："没事，进来。"说完就从门后的鞋架子上拿了一双一次性的拖鞋放到他的面前。老行换了鞋，走了进来。

老行弯下腰去，开始收拾放在地板上的纸箱。孙雪雷递给他一支烟，老行伸手接了，孙雪雷帮他点上，两个人坐下来聊了起来。

孙雪雷问："现在打工也能挣到钱，拾垃圾干啥呢？"

老行说他来自山区，是个文盲。打过两次工，但因为不识字，出了两次错，不但扣了工资，还罚了款。不想上班了，村子也不想回去，后来，他就开始在城里拾垃圾了。

这让孙雪雷感到很惊奇，问："你不识字？"

老行说他上了两年学，那年放暑假，学校要求每个学生上学交三十斤大粪，他背着粪箕起早挂晚地拾，就是拾不到三十斤大粪，他就不去上学了。

"还有这等事?"孙雪雷听着像天方夜谭,大笑起来,"只听说上学要交学费的,还没听说过要交大粪的。"

"这是真的,我们那一代人学工学农就是不学文化,唉。"老行说,"他们接受的教育就是,没有大粪臭,哪有米饭香? 为了抢厕所的大便,几个人都拿着粪勺站在厕所外的池子边,厕所里的人刚拉下大便,几个粪勺就伸过去抢。"

老行说着也不好意思地笑了起来,他说,他对文化人很尊重,从第一天看孙雪雷扔的垃圾里有书和纸,就觉得孙雪雷是一个文化人,不是一般人。

孙雪雷说:"每天在垃圾桶里翻来翻去的,太脏了。"

老行叹了一口气说,没办法啊,才开始拾垃圾时,他被垃圾桶里的脏东西弄吐了好几回,坐在垃圾桶旁吐,吐得胃里都没了东西,只有黄水。吐完之后,耷拉着头又去翻,他恨自己是一个没用的人,只配做一个拾垃圾的人,就这样慢慢适应了。过去在村里,他是很讲究面子的;到了城里,也不讲究了,都是生活所迫啊。然后,老行自嘲地笑笑说:"在城里谁也不认识谁,但回到家里,我不说是拾垃圾的,我也要面子哩。"

孙雪雷望着坐在面前的老行,觉得老行的自尊心挺强的。老行的双手紧攥着,有时相互搓揉。最后,他伸开手,对孙雪雷说:"你看你的手多白,多干净。"

这个孙雪雷还没注意过,他看看自己的手,也没觉得白。老行把他的手伸过来,说:"你比比。"孙雪雷看老行的手,手指粗大,骨节突出,皮肤黝黑,皱褶里都是黑色灰尘。

老行说:"我的手是拾破烂的手,你的手是拿笔杆子的手。"

孙雪雷再看看自己手背,果然皮肤白细,不好意思地笑笑说:"哪有用手分人的,都一样,劳动的手。"

说了一会儿话,老行拖着孙雪雷送给他的纸箱子出了门。孙雪雷关上门,来到北窗看着,只见老行拖着纸箱走出楼洞,走到院子里,扔在地上,他的身影里透着愉快和满足。

孙雪雷很快就和老行成为好朋友,孙雪雷就喜欢听他聊一些拾垃圾的事。

老行说,有一次,遇到一个小伙子让他上门去收垃圾。

这是一个有着高大门楼的小区,小伙子领他来到家。原来,这个小伙子的父亲半个月前去世了,他的母亲早几年已经去世了。现在,他要卖这个房子,要把家里的垃圾清理一下,他又不愿朝外拉,觉得累,想找一个人上门来帮他收拾,这就遇到了老行。

老行进去一看,宽大的客厅里堆了一堆发黄的旧书、旧报,还有一摞塑料皮子的日记本。老行站在那堆东西前问:"是这些东西吗?"小伙子用脚踢踢,说是的。老行蹲下身子去收拾,拾了两蛇皮袋子拉了回来。

回到家,老行把蛇皮袋里的书倒出来整理,老行识字不多,那些旧书和笔记本他看不懂。他看里面的照片,有老夫妻在南京长江大桥上的照片、在黄山松前的照片,还有在大楼前和一排人的合影,看来这对老夫妻也是文化人,不简单。还有孩子的照片,有的坐在小三轮车上,有的坐在书桌前。老行想,这是小伙子的童年吗?他最喜欢看那位女子的照片,她穿着时尚的裙子,烫着鬈发,笑得那么甜,他都看呆了,这位女子是否就是小伙子的母亲?岁月真是一把杀猪刀……老行虽然识字不多,但他从这些照片上看到了生活的沧桑,看到了这个家庭的历史。可是,这个小伙子全不要了,当垃圾扔了。

老行说:"那个逝去的老人如果知道他的身后事是这样的,一定会很伤心的。"

孙雪雷感叹地说:"这些都是人生的悲哀,一个人的感情最后就成了一场空,没谁纪念你,怀念你。"

孙雪雷与老行一来二往成了朋友,这事被孙雪雷的妻子发现了,她觉得不理解。

这天吃过晚饭,两个人坐在沙发上边看电视边聊天,妻子问孙雪雷:"你为啥要和一个拾垃圾的人搞在一起?"

孙雪雷说:"我认真观察了,老行是一个厚道人,给他点垃圾算啥?"

妻子讽刺地说:"物以类聚,看来你也是一个拾垃圾的素质了。"

孙雪雷的妻子生在城里,长在城里,又上过大学,看人总是高高在上的样子。孙雪雷很反感,但这么多年也没能改掉她这个毛病。

孙雪雷生气地说:"你怎么能这么说?他们在社会底层活动,知道许多我不知道的事,我需要这些东西,平时我找这样的人聊还找不到哩。"

妻子说:"我注意过这个人,他的眼睛里有凶光。"

孙雪雷吃了一惊说:"你怎么能这样侮辱人?"其实他还真没注意过老行的眼睛。

"我看人不会错,你小心点,你干啥都热心肠,最后吃亏也会在这上面。"两个人沉默了一会儿,妻子又说,"你和他交往可以,不能让他上我的家门,我不想沾这样的人。"

孙雪雷说:"人家的眼睛里怎么有凶光了?你说给我听听。"

妻子说:"我遇到过他两次,他的眼睛往下看时,眼角里就会露出凶光。"

孙雪雷说:"你就是一个老巫婆了。"

妻子说:"我不是巫婆,我是心理学家,眼睛往下看,那是他看到破烂时的眼神,是一个人尊严受到损害时的眼神。"

孙雪雷不想和她讨论下去了,走进书房去了。

孙雪雷在外开会两天回来,家里积累了一些杂七杂八的东西,在门口堆了一片。孙雪雷一看就生气,放下行李,就提着这些东西来到老行住的院子里,要送给老行。

"老行。"刚迈进院子,孙雪雷就兴奋地喊了一声。

"哎。"老行在屋里应了一声,抬头看到孙雪雷站在门口,双手还提着纸箱子,停了一下,冷冷地说,"我是拾破烂的,不是要破烂的。"过去的热情也没有了。

"我知道,我这是送你的,省得你跑上楼了。"孙雪雷说道,他知道老行可能误会了。

老行重复一句:"我是拾破烂的,不是要破烂的。"

孙雪雷觉得老行的脾气有点怪,老是强调他是拾破烂的干啥?啥拾破烂、要破烂的,还不是一个意思?这个人真固执。

孙雪雷把破烂放下。老行的屋门洞开着,屋子里堆满了破烂。拾来的纸箱码成两摞,有一人高。书和报纸一摞,整理成四方块,用塑料绳子捆好,一层层码上去。地面上还散乱地放着杂七杂八的电风扇罩子、塑料瓶、易拉罐等。屋内的一个电视机放在桌子上,声音大得就像农村村头的大喇叭。老行坐在一堆垃圾中手拿着剪刀边整理着东西,边看着电视。

老行并没有热情地邀请孙雪雷进去坐坐,他站起身,从一堆破烂上面拿了一本书,递给孙雪雷,说:"这本书不错,我都收藏好几天了,送你吧。"

孙雪雷接过去一看,是一本黄皮子的古诗校勘学的书。他知道这是很专业的书,很冷门,一般没有人看,不像小说或故事类的书普通人都能看。

孙雪雷奇怪地问:"你为啥说这是一本好书?"

老行用粗大的手指,指着封面上的一个"古"字说:"虽然我识字不多,但我认得这个字,这是一个'古'字,在我们农村'古'的东西就是值钱的。"

孙雪雷为老行的精明和幽默好笑起来,把书拿在手里说了一声谢谢,就回家了。

孙雪雷临出门时,老行对他说:"下次要有垃圾,我上楼去拿,不要送下来了。"

孙雪雷从老行那里回来后,坐在书桌前看了几页书,便开始分神,他觉得老行身上有点异端,不易相处。他并没有歧视老行,而老行却在排斥自己。其实他们本来就不是同路人,没必要相融。生活有时候就是平行线,两条线可以永远平行,不需要相交。孙雪雷站起来在屋子里踱步,他走到北窗,又看到老行在院子里忙碌,他把破烂一趟趟地往老梧桐树下的三轮车上搬,他的身子健壮有力,却仿佛又隐藏着沉重。

拾垃圾的老太太好久没有捡到孙雪雷的垃圾了,她知道孙雪雷把垃圾送给了老行,她很生气。这天,她朝孙雪雷迎面走来,手里摇着一截塑料绳子。走到跟前,她问:"那个拾垃圾的人,是你亲戚吗?"

孙雪雷停下脚步,说:"不是的。"

老太太撇了撇满是皱纹的嘴,不屑地说:"不是的,还这么热乎。"然后头一扭走了过去。

孙雪雷愣了一下,望着老太太臃肿的背影,觉得受到了侮辱,他想大声地斥问她有什么资格这样和他说话,但与一位老人吵起来又有什么好处呢?他忍着气走了。

## 5

孙雪雷好久没和老行见面了。这天,他从办公室带回一捆旧报纸,决定送给老行。孙雪雷想就最后这一次了。

"老行。"孙雪雷进到老行的院口,还像往常一样大声地喊道。

老行从屋里走出来,手里拿着一把剪子,每次来,老行都是在整理垃圾,把垃圾分类、打捆。

老行说:"你怎么又送来了?"

孙雪雷走到老行的跟前,把手上的旧报纸一提,说:"没用的,送给你还能卖两个钱,在我那还占地方。"

老行站在门口没有动。

孙雪雷提着报纸就往屋里走,老行站在门口,忽然轻轻地挽住了他的脖子,他们紧贴在一起,没有了一丝距离。老行的身上散发着难闻的气味,孙雪雷伸出雪白的手,想扒开老行粗糙黝黑的大手,但没有扒动。孙雪雷扭了一下脖子,觉得老行是在开玩笑。孙雪雷一动,老行的胳膊反而更用劲了。孙雪雷说:"哎呀,别开玩笑了,老行。"

老行没有说话,锋利的剪子捅进了孙雪雷的胸口,孙雪雷哦地叫了一声。他抬眼看了一下老行,终于看到老行眼里的凶光,和妻子说的一样;但已经晚了,孙雪雷松开双臂,像一根管子一样瘫软了下去,鲜血从他的身子里流了出来。

老行又朝孙雪雷的身上捅了几下,边捅边说:"让你送,让你送。"然后,放下满身鲜血的孙雪雷,让他躺在地上。

老行坐在垃圾中间,看着躺在一堆垃圾中间的孙雪雷,感到很是陌生,他伸出手抓了抓蓬乱的头发,然后拿出手机开始报案。

放下手机,老行继续整理垃圾,他把孙雪雷送来的旧报纸打开,果然是一堆好东西,能卖个好价钱的。老行重新捆好,放到身后的纸堆里。

孙雪雷躺在地上,胸脯在剧烈地起伏,他已陷入了昏迷。

一会儿,警笛大作,警车来了,120救护车来了。

第二天,各大新闻媒体就报道了这件事:"行某某是拾垃圾的,孙某某经常把自家的废品送给他,行某某认为受到了歧视,产生不满,怀恨在心,遂萌发报复心理,在门口趁孙某某不备,突然持剪刀袭击,连续刺杀,致孙某某重伤。"

底下跟帖无数,大多对这个杀人动机感到荒唐。有的人认为自己也有送废品的习惯,看来得停止了;还有人认为事情不会这么简单,要彻底查查。

孙雪雷在重症监护室里抢救了半个月,终于逃离了死神。

半年后,法院开庭审理了此案,拾垃圾的老行被判了无期徒刑,赔偿孙雪雷几十万元,孙雪雷表示放弃赔偿。

## 6

现在,孙雪雷出门仍然提着垃圾到楼下去扔。

现在,拾垃圾的老太太去世了,老行已在监狱里。

有一天,孙雪雷忽然看见又一个拾垃圾的人,他背着肮脏的袋子,奔走在马路边的垃圾桶前。

两旁的高楼林立着,人们穿梭来往,垃圾桶被清洁工擦得锃亮,它代表着这个城市的风度。拾垃圾的人,把枯瘦的胳膊伸进深深的垃圾桶里,他的身体紧贴着垃圾桶,倾斜得与它亲如兄弟。他抓起了一只塑料瓶子,迅速放进肮脏的袋子里,然后赶往下一个垃圾桶。

孙雪雷站在远处看了一会儿,他刚想走过去,便感到胸口的刀疤有了疼痛,这是距离的疼痛。他用手捂了一下胸口,然后转身大步地上班去了。

# 耳　光

## 1

星期天的早晨,父亲站在门口刷完牙,一进屋,正迎面遇上小妹扛着锄头下地去,她的手里还拿着家里的半导体收音机。小妹锄地时喜欢把收音机放在几米远的地方,一边锄地,一边听里面的一男一女讲授英语。小妹是个中学生,虽然营养不良,但掩饰不了她青春身体的生长。小妹是个懂事的孩子,每个星期回来,都泡在田地里,尽可能多地帮家里做点事。小妹是村里唯一在上中学的女孩子,许多人就不屑,认为在女孩子身上花钱是白搭。可母亲不这样想,母亲虽然是个不识字的农民,但她觉得识字有好处,她挣命也要让家里的每个孩子都能上学读书。

母亲在屋内做早饭,她一边烧着锅,一边想着小妹明天上学的学费和生活费问题。母亲的心里像一团乱稻草一样,她想掏出来放在灶膛里,一把火烧了,但烧不了,心里更加地乱。

母亲做好了早饭,从灶下站起身,拍拍身上粘着的草屑。看到父亲坐在桌子前,往大粗瓷碗里打了一个鸡蛋,然后用筷子搅拌,再用开水冲了喝。

母亲走过去,把粗大的手在围裙上擦擦,对父亲说:"小妹上学要钱,可家里一分钱也拿不出来。"我们家里不管大小都把小妹直呼小妹,不喊她的大名。

这事母亲不说父亲也知道的。父亲停下手中的筷子,问:"怎么办?"

母亲说:"我想了,只有去借钱。"

父亲端着碗的手停在了半空,他叹息了一声说:"那就借吧。"

母亲说:"你去借。"

父亲喝了一口鸡蛋汤,然后把碗放在桌子上,说:"我不去借,我上哪儿去借钱?"

父亲最怕借钱,借钱是拿自己的热脸蹭人家的冷屁股,不好受。父亲身上又有大男子汉的味道,他受不了这口气。

母亲说:"昨天,你弟弟打工回来了,身上肯定有钱,你去借,他还能不给你这个当哥的面子?"

父亲一听,就气咻咻地大声说:"我的天,你真促狭,怎么给我出这么个馊主意?你不知道我和他尿不到一壶?"

母亲停了一会儿,说:"你必须要去,我都码算过了,这是一笔不小的钱,村里只有他有。"

父亲扭过头去,斩钉截铁地说:"我不去低这个头,去年为了地里放水,他打了我,这口气我还没咽下。你现在又让我去上门找他借钱,这不是打我脸吗?我不去!"

父亲一生气,说话就不顺畅,脸也憋得通红。父亲虽然与小叔是亲兄弟,但积怨很深,话不投机半句多。虽然同住在一个村子里,但两家基本上不往来。去年,小叔为抢田里的秧水,曾一把将父亲推得跌坐在烂泥田里,要打父亲,父亲至今想起心里还是生气。

"我怎么不知道?但人在屋檐下,不得不低头。你借钱是为孩子上学,又不是赌博抽大烟,有啥难看的?"母亲知道父亲的心思,她耐心地劝解着,"我们家这些小老虎快要睁眼了。"母亲常说我们兄弟姐妹几个是没睁开眼的小老虎。

父亲没有吱声,只是使劲地挠着头,本来就乱的头发,现在就更乱了。父亲挠了一会儿,又叹息了一声,把手中的大粗瓷碗往桌子上一蹾,说:"甭说了,我舍下这老脸去求一下吧。"

父亲刚出门,母亲又喊了他一下。父亲站住,疑惑地看着她。母亲交代说:"他要说难听话,就忍忍,不要两句话一说脾气就上来,吵起来了啊。"

父亲觉得母亲真是啰唆,没有吱声就走了。

父亲低着头走着,一段短短的路,父亲走得那么难,觉得如上高山。

走到村子里,喧闹声涌起来。父亲看到小叔家的那几间砖瓦房了,房子的后面有几棵高大的杨树,刚萌出的叶子远远望去还没有茂盛,枝头显得光秃秃的,但在父亲的眼里散发着高贵逼人的气息。

父亲忽然折转身,往队长家走去,他想去队长家想想办法,或许也能借到钱。

队长和父亲关系不错,过去父亲一直是生产队里的会计,他俩的合作常被队里人说是天衣无缝。现在,虽然生产队早解散了,但他俩的关系还一如既往,队长的威信还在,村里人还习惯地喊他队长。

父亲到队长家时，队长正扛着锹准备下地去。队长看到父亲站住了，热情地招呼着，这时父亲绷了一路的脸才松弛下来。父亲进屋坐下来，队长坐在对面的凳子上，点着烟抽了起来。队长有抽烟的习惯，他喜欢用牙把烟屁股咬着抽。

队长吸了一口烟吐出来，笑着问："有事吗？"

父亲吞吞吐吐了半天，才说出想借钱的事。

队长的眉头顿时皱成了一小把，说："我家里哪有钱？我家小五也回来要学费了，我正愁死了。"说完吐了一口烟，又补了一句，"如果有钱还不是一句话。"

父亲开了口，队长没有钱觉得十分不好意思，一边说一边用粗大的手掌不停地抹着嘴巴。父亲相信队长的话是真的，他怎么就没想到队长家日子过得也紧巴巴的？队长焦急地替父亲想办法，说着说着，忽然想到，我小叔昨天打工刚从城里回来，应该有钱，于是队长说："你兄弟有钱，你去借。"

父亲苦笑着摇摇头，说："我也码算到了，我走到他家屋后又不想去了，你知道，我们兄弟俩尿不到一壶。"

队长说："你俩是亲兄弟，打断骨头连着筋，他会帮你的。"

父亲说："我们亲兄弟，还不如我俩这个隔姓兄弟哩。"

队长说："我带你去借，你不要说，我去说，他要不借，我骂他，不用你骂。"

队长说着就起身往门外走，父亲不情愿地跟在后面。父亲想，这个不争气的弟弟啊，要是关系好，这点事哪用得着别人参与哩？父亲倒觉得他和队长是亲兄弟了。父亲越想越生气，他停下了脚步。队长走在前面，不时大声地咳着，听不见后面父亲的脚步声，他回头一看,见父亲站住了,就跺着脚说:"呀,走呀!"

父亲低着头又跟上去。

## 2

小叔这次回来,是为小儿子(我的堂弟)又不愿读书的事。

小叔家除了小儿子,其他几个儿子,天生与读书无缘,早早就跟小叔去城里打工了。小儿子在家上学,从小学到初中,学习还算过得去,一直是小叔的骄傲。可这学期上到一半,小儿子也不愿上学了,小婶只好让小叔回来解决这事。

小叔也为这事头痛着。

早晨,小叔坐在桌子前喝茶。小叔原来是一个农民,风里来雨里去,挺辛苦的,自从去城里打工后,就养成了许多跟乡下人不一样的生活习惯,比如喝茶。一个农民早晨起来,一般都是要忙忙碌碌的,小叔却悠闲地坐在桌子前喝茶。小叔不喝隔夜的开水,要一早烧开的,倒到透明的玻璃杯里。看茶叶在水里翻滚,然后静下来,小叔就开始喝茶,滚烫的水烫得嘴唇一缩,但小叔就喜欢这样。

小婶看不习惯,黑着脸说:"小儿不上学了,也不知中了哪个邪,跟我犯饿。你把他带去打工吧,我看到他就够了。"

小叔慢慢地啜了一口,把一片茶叶又轻轻地吐到杯里,抬起头说:"让他读书好像为老子读的一样,不上学让他吃苦去!"

小婶嘴快,讥讽地说:"龙生龙,凤生凤,老鼠养儿会打洞,你养的儿子只会打工。"

小叔放下茶杯,脸一红,拍着桌子说:"瞧你那嘴扯的,打工咋啦?不吃饭啦?我一个人在城里打工挣的钱,比他们一家人在地里挣的钱都多!"

小婶懒得再和他理论,出门时,一群鸡就跟在她的后面。小婶走到外面,把簸箕里的瘪稻谷和杂物朝地上一撒,小鸡们就埋头啄了起来。

小婶一抬头,看见队长和父亲朝她家走过来,她看了一下,然后就回来跟小叔说:"队长和你哥来了,他们来干啥?"

小叔也纳闷,父亲已好几年没有来过他家了,这次和队长一道来,确实稀罕。小叔是个聪明的人,他眼珠子一转,就明白了,他们是无事不登三宝殿,肯定是借钱。

为了躲避他们,小叔起身打开后门往外走。

队长先走到小叔家门前,大声地喊了一下小叔,但没人应,小婶在忙着唤鸡。父亲在不远处站着,看着这一切。

队长问:"你男人呢?"

小婶心里明白,打掩护说:"他一早就下地干活去了。"

"干活去了?"队长说,"真是太阳从西边出来了。"

小婶问队长有啥事,队长说:"也没啥事,你哥家的小妹要上学了,没学费,带他来借点钱。"

小婶一拍手说:"我家哪有钱,打工的两个钱,都在他身上,我一分也没见到。"

队长说:"那我们就等他回来吧。"

小婶说:"我也说不准他啥时候回来。"

队长说着就进了家门,看父亲没有跟上来,又回头喊父亲过去。父亲挠着头走了过去,队长端了板凳,两个人坐着。

两个人不走了,小婶很烦躁,一生气就开始撵一只大公鸡,大公鸡拍着紫红色的翅膀,边跑边咯咯地叫着。大公鸡进屋,连飞带跑,扬起灰尘,搅得队长心里挺不爽的。队长的脸就长了,这哪是在追鸡,分明是在赶人。

父亲看到桌子上的茶杯,就明白小叔没走远,是在躲他们,他提提队长的衣服,小声地说:"走吧。"

队长说:"不走,还没见到他人哩。"

正说着,大公鸡从队长的面前跑过,队长一弯腰,伸手把大公鸡抓住了,大公鸡在队长的手里拍了几下翅膀就老实下来。队长把大公鸡递给了小婶,小婶接了,用手打着鸡头,骂道:"让你跑,我打死你。"大公鸡在她手里又开始咯咯地叫着,挣扎着。

折腾了一会儿,小婶停了下来。

队长这时小便急了,起身拉开小叔家的后门要去上茅坑,刚走了两步,就看见小叔的身影了。小叔原想在茅坑里躲一下,等他们找不到人就走,没想到队长坐下来不走了。小叔在茅坑里已蹲了多时,正蹲得腿酸,看到队长也就势站起了身。

队长抱怨地说:"我们在你家坐了一大会儿了,你在茅坑里蹲着。"

小叔提着裤子说:"唉,肚子不好,真是的。"

队长和小叔一前一后地回了家,父亲见到小叔,站起身,不停地挠头。按照规矩,父亲来到他家,也是低头了。小叔应当喊父亲一声哥,表示对父亲的尊敬。但小叔没有喊,而是径直走到桌子前坐下来,右手的手指放在桌面上有节奏地敲打起来,如马的奔跑。父亲站着有点尴尬,队长拽了一下父亲的衣服,两人坐了下来。

队长说:"你哥不好意思说,我来说,你哥家小妹回来要学费了,你哥没钱,来你这儿借点。小妹也是你亲侄女,这个关头你孬好要帮一下子,对你来说也不是难事。"

队长的话果不出小叔所料,想想小儿不愿上学的事,两相对比,小叔的心就被刺了一下,脸瞬间就阴沉了下来。

队长和父亲不知道这些。父亲的双手放在腿间紧搓着,心里忐忑不安,既然队长把话说得这么明了,他也不好再说什么,他盼望着眼前的兄弟能答应,帮自己一把。

过了好一会儿,小叔说:"我回来也没带多少钱,都给老婆了。"

这时,刚才追鸡追得满天飞的小婶已不知去哪里了。

队长说:"你老婆刚说钱在你身上的,怎么又在她身上了?"

队长说话直,一步到台口,不留情面。小叔的脸一下子通红起来了,谎话被识破后,他感到难堪极了。

队长说:"你找找,她可能放在家里哩。"

队长这是在给小叔台阶下,小叔起身去了屋里。父亲想,这个兄弟鬼主意多,又不知道要生啥点子。父亲打量着小叔的家,房子上面几根桁条黑黝黝的,上面垒着一只白色的燕窝,侧室是一圈高高的粮囤,上面杂乱地堆放着一些大人小孩的衣服,底下散放着一些破鞋子,上面粘着干泥巴。中堂墙上挂着一幅年画,三个伟人穿着大衣站在苍松前面,很有气势。父亲再看看脚下,干巴的地面上,堆着几泡鸡屎。

过了一会儿,小叔从屋里走了出来,手里拿着几张红色的钞票,往队长面前一递,说:"就这些了,家底都在这了。"

队长说:"你给你哥,是他借钱。"

小叔把身子转向父亲,父亲望着小叔手里的钞票,身上一阵热,紧绷的面庞变得有生气了,他接过钞票,说:"兄弟,难为你了。"

小叔说:"拿去吧,谁家都有难处。"

队长和父亲愉快地从小叔家出来,两个人在半路上分了手。

父亲一个人走在回家的路上,心里感到十分惭愧,他觉得对不起小叔。这几年没和小叔交过心,小叔变了,并不像自己想象的那样坏,是自己误解他了。自己与他毕竟是一母所生,这种血脉是怎么也割不断的。

父亲大步从村子里穿过,阳光下的村子,树木行行,炊烟袅袅。遇见一个熟人,父亲大声地打着招呼,父亲的心头荡漾着久违的亲情。

## 3

父亲出去后,母亲做完了家务,就开始烧菜给小妹带学校去吃。

小妹平时住在学校里,一般是每个星期回来一次,讨点菜去吃。家里也实在没什么菜可讨了,母亲就去村里的豆腐店讨点豆腐渣回来炒熟了装在罐子里,让她带到学校去吃。豆腐店里的豆腐渣也很紧俏,老板家养了两头肥猪,全靠这豆腐渣喂。母亲每次去讨时,豆腐店的老板脸都拉得老长,随手舀点,倒在母亲的盆子里,母亲千恩万谢地回家去。

母亲把豆腐渣炒熟后,放到一个黑黝黝的瓷罐子里。这时父亲进门了,母亲看到父亲神情很好,就知道是借到钱了。父亲走到母亲跟前,从口袋里拿出钱,递给了母亲。

母亲接了,心里也高兴,说:"他会借给你的,我没说错吧。"

父亲说:"和队长一起去的。"

"你还挺有心的。"母亲想了一下,说。

父亲一听就不高兴了,生气地冲母亲说:"你别狗眼看人低。"

母亲说:"家和万事兴,你们兄弟好了,在村里也有面子。"

父亲不吱声了,他下地去看秧水。

春天的田野,到处都是欣欣然的样子,塘边的柳树在轻风中摇摆着,野菜的叶子平展地铺在地面上,尽情地生长。几块蓄着水的水田,在阳光下像一块块镜子闪着光,这是春天农民准备下秧苗用的水田。

父亲路过小叔家的秧母田,看见田埂上有一处在漏水,低处的旱地里露出了长长的水带。父亲就想小叔太懒了,也不下地看看,春天的水贵如油,漏了的话,下秧苗怎么办?父亲弯腰瞅了一下,没有找到漏水的地方,便脱了鞋子下水。父亲的一条腿伸到水里,冰凉的水就像针扎一样透进父亲的身体,父亲嘴里嘘了一下,又把另一条腿伸进水里。父亲在水里踩了一会儿,找到漏出浑水的地方,双手挖泥把漏洞堵了起来。看到不漏水了,父亲才松了一口气,洗洗脚穿上鞋走开。

下午,小妹在房里收拾东西准备上学去。房间墙壁上贴着一排小妹获得的奖状。母亲走到她的身旁,把钱递给她。小妹知道家里没钱,望着母亲粗糙的大手里捏着的几张钞票,愣了一下,问:"借的吧?"

母亲说:"借的。"

小妹心里沉甸甸地难过,说:"下星期哥哥们回来可能也要学费了。"

"拿着吧。"母亲说,"一个一个来,车到山前必有路。"

小妹接过钱,把钱装进裤子内里的口袋里。

母亲叮嘱说:"装好。"

小妹用手按按说:"装好了。"

母亲说:"到学校要好好上学,不要贪玩。"

虽然这话是老生常谈,但小妹还是认真地回答:"上次期中考试在班里前几名哩。"

母亲的心里就欢喜起来。

收拾完,小妹就背着书包上路了,母亲提着装有豆腐渣的罐子跟在后面。送到村头,小妹就不让母亲送了,然后接过母亲手中的罐子。母亲看着小妹疾步走着,黄书包斜挎在肩膀上,手里提着的罐子晃了几下,黑黝黝的罐子闪了一下铜钱大的光亮。小妹走了几条田埂远,又回过头来,看到母亲还站在村头,就挥了挥手,让她回去。


4

三天后,队长来找父亲给我哥讲媳妇,我哥在家排行是老大。

队长坐在桌子旁,抽着烟,扔了一地咬了牙印的烟屁股。父亲坐在对面,咧着嘴笑。父亲脱掉的衣服搭在板凳上,衣服的颜色就像脏兮兮的沙子,白衬衫的腋窝处,露出两大块汗渍。

队长介绍的女孩是隔壁村的,她父亲是一个老木匠,女孩长得还秀气,但从小患过病,走路腿一颠一颠的。

父亲说:"家里这么穷,拿什么讲媳妇啊?"

队长说:"有儿穷不久,无儿久久穷。木匠和我是姨老表,要不然我还讲不了。不瞒你,这女孩就是走路有点毛病,但下地干活没问题,只要你家不嫌弃就行。"

"我家这么穷哪有资格去嫌弃人家,只要人家不嫌弃我们就行了。"母亲一边在灶台前做饭,一边开心地说。

父亲也心知肚明,要不是那女孩有毛病,木匠那个精明人不会同意和他这个穷家开亲的。但眼下,一家有女百家求,队长来讲亲事,也是给了很大的面子。

说了一会儿话,队长要回家吃饭,父亲拉着不让他走。在乡下,人家来讲亲是天大的面子,哪有不吃个饭的?母亲就忙着做饭。家里也没什么菜,一只老母鸡刚下完蛋,正咯咯叫着从铺着稻草的鸡窝里跳下来,母亲眼睛一亮,从鸡窝里摸出还热乎乎的鸡蛋,打开,放锅里蒸了一盘,又炒了两个青菜,凑了几个菜,端上桌子,让他们吃起来。

父亲刚和队长端起杯子,小叔就过来了,父亲没看见。队长对父亲努了一下嘴,父亲看到小叔已走到门口,站起身来,笑着招呼小叔进屋来和队长喝两杯。自从前几天父亲从小叔那借到钱后,父亲对小叔的印象也改了,心里多年的块垒也消融了。

小叔嘟着嘴,既没理睬父亲,也没进屋,而是站在门前,黑着脸。

父亲仍笑着,上前拉了小叔一下,招呼他进屋。小叔狠劲地甩了一下胳膊,父亲惊讶了一下,不知道小叔为何这样,是不是哪里不开心了。

小叔梗着脖子,大声地说:"我是来要钱的,你把我借给你的钱还我!"

前几天,父亲借钱走了后,小叔很受刺激。小叔家的几个孩子不上学了,打工的打工,种地的种地,现在小儿子也不愿上学了,小叔觉得挺窝心的,而父亲即使借钱也要让孩子上学。小叔明白,以后父亲的家庭肯定会超过他的家庭,小叔不想看到这样。小叔与父亲的矛盾像一头巨大的鳄鱼深深地潜在水底,偶尔就会浮上来,露出凶恶的面目来。他越想越窝心,决定要钱去。

小叔来要钱,让父亲吃了一惊,刚借的钱就来要了,天下哪有这样的道理?

父亲说:"兄弟,我现在手头一分钱也没有呀,你给我缓个劲,我会一分不少地还你的。"小叔蛮横地说:"不行,今天你要把钱还我。"

"前几天我下地瞧秧水,还把你家田里的一个漏子堵了,你可知道?"父亲打着岔,笑着说,春天明媚的阳光照在他满是皱纹的脸上,显得敦厚和慈善。

小叔没吭声,顿了一下,又说:"秧水漏完了,我会花钱买的,你把钱还我。"小叔双手插在裤兜里,矮胖的身子在春天的阳光下,面孔紫黑,一副不讲理的样子。

这世上有钱什么都能买到,但这手足之情也能买到吗?父亲没想到小叔说话这么冲,翻脸比翻书快,父亲看到他眼里露出的凶光,心里就抖了一下,父亲吃过他的亏,心有余悸。这几天来荡漾在心头的兄弟之情,慢慢地退去。

队长听到父亲与小叔的对话,也站起身来,走到门外,不高兴地对小叔说:"你进屋来喝两杯,有话好好说,发这么大脾气干啥?!"

小叔不听队长这套,他把手从裤兜里拿出来,抱在胸前,说:"我是来要钱的,我不稀罕这饭!"

队长站在那里,下不了台。父亲上前乞求地说:"队长在给我讲儿媳妇,你这样做不是在拆台吗?"

"我是来要钱的,我不管这些。"小叔强调。

父亲哭丧着脸说:"兄弟,你这不是帮我哟,你这是在拿刀子杀我哩。"

父亲、队长和小叔的对话,母亲就在屋子里听着。母亲的眼前一遍遍地发黑,她用手撑着头。母亲是一个刚气的人,她还没被人上家门来欺负过!

母亲走出来,冷静地对小叔说:"我明天就还你钱,兄弟你回去。"

父亲望着母亲发愣,不知道母亲是不是在发烧说胡话。

小叔还不走,母亲说:"这个家你哥当不起,我是当家的,我说明天还你,就明天还你。"母亲的脸在阳光下很平静,目光里透着坚决。

小叔不信,仍站在原地。

母亲讽刺道:"你哥不是人,是个畜生;但我说话还是算数的,你放心回去吧。"

小叔被噎着,悻悻地走了,走了几步,又回过头来,说:"明天要是不还钱,别怪我来掼屎罐子啊。"掼屎罐子,在乡下是最羞辱人的事了。

小叔走了,几个人又坐回桌子上,但都没了吃饭的心情。父亲的面孔一阵黑一阵白。父亲挠着头叹息了一声,这声音仿佛撕破的锦帛,长长的、清脆的,在寂静的空间里使人的心头一皱。

队长说:"这钱也有我一份哩。"

母亲劝道:"甭提这事了,再喝两杯吧。"

队长说:"吃饭。"

母亲盛上饭,几个人埋头吃了起来。

## 5

下午,父亲问母亲:"你说明天让他来拿钱,你从哪儿搞钱去?你是不是头脑发热了?"

母亲说:"我头脑没发热,我想好了。"

父亲说:"你想好了?你说给我听听。"

母亲说:"你明天一早去学校把小妹叫回来。"

"叫她回来干啥?"

"叫她回来,她的学费还没缴。"

"你不想让她上学了?"父亲大吃一惊,问。

母亲的鼻子一酸,眼睛就红了。母亲用手擤了一把鼻涕,颤抖着说:"我也没办法了,长大了她怪我,我也没办法了。"

父亲生气地说:"她正一身劲念书,我叫不回来她。"

顿了一下,母亲撩起衣襟擦了一下眼睛,说:"你就对她说,妈想她了,她就会回来了。我养的孩子我知道。"

父亲在屋里踱来踱去,他可不想去撒这个谎。

母亲生气地说:"你像个狗转圈一样,转个啥?!这事只能这样了,没法子。"

第二天一早,父亲就上路去几十里外的区中学找小妹了。

父亲走在黄土的大路上,脚上的布鞋歪扭着,两只粗大的脚趾露在外面,不断有泥屑灌进来,父亲粗大的脚已适应了。

半上午时,父亲来到学校,校园里静悄悄的,只听到几位老师洪亮的讲课声。父亲坐在花坛的边上休息,透过墙壁上硕大的玻璃窗,可以看到里面学生们黑压压的脑袋。

小妹考进区里的中学读书已一个学期了,父亲还是第一次来学校,父亲觉得区里的学校与乡下泥房子、泥台子的学校就是不同,洋气,有文化。父亲想小妹在这里上学多有福气,多有奔头,自己再苦再累也值得。父亲已忘了是来劝小妹退学的,直到下课铃声骤然响起,接着一群学生闹哄哄地从教室里走出,教室前顿时成了一只巨大的蜂箱。

父亲站起身来,看着眼前黑压压一片的学生,他想找到小妹的身影,但找不到。他走上前去问了一个女生,女生睁着黑亮亮的眼睛打量了一下他。父亲介绍了自己,女生带着父亲来到教室门前,朝里喊了一下小妹的名字。父亲看到小妹正站在桌子前和两个同学说话,听到喊声,扭过头来。她看到站在门口的父亲,惊诧了一下,然后跑过来,高兴地问父亲什么时候到的,有啥事。

父亲把小妹叫到旁边,望着站在面前单纯而活泼的小妹,喉咙滚动了几下,嗫嚅着说:"你妈想你,让你回家一下。"

小妹望着父亲,两只眼睛扑闪着,说:"刚从家里来,又想我?"

父亲没敢看小妹,将头扭向旁边,望着一棵树,说:"你妈就这样的,儿女心太重。"

小妹理解母亲,说:"放学了,我就跟你回去。"

说完,上课的铃声响了,小妹和同学们都走进了教室。

6

放学了,小妹和父亲回家了。

小妹走在前面,有着长长包带的书包随着她的腰肢的晃动而左右晃荡。父亲跟在后面,觉得小妹像一棵树苗,忽然就长大了,长得秀气了。这条路,小妹每个星期都在上面奔波,这里的每片草地,天空中的每块云朵,都映照过小妹风尘仆仆的身影;但这次回去后,她就再也走不回来了。父亲心情沉重,觉得对不起她,不断地叹息。小妹就回过头来问:"你一路上总是叹个没完,心里有啥事?"

父亲说:"能有啥事?走路累了。"

走到一处高坡,父亲说:"坐下来歇一会儿吧。"

拣一块草地,父亲先坐下来。小妹没坐,看到前面有一朵开得艳丽的花,跑去摘了来,插到书包里。花枝从书包的布盖子里伸出来,看着十分爽目。

农村吃午饭晚,两人到家时,刚过吃中饭的点。母亲看到小妹回来,老远就迎上前去,把她的书包接过来,看到她的脸上挂着几滴汗珠,就用手轻轻地拭去。小妹站着,一动没动。

进到屋里,母亲端了一个板凳,让小妹坐下。

小妹说:"我刚走两天,你怎么就想我了?"

母亲垂着手,站在她的面前,眼望着脚尖,半天说:"我是想你了。孩子,学费你可缴了?"

小妹说:"没缴,我准备这两天缴上去的。"

母亲避过脸去,说:"不要缴了,妈想过了,你也不要上学了,只有你能救这个家了。"

小妹睁大了眼睛,对这个突然发生的事情,她还听不明白。

母亲就把事情的经过说了一遍,小妹听明白了,她双手紧拧着衣角,跑到屋里,头埋在床上哭了起来。她青春的身子,随着抽动一起一伏着。过了一会儿,小妹眼睛红红地走出房子,把折叠着的钞票递给了母亲。

母亲接过钱,泪水哗地流了下来,哽咽着说:"孩子,我对不起你,我也是走投无路了。有一分钱的路子,我也不会这样做。"母亲的内心里,带着深深的忏悔。

"妈,我不上学了。"小妹又过来安慰母亲,平静地说,"村里的女孩子不是都在家吗?"

母亲把钱交给父亲,说:"你去还他钱吧。"

父亲接过钱,几张纸票在他的手里像被大风刮着,不停地抖动。

母亲转身进屋喊小妹下地去,母亲知道小妹难过,她不能让小妹待在家里,去地里干干活,说说话,小妹的心里就会好过些。小妹很纯善,拿着收音机,跟在母亲的后面走了。收音机里,一男一女正在进行英语对话。

父亲去给小叔还钱,走到半路上,看到队长在门口收拾农具,就拐过去,喊他一道。

队长望着父亲说:"你真的搞到钱了!从哪儿搞到的?"

父亲说:"小妹她妈不让她念书了。"

哦!队长瞪大了眼,张大着嘴,嘴唇上的胡须根根直立如刺猬的刺。接着,队长把手中的农具朝地上一扔,发出哗啦的声音,抹了一下嘴巴,说:"走!"

两个人来到小叔家,小叔正坐在桌子前喝茶,茶叶在玻璃杯里浮着,小叔用手把杯子放在桌子上轻轻地来回摩擦着。看到门口两个黑黑的身影,小叔抬起头来,一看是队长和父亲,又回头去摩擦着玻璃杯。

队长说:"你哥还你钱来了。"

小叔停了下来。

父亲从口袋里把几张钞票拿出来,放到桌子上,讽刺地说:"还是你那几张,原样的。"

小叔伸手接了,父亲打断他说:"你数一下可对,不要我们走了你说少了。"

小叔用两根手指头随便地搓捏了一下钞票,说:"正好。"然后插进口袋里。

队长剜了他一眼,指着他说:"你侄女失学了,你知道吧?"

小叔不屑地说:"这……这和我有啥关系?!"

还了钱,父亲大步往家走,走到村头,看到远处自家的地里,一大一小两个劳作的身影,大的身影是母亲,小的身影是小妹。父亲作为一个男人,觉得对不起她们,他狠狠地打了自己一个耳光,响亮的声音只有父亲自己听到了。

# 念兹在兹

## 1

一个月前的今天,是我心碎的日子。母亲在床前挣扎着等我回去,而我正从千里之外风尘仆仆地往家赶;但我还是没能在母亲闭眼前见上她一面,和她说上一句告别的话。

母亲的去世对于我们这个家庭来说,是一个天大的事。今天,是母亲去世一个月的日子,我的心猛地沉了一下。坐在办公桌前,心情也低沉了许多,想起了什么。

想起什么?

母亲在时,感觉死亡离我们是那么遥远;现在,母亲走了,死亡豁然地兀立在面前,让我们不能接受。母亲走了,没有了母爱的遮挡,我们如"茅屋为秋风所破",身处在风雨中,从此太阳可以晒我,雨水可以淋我了。

在这一个月里,我出去开了两次会。过去出远门,我喜欢寻找一些地方名点,带回来给母亲品尝。现在,母亲不在了,我出差时也不去找了,美食如果只是满足自己的私欲,而没有母亲来分享,对我又有何意义?

母亲去世后,我开始关注关于死亡或生命的文章,我想了解死亡和生命的真相;母亲在时,我从没想到过这些。

孔子说:"未知生,焉知死?"

有人以为从整个宇宙的主场看,生命之能是永恒的,它使具体的生命从一种形态转换为另一种形态,由此构成生生死死的生命之流,并且反复循环,生而死,死而生,永远流转,以至无穷。故死亡在整个宇宙生命中并不具有最终的性质,它只是相对于生存显现才具有终极意义。

但愿能像上面所说的那样,母亲没有死,只是换了另一种方式存在。但愿如《小尔雅》里所说,"讳死,谓之大行",母亲只是去旅行了,去了很远的地方,她还会回来的。

前天,我去拜了佛。面对佛,我问,我有过母亲吗?我为何听不到她的声音,闻不到她的气息,看不到她的身影,我的眼前空空荡荡?

佛答:"孩子,你肯定有过母亲,否则,你的生命从何而来?你的眼前空空荡荡,因为你的母亲去了远方。"

我问:"我的母亲去了哪里?我们已分别很久,我想她了。"

佛答:"孩子,你的母亲不是赶集去了,若赶集去了,她还会回来。这次她去了遥远的地方,再也不回来了。"

我说:"不管母亲去了哪里,我都要找到她。"

佛说:"孩子,你在人世间已找不到她了。你要朝你的内心里寻找,你的血液就是她的血液,你的善良就是她的善良。你的每一步里,都有母亲的校正;你的每一点成绩,都有母亲的欢欣。从年幼到年长,母亲和你生命交融。你的母亲没有走远,她就活在你的心里,与你每时每刻都在一起。"

我说:"我要我的母亲啊,我要拉着她的手。"

佛:"孩子,母亲的手总要丢开你的。她不是狠心,她是不舍,她怕拖累你。丢开,是她最后一次奉献母爱,她要留一个清明节给你。"

我问:"不管是白天还是黑夜,我一写下'母亲'这个词,就泪流满面。'母亲'这个词以后对于我就是多余的了?"

佛答:"孩子,母亲在时,你的眼里没有泪水,有的只是欢乐。现在,你把泪水蓄成一潭湖水,也映不出母亲的影子。但'母亲'这个词,对于你不是多余的,你可以对着天空喊:母亲!你可以对着高山喊:母亲!你可以对着大地喊:母亲!你可以对着河流喊:母亲!"

我问:"如果我的母亲有来生,我们在街头相遇,她会认识我吗?或者我在街头看见一个似我母亲的人,我唤她母亲,她会答应我吗?"

佛答:"孩子,在我们佛家里,善良的人都会有来生,你的母亲是个好人,肯定会有来生的。但你母亲的眼睛不在人间,在天上。你的一举一动,她都能看见;你的喜怒哀乐,她都知晓。她慈爱的目光会紧随在你的身旁,护佑着你成长。"

佛啊,通过你,我找到了永生的母亲!

愿我的母亲脱离人间的苦难,在天上做个幸福的人!

## 2

母亲与我们在一起生活的时间很长,有很多事情可以记录,但在我人生的几个重要节点上,母亲的表现让我刻骨铭心。

20世纪80年代末的冬天,我挑着一担行李,到集上乘车去淮北报到上班。这是我第一次离开家,淮北在哪里,母亲不知道,只知道是一个遥远的地方。临分别时,母亲一再叮嘱我:"到了那个人生地不熟的地方,妈就照应不到你了,一切就靠你个人了。"

母亲第二天去赶集,看到车站,便不由得想起我就是从这里乘车离开的,她喊了一声:"我的儿啊!"头猛地一晕,就失去了方向。要知道,这个家门口的集,母亲赶了无数次,就是闭着眼睛也能摸到家,今天怎么就找不到回家的路了?熟悉的房屋、熟悉的街道,但脑子里就是一片迷茫。母亲知道麻烦了,找到村里的人,跟着走回来,可见母亲骨肉分离的疼痛。

两年后,我在淮北成了家,那年冬天,我的孩子出生了。母亲要来带这个大头孙子,我知道母亲有晕车的毛病,就劝她不要来,等孩子长大一点,带回家见是一样的。

可是母亲还是来了,母亲头一次来认不得路,便由父亲陪着。

母亲一乘上汽车,便头晕目眩浑身散了架,只得打开车窗不停地吐。父亲见母亲这个样子,很害怕,问母亲要不要下车返回,母亲坚决地摆了摆手。汽车在冬天的寒风中疾驶着,一打开车窗,风就灌进车里,如刀刺一样。车内的人就反对,父亲也没有办法,只有不断地向大家道歉,把车窗开到最小的限度。母亲刚把头缩进车内,就又吐,只得又打开车窗。如此反复,母亲的头渐渐晕得没劲了,失去了知觉,无力地耷拉在窗口,口中流出的一丝丝苦水挂在衣领处,在寒风中很快冻结成冰。

他们乘车到了淮北市,从市里到矿上还有四十多里路,但母亲不能坐一步车子了,一早就和父亲徒步上路。中午我们正在吃饭,父亲和母亲突然出现在门口,让我们又惊又喜。当父亲把他们徒步走来的消息一说,全房道里的人都惊呆了。

母亲说,我来到这遥远的淮北煤矿工作,她总是左一个右一个不放心。这次,尽管十个小时的旅程让她晕得死去活来,但绝不说一句孬话,就是搭上这条性命,也要来淮北看看我究竟在干啥。

母亲倒头昏天黑地地睡了三天。母亲带给我的礼物,是一包用猪油烤得焦脆的锅巴。这是我上学时,母亲供给我的干粮。母亲的到来,把她勤劳俭朴的生活习惯带给了我们。母亲最心疼我们花钱上街去买菜,见我们窗前有一块数平方米的地荒着,趁我们上班不在家,硬是用铁锹开垦出来,种上菜。之后,每年春季母亲还捎来菜种嘱咐我们种上。

母亲住了月余,心里便发慌,又牵挂着地里的庄稼、圈里的猪崽。母亲怨怪自己在这儿吃好的喝好的,为啥非要牵挂家,是个穷苦的命。

母亲终于要回去了,先回家的父亲又来接她。为了避免母亲再受乘长途汽车的痛苦,我们把最后一线希望寄托在坐火车上,并给她准备好了药片和各种解除晕车的单方。

在市里休息了一夜,第二天,母亲便流着老泪告别我乘上火车走了。母亲回到家后,父亲来信说母亲坐火车好不了多少,仍晕得昏天黑地。

这是母亲一生中唯一的一次出远门。后来,二弟大学毕业也被分配在和我一个煤矿工作,母亲又多了一个牵挂的人,但母亲终没有勇气再赴一次长途了。

数年后的夏天,我的双腿骨折了,那段时间也是我人生的低谷,情绪十分低落。经过一段时间的住院治疗,可以出院了,我便决定回老家去养伤。

父亲来矿上接我回家。我们乘火车到达合肥,在大姑家休息一下,第二天下午再乘乡下班车回去。傍晚,中巴把我和父亲丢在半路上,这儿离家还有三里远的土路,我在马路边坐下,父亲回家拉平板车来接我。

薄暮慢慢地升起来了,四弟拉着一架平板车出现在我的视野里。到了跟前,四弟打量了一下我,说:"三爷(父亲)回去说这次回来带了不少东西,让我拉车来接你,原来就两个包,一人背一个不就行了。"我知道,父亲没把我的伤情告诉家里。

四弟把包往车上提,我一拄双拐站起来。四弟吓得一愣,问:"你这是怎么搞的?"

"工伤。"我轻松地说,"没什么大不了的。"

坐在平板车上,颠颠簸簸地往家去。我已有一年多没回家了,我回来是母亲一直以来的愿望。现在我真不敢想象,母亲见到她日夜牵挂的儿子,如今拄着双拐回来时,她的心会怎样难过。我建议四弟把车子拉得慢一点,等天黑下来到家,好掩饰一下。在路上,我把双拐扔了,并用裤筒把石膏带罩得严严实实。

到家已是掌灯时分,母亲早已站在路口张望了。我慢慢地下了车,喊了一声妈,母亲高兴地说:"哟,这点路都走不动啦,还要老四去拉。"

不多一会儿,细心的母亲还是发现了我的伤情。我坐在椅子上,母亲蹲下身去,用手提起我的裤筒,抚摸着我打着石膏的双腿,好长时间没吱声。我的心提了起来,怕看见想象中母亲伤心的场面,家里热闹的气氛一下子冷寂下来。过了一会儿,母亲仰起脸笑着说:"伢子,我左看右看不对劲,你往常走路不是这样子的。你不要瞒我,你能回来,妈就高兴,待在家里好好养伤,妈会服侍好你的。"

回家养伤,这是我三十多年来头一次。母亲是一位朴素的农村妇女,她不懂护理常识,只会用一颗慈母的爱心来呵护着我。之后的日子里,每天清晨我还睡在床上,母亲便打来洗脸水,把牙膏挤好,送到我的床头。接着,又把一碗漂着油花的鸡汤呀,骨头汤呀端来。

家里养着一群鸭子,每次走过圈前,鸭子都嘎嘎地叫着,小侄子三宝便站在那里"1、2、3"地学数数。终于,小侄子开始问母亲:"奶奶,我家的鸭子又少了一个。"母亲笑着对他说:"一个不少,你数错了。"小侄子便又去数,他不知道,那些鸭子都被母亲杀给我吃了。

那些天,我的情绪比较烦躁,常莫名地发一些火,吃不下去东西,身体明显地虚弱。母亲便常坐到我的床头,有话没话地和我笑着聊天。

不久,我可以下床慢慢走路了,为了让母亲觉得我恢复得快,我在医嘱的时间还没到时,就把石膏带拆了。

一天,母亲在灶间做饭,我进去的时候,见母亲用手背擦了一下眼。母亲的双眼红红的,我问母亲怎么了,母亲笑着说:"刚才烧锅被火熏的。"母亲又问我的伤恢复得怎么样了,还疼不疼。

又有一天,母亲在场地上摔了一跤。母亲毕竟上了年岁,这一摔,母亲躺下了,不能动。母亲最大的担忧就是父亲不会照顾我。

第二天,母亲又起床趔趔着忙碌起来,我劝母亲保重身体,母亲笑哈哈地说:"我们骨头硬,不要紧的。"

一个月后,我的腿伤已经痊愈。一家人都挺高兴,那几天,我们常在一起聊天。有一次,我开玩笑地说:"来家养伤的时候,最怕妈受不了。后来看妈天天乐哈哈的,我才放心。"

我的一句话,勾起了母亲的辛酸,母亲说:"你回来的那些天,哪天我不偷偷地哭呀?我不想让你知道,怕增加你的负担,一见你,就装出笑脸。你能下床走路了,我就在背后偷偷瞧,就怕你留下后遗症,成个瘸子。那天,看你走路歪了几下,我的头一晕,就摔倒了,我的腰至今还痛呢。伢子,你能好生生的,和过去一样,菩萨有眼啊!"

母亲的话使我一下子明白,这么多天来生活中发生的许多细节,我被深深感动了。

许多年后,我调到了合肥工作,但我的生活条件还很差。那年初冬,母亲从家里打来电话,要来城里看病。母亲虽然年纪大了,但还在农村劳动着,她很少来城里,这次母亲来,我要让她好好住几天。

第二天一大早,我去车站接母亲。我找到那辆从家乡开来的大客车时,车上只剩下母亲一个人了。母亲的头伸到窗外,凝固了似的,满头花白的头发被初冬的凉风吹乱。母亲晕车了,很严重,我看了心里一阵难过。我喊了一声,她勉强抬起头来,睁开眼睛看了看我,没有答应,又低下头去。

我上了车,车厢里满是汽油的味道,里面的座位已被改装得很拥挤。母亲就坐在一个破烂位子上,这是一种典型的报废车子,像我这样老出门的人,坐了也会很难受的,况且是晕车严重的母亲。

我坐在母亲的身边,等母亲稍好了点,慢慢地把她扶起。母亲费了好大的劲才下了车,然后,一屁股坐在旁边的水泥台阶上,又抚着头吐了起来。母亲已吐不出来任何东西,只是伸长脖子干呕。我看着母亲痛苦的样子,站在旁边束手无策。

母亲坐了很大一会儿才起身,我们慢慢往家走。母亲不能说话,我也就不和她说话了。

走到楼下,母亲抬头往我住的楼上看去,阳光下,家家户户的阳台上都挂着咸猪肉、咸鸭和香肠等,而我家的阳台上却光光的。母亲叹了一口气,声音低弱地说:"儿子,我讲给你腌点咸货,你非不给腌,你看哪家阳台上不挂得满满的,就你家阳台上光光的。"这是母亲下车后说的第一句话。我们老家的风俗是,咸货晒得越多,就预示着日子越好。我不会做咸货,每年母亲要给我从农村腌点咸货带来,都被我拒绝了。我怎么能要她的东西呢?我安慰母亲说:"买比腌划得来。"

到家后,母亲倒在我为她收拾好的小床上就睡去了。我知道她很疲惫,把开水放在她的床头,叮嘱了几句就上班去了。

下班后我从街上买了一点烤鸭等农村不常见的熟菜,想改改母亲的胃口,让她吃点饭。我到家时,母亲还在沉沉地睡着,看样子一上午她都没有醒来过。我到厨房做好饭,把母亲喊醒,我劝母亲尽量吃点东西,母亲说:"儿子,不能吃,吃一口都会吐的。"然后又睡去了。

做了一锅的饭,我一个人默默地吃着。

下午,我请了假在家陪母亲。我坐在母亲的床头,母亲稍微好了一点,就开始和我说话,说着家里的一些事情。母亲很高兴,但我一提到让她吃饭,母亲的快乐就顿时烟消云散,她把头埋进了被子,仍说一口饭都不能吃,就没了声音。

母亲不吃不喝地在家里睡了一天,到了第二天中午才想吃东西,嘱咐我熬点稀饭,就这样清汤寡水地吃了一点,算是饭了。

母亲身体好了一点后,我就骑自行车带她去医院看病。每次我都把车子停在马路牙边,等母亲坐好了,我再骑走,母亲坐在后面用手紧紧地抓着我的衣服,我能感觉到她的紧张。到了十字路口,我就让母亲下来,我们一起过斑马线,再骑车走,我们一路走一路说着话。到了医院,检查后并不是什么大毛病,我和母亲才放下心来。

从医院出来,我带母亲去逛逛城里的大商场,让她老人家开开眼界。母亲一走进去就睁着一双惊奇的大眼睛,像刘姥姥进大观园。商场里人来人往,穿戴时尚的男男女女如过江之鲫。我一边走一边给母亲讲解着商品,我每次回头都看见母亲在后面,和我保持着一段距离,我就感到有点奇怪了。我说:"妈,跟着我走,不要走散了,人多不好找。"母亲说:"儿子,妈在城里是个呆妈哟,跟着你不难看吗?"母亲说得我的心头一酸,我知道她老人家的心思,她是怕儿子带着一个农村土老妈子,被人家笑话。我没有吱声,紧紧地挽住母亲的胳膊。

上二楼了,母亲望着那滚动的电梯却怎么也不敢上,我就做样子给她看。母亲在我的搀扶下,壮着胆子,一脚跨了上去,但踏在了电梯的黄线上。母亲趔趄了一下,我赶忙扶住了她。再上楼,母亲坚决不愿乘电梯了,我们就走上去。

中午,我领母亲去一家饭店吃饭。两个服务员拉开玻璃门,我们进店后选了一个吧台坐下来。我拿着菜单点菜,母亲不知道要花费多少钱,一个劲地责怪我。母亲在乡里赶集时,再晚也是匆忙地赶回家吃饭的。母亲养育了我们兄妹五人,操劳了一辈子,这可是头一次进饭店。我安慰她说不要紧的,我们吃点便饭不浪费的。母亲吃不了多少就饱了,为了不让她认为我们是在浪费,我把剩下的菜吃完了。

住了几天后,母亲的身体渐渐恢复了。一天中午下班回去,我看到母亲把厨房的台子、碗橱的门和锅盖等,全擦洗得干干净净。我换下的衣服也被母亲洗了,挂在阳台上。风轻轻地吹着,衣服轻轻地晃来晃去,家里面貌一新,使我感到从没有过的温暖。

母亲在家里,我下班回来就能吃上做好的饭菜了。闲下来时,我们就说着生活的话题,母亲最喜欢说家里的小孙子们。她说,每次上街回去都要带点东西给几个小孙子吃,有时带点苹果,大孙子、二孙子最狡猾,总是要拣大拣小的,大小拣过了,就拣颜色,比哪个最红。三孙子最厚道,只要搞到一个就不吱声去吃了。小外孙女,刚三岁,什么话都会说了,大人说啥她都能对上来,一五一十的,聪明得很。母亲一个一个地说,说得眉开眼笑,爱意绵绵。母亲拿自己和乡亲们比,觉得知足了。这些人我都熟悉,他们在农村里劳作了一辈子,有的人一辈子连城也没有进过。最后,母亲感慨地说:"儿子,再有病死了我也闭眼了,我见到光塔(大世面)了。"我说:"外面还有比这个更大的城呢。"

几天后,母亲想回去,我让她多住几天,她开始着急了,和我念叨父亲一个人在家里,这样也不行那样也不行的,还有养着的羊、鸡,地里的庄稼和小孙子们等等。

母亲终于要回去了,为避免晕车,早饭母亲就不愿吃了。我给家里的四弟打了电话,让他到时候去乡下的车站接母亲。安排好后,我和母亲出门了。我们沿着一条小巷去车站,初冬的阳光照在母亲的身上,我看到母亲的背有点驼了,走路也迟缓起来。母亲一再叮嘱我,生活要节俭,她看不惯城里有钱人的浪费。

到车站了,我把母亲送到车上,选了一个好位子坐下来。一会儿,车子开动了,母亲一边用手捂着嘴,一边摇着手,叫我回去。车子终于载着母亲上路了,消失在我的视线里。

晚上,我给四弟打电话,问母亲一路上的情况,四弟说母亲仍旧晕车了,在家里睡着呢。


## 3


母亲去世后,我们兄弟相聚在一起,常相互打听谁梦到过母亲。

四弟说,母亲葬后的第二天一早,他和小妹去岗头上看看母亲的坟。还没到岗头上,就见一只黑色的鸟迎面飞过来,在他们的头顶飞来飞去地叫,有时翅膀都快要扑到四弟的头了。四弟从没见过这场景,就挥舞着双手朝天空赶,可怎么也赶不走。小妹就说,这鸟不知道是不是妈哟。可奇怪,小妹说完,这只鸟就飞走了,飞到岗头上的树林里去了。

四弟说完,我们都沉默起来。母亲,难道真是你的在天之灵?

我说:"这不是梦,我梦到母亲了。"

在梦里,我从村子往家走,几个乡亲在门口聊天。母亲穿着红色的毛背心,头发梳得光光的,背对着我,正在和他们说话。我走到跟前,母亲就回屋里去了,没有和我说话,我就醒了。

我把梦见母亲的事说给他们听。三弟问,母亲说啥话了吗?我有点遗憾地说,没有。四弟说,听人说梦到去世的人,不说话好。过了一会儿,四弟有点嫉妒地说,做梦也看不清母亲。我说,我看得好清楚,就跟真的一样。三弟、四弟就羡慕得不得了,他们也想母亲了吧。现在,能在梦中见到母亲是多么幸福的事啊。

弟弟们都认为,我是第一个梦到母亲的人。

四弟说:"因为你是家里最有出息的,妈喜欢你。"

父亲说他也做过一个梦,梦见母亲一个人在锄地,父亲来到她的身旁,母亲抱怨地说,别人家的地里都光朗朗(干净)的,她做的地里荒草锄不完。父亲操起锄头就和母亲一起锄起地来,两个人都不说话。听到这个梦,我的心情沉重起来,母亲在地下还在劳累吗?年少时,许多次我和母亲在地里锄草,母亲教我锄头要怎么用,才不伤着庄稼。太阳就在头顶,母亲头上绾着一块毛巾,而把草帽留给我。我们从东冲锄到西冲,锄过的地里又长出新的草。母亲一辈子都在庄稼地里和野草打交道,直到庄稼成熟。

之后,在半年的时间里,我又多次梦见了母亲。每次醒来,就赶忙记录在本子上。

在梦里,我们没有衣服穿了,家里的门也没有了。我是一个少年,披着被单,赤着脚在田野上奔跑。我大声地呼喊着母亲,可我找不到母亲。风吹起了被单,露出我赤裸的身体,我哭泣着,伤心无比。这个时候妻子翻了一个身,我醒了,似乎还在哭泣。我睁开眼睛,早晨的一抹亮色覆盖在我的脸上,我的眼角不知什么时候一片潮湿。

在梦里,母亲大声地对我说:"宏兴,你晒的被子收回家了吧?"

我说:"是啊,刚刚收回家的。"母亲笑着埋怨说:"我说我看到你晒的被子了,老四(四弟)说不是的。"

我好奇怪,我在外地,和母亲隔着遥远的距离,晒一床被子她老花的眼睛怎么能看到?我跑出去站在一个高处朝家的方向看,我多次站在这里遥望过。远远的,中间隔着田野树木,邵河村子一座红砖的房子挡住了视线。我转换了一下角度,撇开这座房子,果然清晰地看到了老家的门口,如果晒一床白色的被子是真的能看到哩。

我赶忙掏出手机打给母亲,我说:"能看见哩,刚才我是晒被子的。"母亲哦哦着。就听四弟在旁边大声地说:"我说错了哈,我没看见。"母亲想我了,肯定在默默地关注我,今天晒一床被子她都看到了。

在梦里,领导让我去放羊,我把羊放在了山坡上,有一只羊为了吃草,爬到高高的山顶上去了。羊要放到啥时候?我要回家,就把羊丢在山坡上。回到家,母亲在涮锅做饭。母亲是个身材苗条的女子,我打声招呼就要走,母亲伤心地哭了起来,让我多留一会儿,我留了下来。后来母亲让我还去放羊,说把羊丢在山坡上怎么办?我走出村子,路边一棵大树朝天空喷着红色的火焰,就像一个光柱,我从没见过,但也不想研究它,继续朝山岗上去。我到了山里,山上都是郁郁葱葱的松林。

母亲去世许多天了。有一次,我回去看父亲,临走,父亲颤巍巍地拿了几张纸给我,我打开一看,是父亲写的怀念母亲的诗:

    半夜躺在横枕上,朦朦胧胧见人影。猛然起来拉你手,眼睛一睁不见人。

好人一走抓我心,成天到晚走掉魂。手拿东西团团转,不知东西放哪边。

......

这些字笔迹不同,有的地方可以看到当时父亲流泪时濡湿的印迹。这是父亲多少天来一点一滴心情的记录,没有想到父亲会如此想念母亲。

4

我早就想给母亲写一本书了,但一直没写下去。因为多少个夜晚,我坐在灯光下,一落笔就泪流满面,我只有停下来。我也不知道,这样停下去,心中对母亲的那些炽热的感情会不会冷下去,这样会更可怕。

书写不下去,但母亲时时记在心中。每当我坐在主席台上或办公桌前时,每当我被别人当作"人物"隆重接待时,我心里就会涌起对母亲的感恩。如果没有母亲含辛茹苦地让我读书,就没有我的今天。

荣格有"双重母亲"的定义:"一个母亲是真实的、人间的母亲,第二个母亲是象征意义上的母亲。换句话说,她是神圣的、超自然的,或者在某个方面不平凡","源自两个母亲的人就是英雄,第一次出生令他成为一个凡人,第二次出生令他成为不朽的半神"。

母亲生我养我,这是母亲给我们的生命的最初状态,母亲这次与病魔搏斗,用自己的生命给我们演绎了如何面对死亡。这是母亲给予我们生命的一次提升,是母亲最后一次奉献母爱。本来我们面对死亡是多么地恐惧,现在我们看着母亲一步步勇敢走过,便有了对生命的顿悟,看世间更加开阔,看人生更加豁达,坐看云卷云舒,闲看花开花谢,遵从自己的内心,过好每一天。

一个月的时间过去了,母亲去世带来的那种蚀骨的痛在慢慢平复,但猛然又会袭上心头。

我先是把母亲的照片装在一个小镜框里,放在我的书架上,因为我在书房待的时间最多。我把母亲的照片和那些大师的书放在一起,母亲虽然是一个农人,但她给予了我生命,这一点她不比我景仰的任何大师差。照片是1998年夏,母亲来合肥时,我们在街头照的一张合影。夏季了,母亲穿着一件白色的带花点的褂子,里面还隐约露出"南京炼油厂"字样的汗衫。母亲衣袖卷起着,浓黑的头发往后梳理着,我站在母亲背后,双手背在身后。那年母亲六十岁,身体健康,还在做着农活。后来我又把母亲的照片放在书桌上,这样我写着写着,一抬头就能看见母亲。我经常停下来凝视着母亲,母亲笑着望着我,仿佛就要开口对我说话了,但始终没有。母亲啊,我多么想把你从照片里拽出来,让我们像过去一样生活,但这已不可能了。

我还在桌子上放了一盒抽纸,我常常在夜深人静时,望着母亲的照片泪流满面,我用抽纸擦我流不干的泪。两年来,我们陪着母亲与病魔搏斗,一点一滴依然历历在目。母亲忍着痛苦,教会我们如何坚强,这都是母亲留给我们的巨大财富。

凝视着母亲的照片,我常陷入思绪里。母亲,我再看你时,你就是一个朴实的农妇啊。但你活着时,我并没有意识到这一点,在我的心里,你能够抵挡风雨,能够支撑家庭,你就是高大的了不起的母亲。可你就是一个平凡的农妇,和天下千千万万个普通母亲一样。走在路上,没人会给你让路;走在人群里,没人能认得你。我再看看,你又是伟大的、了不起的。这种思绪在我的脑子里反复出现。

　　母亲,我又想起你睡在故乡的那块土地上了。故乡的泥土是我这辈子最厌烦的东西,我所有的奋斗都是为了逃离那块土地;但现在因为你睡在那里,我又觉得那块土地亲切了。

## 烂　眼　睛

那一年秋天,我初中毕业,决定不读书了。

一个乡下孩子,不读书没有什么大不了的,农村有的是土地,农民祖祖辈辈躬耕于此。不像现在,一个孩子不读书了,叫失学或辍学等,往大说会惊动政府,往小说会惊动学校。母亲看出我不是一块种地的料,就去找二舅商量。二舅说:"让他学个手艺。"

二舅让我学的是木匠,手艺人在乡下也是被高看的。

不久,二舅和父亲就带着我去拜师了。

二舅在家里办了一桌酒席,请师父吃饭。师父是一个年轻人,白白净净的,也是初中毕业后学手艺的。因为手艺好,他在二舅家那一带很受推崇,比一个大学生还有面子。师父在六安山区里干活,那里到处都是大山,山上到处都是树木,家家都需要打东西,一辈子也干不完活。师父说我是他带的第一个徒弟,他一定会好好带我,只要我肯学,三年出师是没有问题的。三年出师也是我们这儿学手艺的行规,就是在三年时间内,你跟师父干活,没有一分工钱。

师父说得我热血沸腾,我还没去过山里,我想每天在大山里干活多么有趣啊,绿树、石头、野花、鸟鸣,我把山区想象成跟我在书里读过的地方一样,浪漫、诗意、自由。

在酒桌上,大家都围着师父说话、敬酒。

我虽然不能喝酒,但在父亲的要求下,也端起杯子,走到师父的面前,恭恭敬敬地敬了两杯。两杯酒下肚,我的脸顿时烧得像要裂开一样。

吃完饭,我们就要回家了,师父告诉我,待他把家里的农活忙完,就可以带我走了。

回到家没两天,烂眼睛提着一个小板凳坐在了我家屋墙下,我一问,她是来看鸡的。我家屋子西头是一片农田,稻子正黄,烂眼睛是来给队里看鸡的。看鸡就是不让鸡吃稻子,不让猪下田糟蹋。

"烂眼睛"是村里人喊她的绰号。她和我是初中同学,但我们讲话很少。烂眼睛在狭窄的田埂上走着,苗条的身姿一摇一晃,很是好看。遇到鸡她就嗷哧地叫着驱赶,几只啄食稻穗的鸡就会跑出来,飞一样逃走。遇到麻雀停在稻田中央,她便捡起一块土坷垃砸去。烂眼睛沿稻田转完一圈后,就会来到我家屋后头坐着休息。本来烂眼睛来看鸡,我是熟视无睹的,可有一天,我忽然发现烂眼睛坐在大榆树下看书。她低头看着,看一会儿就抬起眼睛瞄向稻田,见没有鸡呀鸟呀,又低头看书。烂眼睛的书引起了我的兴趣。我走到她的面前,她还没发现我,我大声地说:"鸡在吃稻了。"

烂眼睛一惊,猛地抬起头来,见是我,微微一笑,站起来四下望了一下稻田,并没有鸡。

她嗔怪地说:"你骗人。"

"我把鸡赶跑了,是我家的几只老母鸡。"我说,"你看的什么书?"

她说:"《骆驼祥子》。"

我接过来,书是蓝色的封面,底下有一块黑色线条勾勒的房子。

我说:"借给我看一下行吗?"

烂眼睛说:"行。"

我拿着书回到家里就埋头看了起来。

两天后,我还烂眼睛《骆驼祥子》时,就看到烂眼睛在看厚厚的《茨威格小说集》了,我又把她的《茨威格小说集》拿过来看,烂眼睛虽然只看了一半,但也没拒绝。烂眼睛给我书看,我便帮她看鸡,其实也就是把我自家的鸡看好。

这一段时间,我和烂眼睛好像在比赛读书。我们谈的话也渐渐多起来,没想到烂眼睛知道那么多东西,让我深深佩服。

有一天,我决定把我的日记拿给烂眼睛看。

虽然我不想上学了,但我在上学时喜欢写日记,已写了几大本子,日记本就锁在我的抽屉里,写了这么多,就想找一个人看看。父亲识字,可我不想让他看,觉得他不是我日记的读者。我也不想让同学们看,他们看了会"八卦"我的。现在我觉得烂眼睛是我理想的读者,就把五大本日记搬出来让她看。

"你以后会成为作家的。"烂眼睛看了我的日记,第二天把本子还给我,很认真地对我说。

"作家?"我接过日记本,抬起头来看她,烂眼睛一点也不像是在戏谑我。秋天的阳光从我俩的头顶直射下来,晒得人身子暖烘烘的,寂静的空间里,摇曳着几枝野花。

"是的,我看了你的日记,我看人很准的。"烂眼睛很自信地说。

"怎么可能?"我自嘲地说。当作家是我的愿望,我可从没对谁说过,也没这个信心,我马上就是一个木匠了。可这些天来,师父还没有捎信过来,不知道哪里出了问题,我只有在家等着。

一天中午,天气炎热,南瓜头家的老母猪来打汪,弄倒了一片稻子,这可是大事,烂眼睛吓得哭了。我们赤脚下去把倒了的稻子扶好,但还是有痕迹。我就告诉她,就说是我家的猪弄的。我父亲是生产队会计,与队长是穿一条裤子的,他不会咋样,后来这事就过去了。

这件事让烂眼睛很感动,为了感谢我,她悄悄地对我说,她家有一箱子书,这让我惊讶无比。

我说:"你带我去看看吧。"

她说,这些书都是她父亲看的,等他上工了,带我去她家看。

那天下午,烂眼睛带我来到她家,在低矮房子的一角,有一只陈旧的红色木箱子。烂眼睛打开箱盖,里面整整齐齐地码满了书,我看得目瞪口呆,这是我第一次看到这么多书。我伸手拿了一本厚厚的巴金的《秋》,要借回去看。我以为这是写秋天风景的,我那时对写风景的句子很感兴趣。烂眼睛说不行,她父亲很爱这些书,要是被发现了就不得了了。

我依依不舍地放下书。烂眼睛说:"我下次带给你看。"

不久,烂眼睛果然把《秋》带来了,她用碎花褂子把书包着,打开来递给我说:"要尽快看完,不要弄脏了。"

然而,这次看书还是出事了。

那天,我沉浸在《秋》的故事中忘记了做饭。待父母从地里干活回来,家里冰锅冷灶的,父亲一看就火冒三丈。我慌张地把书往背后藏,想赶紧来做饭,父亲夺过我手中的书,一把从中间撕开,大声地呵斥道:"我让你看,我让你看!"我一看书被撕了,就傻了眼,慌忙弯腰去捡。父亲又从地上拾起另一半书,两步跨到灶间,拿起火柴点燃,往灶膛里一扔。

书被撕了,又被烧了,我感到天崩地裂,泪水在我的眼里打着转,我从没看到过父亲这个样子,在我的眼里是如此的陌生。我跺着脚,握着拳头大声地喊道:"你不是人!"

我这句话的意思是说父亲是一个怪兽,但父亲听了,却认为我是在骂他。这更激怒了父亲,父亲是家里的权威,在我们兄弟中,还没有谁敢和他对立,他也从没想到我会说出这句话。父亲的牙齿咬得咯咯响,他举起巴掌啪地就朝我打来,骂道:"你这个小狗日的,还反天了,我打死你!"

我拔腿就往外跑。

母亲生气了,对父亲说:"他忘了做饭,再做就是了,要这样舞刀弄枪的干啥?!你看你,把他的书都撕了,他能不气吗?"

母亲的话总是包含着母爱,但父亲不是这样,他呵斥母亲道:"我一打伢们,你就护短,这个家搞不好了!"

母亲也生气了,说:"有啥搞不好的?他在看书,又不是在干坏事,看书不是好事吗?你看你疯的。"

父亲说:"他看的是啥书,不是上学的书,是闲书。"父亲这一说,母亲也搞不懂了。母亲是个文盲,不知道这书说的是啥。

父亲坐在板凳上大口地喘气,母亲开始淘米做饭,我站在门口,远远地看着母亲忙碌的身影,心里也自责起来。母亲从地里干活回来,还要干家务,我觉得不该看书,看得忘了做饭。但一想到书被父亲撕了,心里又愤恨起来,这让我怎么对烂眼睛说?烂眼睛又怎么向她父亲交代?这可是天大的事,我不知道怎么办,心里既惶恐,又焦急。

吃过饭,父亲休息了一会儿,又下地干活去了,生活又恢复了平静。

下午,我看到烂眼睛时,心里怦怦乱跳,像做了贼似的不敢看她。但烂眼睛还是像往常一样笑着对我说:"《秋》看多少了?"

我脸一红说:"这两天忙,没时间看。"

烂眼睛说:"抓紧看哈,我父亲要是发现了,会问的。"

我唯唯诺诺地说:"我抓紧看。"还是不敢告诉她书被撕了的事。

第二天,母亲偷偷给了我钱,我徒步到离家很远的镇上,买了一本《秋》还给烂眼睛。烂眼睛看着崭新的书,吃了一惊。我把书被撕了的事说了一下,烂眼睛很不理解,说:"你要好好读书,离开农村。"然后又叹息一声说,"我已走不开了。"

不久,我在烂眼睛借我的书里,意外地看到中间夹着的一枚红色的花瓣。花瓣艳红,看起来像刚摘下来不久,夹在书的中间,已被压得平展展的,纸页上也有一小片灰灰的印痕。我拿着这片花瓣,放在手中反复看,想看到花瓣中隐藏的每一个细节。我把它放在鼻子底下反复嗅,仿佛嗅到了烂眼睛身上的气息。我涌起了许多遐想,这是烂眼睛故意放在里面的,还是无意中放进去的?它表达的是什么意思呢?是爱吗?

第二天,我早早地就在等烂眼睛来。我在她跟前坐下来,脸红红地问:"你上次借我的书里,有什么东西吗?"

烂眼睛想了一下,说:"这本书说的是一个人出外多年了,又回到了自己的母亲身边……"烂眼睛理解错了,她是在说书的内容,这是故意的吗?

我连忙打断她,说:"不是的,不是的。"

烂眼睛很茫然地问:"是啥?"

我想说是花瓣,但又觉得没有必要,很是失望。

我对烂眼睛有了莫名的感觉,我喜欢默默地看着她。烂眼睛穿着大翻领的衣服,里面露出黄色的小碎花的衬衣,她的身上有一股洋气,后来我才知道这叫气质。烂眼睛用手撩了一下刘海,我仔细地看着她的眼睛,她的眼睛大大的,眸子里有着诱人的光泽,很好看。为什么人家给她起绰号叫烂眼睛?我不理解。最引起我注意的是她衬衣里那两只刚刚萌动的乳房,诱人的弧线,迸发出热情炫目的青春之光。

我突然大胆地想,我要得到她。青春的激情在内心里澎湃着,在身上燃烧着,有一个魔鬼在推着我,向不知名的地方走。我控制不住自己,我相信只要我胆子大一点,主动下手,她不会反抗的。我构思好了一个个场景,比如大人们都下地去了,寂静的天地里,只有我们两个人。我先把她叫到我家里,然后脱了她的上衣,就会露出她那两只饱满的白白的乳房,我俯下身子轻轻地吮吸,接下来解开她的裤子……还有,如果发生了争吵,自己的对策,等等。

下午,烂眼睛吃过午饭来了,她像过去一样,坐在我家屋墙下。我远远地望着她,眼睛里冒出蓝色的火焰,内心里一阵阵躁动。我用手狠狠地折断了一根粗粗的树枝,树枝断裂后,呈现出一片惨白。我鼓起勇气,向她走去。烂眼睛坐在小竹椅子上,头埋在双臂间,可能感觉到我来了,她的身子动了一下,仍然保持着原来的姿势,她不知道此时我的内心里充满了邪恶。

我鼓起勇气,把邪恶的手伸向她的肩膀,我的指尖触到她身体的那一瞬,我感到了她的身体里的那一股温热和肉体的柔软。她抬起头来,我突然看到她的双眼红红的,原来她在哭泣。一时间,我愣住了,我的阴谋被她识破了吗?我身体里的邪气一下子就降了下去,我后退了一步,故作镇静地问:"你怎么了?"

过了一会儿,烂眼睛不哭了,抬起头说:"中午回家吃饭,父亲不让我上学了。"

我轻描淡写地说:"我也不上学了。"

她惊讶地望着我说:"你怎么不上学了?"

我说:"我自己不想上的。"

她愤怒地说:"我是一个女孩子,我们家里重男轻女,你不懂呀。"

我们都陷入了沉默。这时候,我看到有几只鸡过来了,头一伸一缩地要叨稻穗,我忙跑过去,把它们赶跑了。

"你要好好读书,你能离开农村的,你会成为作家的。"烂眼睛擦干了泪水,轻轻地对我说,我这才知道她的心在远方。她又叹息了一声说:"我已走不开了,我希望看到你成功的那一天,听姐的话。"

许多天里,烂眼睛哭泣的眼睛和谆谆的话语,始终印在我的脑子里,撞击着我的心灵,我开始重新思考上学的问题。经过一个夏天的冷静,和在烂眼睛带动下的读书,上学的愿望在我的心里重新升起,我甚至想,我只有好好学习,才能得到烂眼睛。同时,我又为自己曾产生的那个邪恶念头感到卑鄙和自责。

开学了,我决定继续去读书。我徒步奔到几十里外的中学,找到我的表叔。我的表叔是高中老师,我向他讲述了我迫切要求读书的愿望。表叔说:"你想上学,就留下来吧。"

表叔这个学校有几十年的建校历史,在我们这儿很有名。学校很漂亮,一排排的红砖大瓦房,学校的周围是一排排笔挺的杨树,一条笔直的马路从学校旁经过,通向远方。我们住在一排茅草房的集体宿舍里,同学们学习都很用功,我很快就进入了学习状态,第一次摸底考试,我的成绩就处在了中等,赶了上来。表叔看了很满意,说我是块上学的料。

我在学校里上了一个星期的课才回到家,母亲不知道我这段时间干啥去了,我说我去上学了。母亲叹了一口气,说:"那就上学吧。"

我家屋后面的稻子也割了,田里剩下的稻茬齐齐地杵着,有的发着青青的芽,鸡呀猪呀可以随意地下去了。收割了庄稼的大地似乎变矮了,远处的葫芦山头也显得高耸起来。

烂眼睛也不看鸡了,我已好久不见她了。

再说,那个木匠师傅捎信来,要带我走了,但我已上学了,他感到奇怪和不理解,说:"好好的手艺不学,又去上啥学,将来不会有出息的。"

在整个高中阶段,烂眼睛是我学习的动力,是我理想中完美的化身。在遇到挫折和思想波动时,我就会想到她那双悲伤的眼睛,就会想起她对我说的话。没有人知道我的内心里,居住着如此的一个人。她神圣而又朴素,我觉得学习不再是我一个人的事,而是我们两个人的事。

几年后,和大家一样,我考上了大学,毕业后,也就留在了外地工作。我坚持写作,并成了一个名副其实的作家。不久,我从家人的口里听到,烂眼睛已出嫁了,丈夫是邻村的一个小木匠。

有一段时间,我写作进行不下去了,为此苦恼着。有一天夜里,我做了一个梦,梦里有一个美丽的女孩子,苗条的身子、长长的头发,她站在一棵大树前,面前是一片金黄色的稻田。她对我说,来来来,我教你怎么写作。我就走了过去,女子倚着一棵弯曲的老树对我说起来,她一共给我讲了五点,我听了茅塞顿开。醒来后,我赶紧从床头拿起笔来就记,但只记下三点,另外两点怎么也想不起来。这三点是:一、一篇小说里不能有过多的人物,三五个就行了。二、把女人写好,小说才好看。三、写不下去时,就多读书,读书会打开你的思路。我倚在床头上,眯着眼睛,觉得很神奇。忽然,我恍然大悟,这女子不就是烂眼睛吗?

后来,在多次关于写作的讲课中,我都讲到这个梦的故事,许多学员记了下去,觉得管用。有的人觉得我真会编,还编个女的。

许多年后,我调回了家乡工作。

一天,我正在上班,听到门口有人问我的名字,我回头看了一下,是一位妇女,穿着一身黑衣服。她一见我就大步走进来,拉着我的手,问我可认识她了。我看了看,她面孔黝黑清瘦,中等身材,穿着一件黑色的人造革上衣,下摆的地方还有一个口子,露出里面的白色来。我愣了一下,我最不喜欢让别人猜一猜,如果觉得对方认不出时,可以主动报一下名字的。我正要转身不理,忽然一惊,这不是烂眼睛吗?

"烂眼睛。"我惊讶地叫了一声。这句话一出口,又觉得不好意思,这是小时候的绰号,现在她都是大人了,不该这样叫,但我真不知道她的大名。

"哦,你还认识我呀,我以为你不认识了,你看你没怎么变哩。"烂眼睛高兴地说。我和烂眼睛已有二十多年没见了,真的没想到会在这样的场合遇到她,她变得如此沧桑,没有了一点当年的洋气。

我招呼她坐下来,给她倒水。她从花布包里拿出一个自带的杯子,那种在乡下很流行的杯子,我倒下开水时,杯底里浮出一层红色的枸杞子。我们坐下来,她说她是怎么来找我的。她家住在村小学对面,前天,乡里的邮递员来,她要了一张县报,这张报纸上正好发了我的一篇散文。她看了很激动,就打电话到县报社找我,报社的编辑告诉她我在省里上班,今天一早,她就揣着这张报纸找来了。说着,她从布包里拿出那张报纸,我看到她在我的名字下用笔画了线。看得出她找到我时很激动,她说话的声音还像当年一样轻轻的、软软的。我努力在脑子里回忆着她当年的模样,那个时候,烂眼睛是多么青春啊!

我问她找我干啥。烂眼睛说国家要在新农村建一批图书阅览室,她想搞一个。他们那里正在搞美丽乡村建设,村子里很支持她,想请我帮帮忙。我说:"你喜欢看书的习惯还没变啊。"烂眼睛不好意思起来,说,她这辈子也没什么出息,但还是喜欢看书。

中午,我请她吃饭。这么多年没见面了,烂眼睛找上门来,我一定要表达一下心意。她一进窗明几净的饭店就发怵,说吃点大排档就行了。我点菜时,她不让我点好的,为我省钱。

她高兴地说:"你是大作家了,当年我说的话没错吧?"

我不好意思地说:"哪讲的,啥作家哟。"

"别谦虚了,你的名字在家乡可响了。"她说,"送给我一本书看看,我想看看你写的书。"

我说:"那肯定的,我送你。"

席间,我们谈到她的家庭生活,她叹息了一声说,孩子都这样大了就不说了,看来有许多难言之隐。烂眼睛嫁的村子离我们村子有六七里地远,那里有一片小山头。她邀请我春天的时候去玩,她家的前后都是桃园,五月份的时候,遍地都是桃花,所有的房子都被花海淹没了。

下午,她要回去,我送她到公交车站。阳光照着她的脸,她努力抬起头来,额头上的皱纹已经有许多了。

**中篇小说**

# 头 顶 三 尺

## 引 子

我一生都在寻求父亲的内心世界,我知道父亲的身上隐藏着一个巨大的黑洞。

我从少年时就惧怕父亲,我只有在内心里猜测,用眼睛观察。父亲的右手是个残掌,只有一个大拇指,掌背上是鼓起的血管和筋脉,皮肤粗糙黝黑得像大象的皮,掌心遍布老茧和纵横交错的纹路。父亲的右手虽然是残掌,但一样和乡亲们下地干活。少年时,我常看到父亲从地里干活回来,残掌上留下斑斑血迹。第二天,队长上工的哨子一响,父亲又照样下地去了。

父亲的残掌曾使我的爱情受到过挫折。

二十三岁那年的冬天,我谈了一个女朋友,她到我家来玩(其实就是考察),回去后,她就来信不同意谈恋爱了。我问为什么,她说我的父亲是个残疾人,要是和我结婚了,父亲会成为我们的累赘。我说,他的右手残了,但一样可以下地干活,他不是残疾人。女朋友轻蔑地说:"断了四个手指就是六级残疾了,我去民政局问过。"我没法和她谈下去了,这段感情很快就结束了。父亲知道我的爱情是因为他的残掌而吹了,心里很难受。要知道,我作为一个贫穷的农家孩子,谈个对象是多么困难。母亲又开始抱怨父亲了:"你好好的人,为啥要把手剁了?神经病!"这也是母亲一辈子抱怨的话题。父亲用残掌猛拍了一下桌子,对我说:"一个不尊敬你老子的人,谈不成也不遗憾!"

第二年夏天,我又谈了一个女朋友。这次女朋友来我家玩,是在炎热的夏天,一向喜欢光着膀子的父亲却穿起了衬衫,他用长长的袖子遮住他的残掌。他的后背经常是湿湿的一块,衬衫贴在他的皮肤上非常难受,但父亲坚持不脱。我知道父亲的良苦用心,但不久这场爱情还是吹了。

父亲的残掌成了我的耻辱,有一段时间我都不能看到他的残掌。

除了残掌,我最听不惯的还有父亲的口头禅:举头三尺有神明。家里在村子里吃了亏,或者我受了别人欺负,等等,父亲总是说,举头三尺有神明,仿佛这句话是战胜一切的咒语。但我对此总是不屑,认为他懦弱,心里充满了怨言。

我曾不止一次顶撞父亲说:"天天就会嚷嚷这个没用的东西,那个神明,谁看见了?"

父亲总是笑笑说:"有一天你会看见的。"

这么多年过去了,我已长大,成家立业。今年春天,母亲去世后,我把父亲从乡下接到我在城里的家来住。城里的话父亲说不好,总是把厨房叫成锅房,把客厅叫成堂屋,把汤、稀饭叫成粥,把所有面做的馍、饼子、馒头等,都叫成粑粑。我每次纠正后,他又照自己的习惯说。

有一次下班,看到父亲坐在阳台上,凝固了似的,臃肿的身子一动不动,我就走过去想看父亲在看什么。父亲可能是受到惊扰,咧着嘴朝我嘿嘿地笑着。我顺着父亲的目光看去,远处是公园里茂盛的树木,公园的围墙外面是车水马龙的马路,再远处就是错落的楼群,无边无际。在这些我早已熟视无睹的风景里,父亲能看到什么?看到神明吗?

我知道父亲的内心是孤独的。有时,我想陪父亲坐坐,但我与父亲总是没有多少话说,两个男人常常坐在沙发上沉默着。父亲的头发花白了,面孔上多的是安详、沉静,像一条经过了大风大浪的船,现在晒在海滩上。

父亲年老了,威严正在一点点地丧失,有时他在我的身边打着圈子想找点话说。这几天,我与父亲长谈,谈得更多的是家庭的事。我对这个家庭有许多不理解的事,少年时不敢问,现在我都敢问了。

谈到父亲的残掌,过去我们也断断续续地听说过一点,这次父亲举起残掌挠了挠头,开始叙说起来。父亲说完,我才惊讶地知道,父亲剁手原来是为了赎罪,而母亲到死也不知道埋藏在父亲心底的秘密。

1

父亲曾经是当地远近闻名的挂面师傅。

关于我父亲学挂面手艺的事,还得回到过去。那是20世纪70年代初,生产队里正在商量搞副业,以增加收入,年底可给每家每户分点红,队长就想到了挂面。

我们这儿是南方,以种植水稻为主,面食是很金贵的,其中又以面条为上等。面条的吃法有许多种:老人做寿,要吃长寿面;新生儿满月,要吃满月面;人生病了,要吃荷包蛋面……面条不但能做饭吃,还能做菜吃,我们当地有两道名菜就是用面条做的:一种是把面条和泥鳅放一起烧,味道鲜美,叫泥鳅面;另一种是把面条做成圆子,叫挂面圆子,蒸着吃,油炸了吃,都好吃。因为有了这许多吃法,面条几乎家家户户都需要,一定会有销路。

村子里没有挂面师傅,队长想到了我舅爷。我舅爷是一个老挂面师傅,队长想请他来,但又怕舅爷不愿意。因为,在乡下会这门手艺的人还不多,肯定也有别人请他。

队长来找我奶奶。队长的嘴里总是衔着一根自制的卷烟,那烟好像长在他的嘴上,说话时,他能把烟卷从一个嘴角熟练地转到另一个嘴角,而且一点也不妨碍说话。寒暄了一阵后,队长就把想请舅爷来挂面的想法和奶奶说了,奶奶一听就说:"没问题,我哥的事,我能说定。"

队长说:"你先去请请看,这一趟算你十分工。"

第二天,奶奶就让父亲去请舅爷。父亲挥动着手臂,青春的身子走在田野里像一棵挺拔的白杨树,两条长长的腿,像装了弹簧一样迈动。父亲从小就对这个做手艺的舅爷充满了崇敬,这次能去请舅爷,心里满是欣喜。

奶奶看着父亲走在田野上的身影,觉得这件事重要,还是不放心。奶奶追上来,替下父亲,父亲心里一阵失落。

到舅爷家有十几里路,中间要翻过一座小龙山。奶奶上到半山腰,往那边看去,山脚下,田野一望无边,一座座村庄零星地坐落在田地里,被一条弯曲的村路串联在一起。路沿着条小河边弯来弯去,弯上一座小石桥,就一头扎进一座村庄里去了。再远处有一座村庄隐约可见,那就是奶奶的娘家了。奶奶在一块石头上坐下来,歇息好了,起身再走,这是她每次回娘家的习惯。

奶奶到达舅爷家时,已是中午时分,村子里炊烟袅袅。奶奶在板凳上坐下来,用手揩了一把脸上的汗水。舅爷见了,忙从锅灶上打来热水,端到奶奶的面前,让她洗洗。

奶奶刚喘口气,就兴奋地把队长的想法和舅爷说了。

舅爷听了,眉头紧锁,半天没有吱声。奶奶一见他这样,心里直打鼓,想舅爷可能有难处了。

半天,舅爷对奶奶说:"要是早来两天就好了,前两天,我刚答应邻村的队长,他们也想做挂面生意。"

奶奶听了一拍大腿,说:"怕鬼有鬼。"然后又问,"没有办法了?"

舅爷说:"没有办法了,都咬过牙印了。"

奶奶心里明白,能办成的事,哥哥不会推辞的,这事可能实在是没有办法了。

夜里,奶奶在床上翻过来翻过去睡不着,如果能把这件事办成,自己在村子里多有面子啊;但既然哥哥和别人咬过牙印了,就改不了了。

第二天,奶奶要回家,舅爷把奶奶送了很远,两个人在乡野的田埂上边走边说,舅爷心里觉得一百个对不起奶奶。舅爷一边走,一边不停地用脚踢着路上的土坷垃,土坷垃被舅爷踢成了碎片飞起,仿佛这些土坷垃就是他的心结。

去的路上,奶奶一身都是劲;回来的路上,奶奶脚步拖沓着,离村子越近,越没有力气。

奶奶到家刚坐下,队长就来了。队长是兴冲冲地来的,满面笑容地坐在奶奶的对面,问奶奶事情怎么样了。奶奶不好意思看他的笑脸,而是扭过脸去,望着地上的一缕阳光,难过地说:"我哥被别人请去了。"然后把事情的经过说给队长听,说,"也没有请到,这工分就不要给我记了吧。"

队长一听,烟屁股在嘴里晃动了两下,掉下一截灰白色的烟灰,半天没有作声,然后说:"这也没办法,我们讲迟了,但工分还是要给的,人没请到,路是你跑的。"

队长踢踏着走了,脚步声是低落的,但在奶奶听来,却是巨响。

过了两天,这天中午奶奶从河里淘米洗菜回来,老远就看到家门口站着一个人,走了几条田埂再一看,是舅爷的身影。奶奶快步走了起来,兴奋地喊着哥。

舅爷迎了上来,奶奶把门打开,两人进到屋里,奶奶把篮子放下,端来板凳让舅爷坐下,说:"哪阵风把你吹来了?"

舅爷坐下来,双手抚在膝盖上,大声地说:"还不是为了你。"

奶奶问:"为了我?"

舅爷说:"你不是说要请我来挂面吗?我把邻村的辞了,来给你们队挂面。"

奶奶睁大了眼睛,半天没回过神来。奶奶说:"你说的是真的?"

舅爷说:"是真的,我啥时骗过你?"

原来,奶奶走后,舅爷知道奶奶心里十分难过,自己心里也十分不安,觉得对不起奶奶。他要帮奶奶这个忙,如果能来这里挂面,还能照看奶奶。舅爷跑到邻村,要推辞挂面的事,邻村的队长脸拉得老长,说:"你这不是在坏我事吗?我们村里上上下下都准备好了,你让我怎么交代?"舅爷被说得头抬不起来,然后灵机一动,又给邻村队长推荐了一位同行。队长沉默了半天问:"能请到吗?"舅爷说:"这事包在我身上,如果请不到,我就不走。"这才算把这事圆满解决了。

奶奶听到这个消息,赶忙跑去找队长,队长不在家,媳妇说他在东冲的地里。奶奶又跑到东冲,队长正在地里干活,见奶奶气喘吁吁地跑来,停下手中的活,问啥事。

奶奶说:"我哥来了,我哥把别的队推辞了,来给我们队挂面了。"

队长这几天正在为请不到舅爷发愁,如果请不到舅爷,队长的许多打算就落了空。现在听说又请到了,队长兴奋起来,大声说:"好,我们队里今冬有指望了!"

中午,队长请舅爷吃饭,并让父亲来陪。

队长家堂屋里有一张黑色的大方桌,队长和舅爷一边坐一个,父亲坐在下首给两人倒酒。

酒是散装的白酒,装在塑料桶里,父亲先把酒倒进酒壶里。酒壶是陶烧的,圆圆的,左边有一个弯钩的把,右边是一个细长的嘴,肚子大,口子小。上半部是黑色的釉,下半部是黄色的陶。父亲再把酒倒进两个人的酒杯里。

队长端着小酒杯,在嘴唇上碰,发出吱的声音,美好而享受,然后让舅爷也喝。舅爷也端起杯子一掀,虽然没有一点声音,但酒杯干了。

队长说:"你这样喝酒容易醉,再大的酒量也不行,要小口抿。"

父亲要给舅爷续酒,队长把酒壶从父亲的手中拿过去,说:"我来倒酒。"

队长与舅爷坐在一条板凳上了,舅爷每喝干一下,队长就倒上一杯酒。

本来父亲是队长叫来倒酒的,现在,父亲干坐在一旁成了吃菜的。队长在村子里可是有地位的人,别人家请客,队长都是坐在首席,专门有人给他倒酒喝的。现在队长给舅爷倒起了酒,这让父亲感到吃惊,再看看端坐在桌子上的舅爷,父亲对他更是羡慕起来,觉得做个手艺人了不起。

几杯酒下肚,舅爷的脸已红了,队长的脸上还是平静的。队长对舅爷说:"我们这个队里,就这几十户人家,不是亲就是邻,大家都是一条心。我们这个村干活的粗人多,就是缺少个像你这样的手艺人。现在你来了,我们村就可以做挂面生意,村子就能富裕起来。"

舅爷说:"我妹妹请我来,我肯定会用心干,一冬干下来,每家都能分点钱过年,我就满意了。"

队长说:"你在这里挂面,就是我这个队上的人了,有什么事你直接给我讲,你放心大胆地干。"

两个人喝着酒,越来越亲热了。在队长家吃完饭,父亲和舅爷往家走,舅爷喝多了,哼哼着,脚步踉跄,父亲扶着他,觉得自己的脸上也有了荣光。

第二天,队长带人把队里的仓库收拾了一下,打扫干净,作为挂面的作坊。村民们都到这个挂面作坊来看,对里面的每件东西都感到十分新奇,问来问去,要弄个明白。

晚上,舅爷回到奶奶家里,两人坐在油灯下聊天,油灯朦胧的光在舅爷的面孔上晃动。舅爷把板凳挪到奶奶的身边,低声说:"我做挂面,缺少一个帮手,想带一个外甥学。"

奶奶没想到舅爷还有这个心,心里一喜,问:"哥,你看带哪个合适?"

舅爷说:"就让老二(父亲排行老二)学吧。老二家四个孩子了,一大窝子,没个手艺,要是碰到个灾年,怎么养活?"

奶奶想了想说:"是这样子,但学手艺这个事还得要队长同意,队长家里也有孩子,如果队长让你带他家孩子学,怎么办?"

舅爷恍然记起,面坊里有个青年常去玩。青年中等的个子,双手插在裤子的口袋里,说话大嗓门,笑嘻嘻的,走来走去的。

奶奶说:"队长家有五个孩子,那个是他家的小四。如果队长不同意,你也不能撂挑子不干了,你要是不干了,队里人还认为是我教的。"

舅爷说:"我知道。"

灯里的油不多了,灯芯上结了两瓣穗子,在火光中红红的,像一颗刚萌发的芽。奶奶用草拨了一下,穗子从火中掉下来就变成黑色的了,灯光又明亮了一些。夜色深了,周围一片寂静,天气寒冷了起来,舅爷困了。

奶奶给舅爷在堂屋里铺了一张床,把家里最好的棉被拿给舅爷盖。

如何说通队长让父亲来当学徒,舅爷在脑子里想了许多法子。

这天一大早,舅爷正在往架子上起面,队长来了。队长穿着厚厚的棉衣,一架面像一堵墙一样呈现在他的面前,队长看得笑哈哈的。

舅爷把队长让进屋里坐下,倒了一杯水递给他。舅爷的手上还粘着面。队长双手接过水,捧在手里,热乎乎的。

寒暄过后,舅爷说:"队长,挂面一般要两个人,一个人不行。"

队长说:"是的,我也想到了。"这次,队长是带着心思来的,想让他家小四跟舅爷学手艺。队长正在寻思着怎么开口,舅爷这样一说,队长就接上话了。队长把烟屁股吐掉,端起碗,低下头吹了吹碗里的热气,轻轻地啜了一口。

舅爷说:"我想了,让我家二外甥来做个帮手,这个孩子手灵活,能吃苦。"

队长一听,半张着嘴,脸上的表情一下子就僵住了。队长是一个有城府的人,他没有马上表示反对,而是嗯了一下。

舅爷赶紧做工作说:"挂面这活吃苦,夜里要带晚,鸡叫要起床,一般人学不来,我带了几个徒弟,学到半路就不学了。"舅爷故意这样渲染,当然舅爷并不知道队长肚里的闷葫芦,他的目的是向队长说明:这个手艺不是好学的,自己不是出于私心。

队长起身就出门了,舅爷跟在后面一直送到门外。

队长走了,虽然没有答应,但也没有说不行,舅爷的心里七上八下的,干活也分了神,常停下手中的活,愣怔着。

下午,队长又来了。这次来,队长一扫上午回去时脸上的阴云,高兴地说:"你就带你家外甥学吧,这个事就这样定了。"

舅爷听了,搓着手,嘿嘿地笑着,心里高兴不已。

上午,队长和舅爷分手后,心里也闷闷不乐,自己的小算盘没想到让舅爷给破坏了。他回到家,想了半天,脑子忽然开了窍,就让舅爷带父亲学吧,因为父亲是舅爷的外甥,舅爷会认真教他的,等父亲学会了这门手艺,他还是自己队里的人,这门手艺也就留在了队里,再让小四跟父亲学也不迟。如果现在不同意,等于全砸了,连队里的面也挂不好,小四的手艺也学不到,于是,便这样决定了。

## 2

舅爷开始做挂面了,因为带了父亲做徒弟而劲头十足。挂了几天后,舅爷决定让父亲上手。

下午四五点开始和面,先是把面倒进一个大口的面盆里,面盆是陶瓷的,厚厚的,盆里是光滑的绿釉,那釉绿汪汪的,仿佛能汪出一层油来。第一次看到这么精致的面盆,父亲用手拭着面盆光滑的底,釉在父亲的手指上滑过,细润温柔。

呼的一声,舅爷把面粉倒进去,盆口腾起一股细雾。父亲把袖子挽起来,倒上水,用手搅拌。

开始时,面粉粘了父亲满手,父亲甩也甩不掉。再过一会儿,面粉和成了一块巨大的白色面团,和父亲的手就分开了。父亲把手掌握成拳头,用力擩,面团发出扑扑的声音,擩得越熟,面越筋道。一个小时后,面擩成形了,面团卧在面盆里,像有了生命一样。父亲再用手掌拍拍,面团发出叭叭的声音。然后,盆上盖上一个被子,这叫醒面,就是让面膨胀起来。

面在盆里醒了几个小时,到了晚上七八点钟,就可以盘条了。

盘条前,要先蒸一屉熟面粉,面粉遇到水汽会结成团,所以蒸前要用筛箩筛,筛下的面粉细细的。这蒸熟的面粉主要是用来防止面粘面板的。

舅爷揭开面盆上的被子,一团面在盆里已醒得像一块硕大的馒头,饱满圆润,面皮在灯光下散发着淡淡的光泽。父亲站在旁边看,舅爷让父亲用手指按按,面团一按一个凹陷,不一会儿,又恢复平整。

舅爷对父亲说:"如果按下去面弹不起来,就是死面了;如果一按到底没有硬度,就是烂面了。这两种都挂不成面,面要一按一个窝,要有弹性。"

父亲挽起袖子,在案板上撒上一层蒸熟的面粉,然后,双手抄到面盆的底部,用力把面团从盆里甩到面板上,像从池塘里甩出一条大鱼。父亲把面在案板上揉了几下,然后摊开,用刀将面划成一个个条状,父亲在面板上熟练地搓揉,短短的方形的面条瞬间被搓成了圆形的长长的面条,从面板上拖下来。舅爷一边用手接住,一圈圈地绕到面盆里,一边看着父亲的手上功夫指点着。

面盆很快就一层层地绕满了,舅爷用一个棉被盖上,这是第二次醒面。

晚上七八点,舅爷打开面盆,要把盆里的面绕到面筷上。父亲要干,舅爷说这是最难的一道活,还是自己干。面筷长长的,用竹子削成的。面筷一头插在筷眼里,一头伸在外面,舅爷把长长的面轻轻地往上绕,一边绕一边搓揉,两只手上下翻飞像两只蝶,看得父亲眼花缭乱。一双面筷很快就绕到头了,舅爷把长长的面条掐断,把面筷取下,再绕下一双面筷……面焐分上下两层,很快就放满了,一盆面也绕完了。舅爷把面焐再盖上被子,这是第三次醒面。

舅爷做完这一切,父亲帮着把东西整理归位,然后两个人走出门外看天气。虽然天气预报说明天是晴天,但老的手艺人还是要根据经验看一下天气的。父亲跟在舅爷的后面,外面虽然没有风,但寒冷使人舒展不开身子。舅爷昂起头朝天上看,天空显得更加高远了,几棵树光秃秃的枝头,像剑一样指向天空。有稀疏的星星在湛蓝的天空上紧缩着光芒,快成为一个小点了。舅爷说:"这是一个好天气,我们快回去睡吧,明早早起面。"

夜里,舅爷刚躺下眯上眼睛,就要起来看面,面在面焐里往下滴,一般滴到七八寸长的时候,就要赶紧上架了。

第二天,第一声鸡叫划破寂静的夜空,悠长的尾音里还伴着沙哑,接着村子里的鸡都此起彼伏地叫了起来。舅爷睁开眼睛,外面矇眬的光从窗户里透进来。这样的光,舅爷太熟悉了,在他挂面的二十多年里,每次他都是在这种光里醒来的。舅爷披起衣服,坐了起来,父亲还在另一头酣然大睡。舅爷不忍心叫醒他,让他再睡一会儿。舅爷开始窸窸窣窣地穿衣起床,但还是惊扰了父亲。父亲睁开眼,见舅爷起床了,知道起面的时候到了,一骨碌从床上坐起来,开始穿衣。舅爷见父亲也起床了,动作便大了起来,他划了一根火柴,把灯点亮。刚点的油灯还是昏暗的,但越烧越亮,一团大大的光环渐渐地笼罩了土屋。

舅爷打开面焐,两个人拿着面筷你来我往地往面架上插,屋子里响起了咚咚的脚步声。大地一片寂静,只有这两个手艺人在忙碌。

面筷上架,要迅速快捷,趁着早晨的雾气,才能有韧性。一架面要在最短的时间内上完,这样就能在统一的时间里往下抻。否则,早上架的面已往下垂,晚上架的面还在筷子上,这样面条不均匀,一架面挂出来的质量就不一样。

接下来是抻面。这抻面是讲究功夫的,面条还没有干时,要趁着它的韧性,用手捏住面筷头,一点一点试着往下抻,劲不能大,大了面条会断,小了面条抻不开。直到抻到足够长,把手中的面筷插到面架底下的一个横梁上,这根面筷才算结束工作。

干完这些,东边的天空露出了一片红光,接着红光扩大,一眨眼,一轮红红的太阳就跃到树头梢上了,两人这才喘口气。

两架面在阳光下像两匹白色的布,十分好看。面的味道在空气中弥漫着,散发出麦子的清香。

面挂出来了,村民们传递着这个消息,人们都停下手头的活,跑过来看。舅爷和父亲蹲在面架下,一点一点地往下抻面。

妇女们站在面架前细细地瞅,七嘴八舌。有人说,这面条真细,像洋棉线一样,可以穿过针眼了;有人说,这面看起来就好吃,不知道队长可给每家分点尝尝;有人就跟着打趣说:"你生孩子时吃的挂面还少?又馋成这样了。"

舅爷说:"你们离远点,不要打打闹闹把面架打倒了,面架倒了,这些面会碎一地,捋都捋不起来。"

母亲也来看了,父亲一天都没回家,她要看看他们挂的到底是什么面。

父亲蹲在面架前抻面,看到母亲就直起腰来,说:"半夜就起来干了,腰都疼死了。"母亲看到父亲身后的面架,那些面条细细的,在风中轻轻地抖动,心里佩服不已,说:"哈,你真长本事了。"身旁的其他妇女就说:"你家以后就不缺挂面吃了。"父亲用粘了面的手在脸上擦来擦去的,脸上一块白一块黑的。母亲对父亲说:"你看你的脸上抹得就像花狗屁股,也不洗洗。"父亲这才想起,自己到现在还没有洗脸,不好意思地笑了。

母亲回家,跟奶奶说:"他现在真长本事了。"

奶奶说:"你舅舅教他还不真教?这手艺不亏人。"

奶奶也过去看。奶奶看和母亲看不一样,奶奶一去,站在面架前,背着手,对舅爷和父亲说:"你们要挂好啊,这可是我们生产队的最大家产,搞坏了,可赔不起。"

这种话只有奶奶能说得起,奶奶说这话是一种炫耀,一种骄傲。看,这面只有我哥能挂起来。

队长也来看了,队长递一根烟给舅爷,舅爷平时不吸烟,但这次接了。队长把烟点了,先吸了一口,然后将点着的烟递给舅爷。舅爷接过来,两支烟对在一起点着,还给队长。两人边吸着烟,边码算着,每架能挂出来多少斤面,每斤面能卖多少钱。这一算不要紧,一年挂下来,队里的收入还真不少。队长问:"每架都能挂出这么多面吗?"舅爷胸有成竹地说,行。队长为自己正确的决定而暗暗欣喜。队长对舅爷说:"你安心在这儿干,我不会亏待你的,你再把你外甥教会了,这多好啊。"

舅爷说:"感谢队长看得起我,我来了,肯定要干好,干不好,不说对不起全村人,首先会对不起我妹的,我妹在这儿还靠你照顾哩。"舅爷的话一语双关,把奶奶抬到了前面。

队长说:"你妹家的事,你放心,我们会照顾好的。我们这个村你看看,三面是河,拖锹放水,旱不怕,涝不怕,饿不死人的。"

队长和舅爷说得愉快时,还相互拍拍肩膀,仿佛这天底下的事,就是挂面了。

经过太阳晒,轻风刮,个把小时,面就干爽了,可以收面了。面条太干,会碎;太湿了,会粘在一起成团——火候要恰到好处。收面时,舅爷举起手臂,从高高的架子上把面筷拔下来,面条就有弧度地自然弯曲,舅爷再用手一挽,一把面条就在手中了。父亲赶紧接过来,轻轻地放到面板上。一圈圈地放着,整齐好看。再用被子盖上,这是给面条吸潮气,增加柔韧性,之后才能放到筐里。

干完活,坐下来休息时,舅爷就和父亲聊天。

舅爷说:"在我们手艺人中,有三种手艺是苦的。"

父亲问:"哪三种?"

舅爷说:"世上有三苦,打铁撑船卖豆腐。铁匠天天抡着大锤叮叮当当地砸,不是一般人能干下来的;撑船的人风里来雨里去,夏天的水面是火炉,冬天的水面是冰窖;卖豆腐的要在夜里把豆腐磨好,一早挑出去走村串户地卖。"

父亲除了对撑船陌生,打铁和卖豆腐他都熟悉,他们经常来走村串巷吆喝。父亲说:"这三种手艺确实是苦啊。"

舅爷又说:"在我们手艺人中还有三丑。"

父亲觉得有趣,还有丑和俊的手艺人?

舅爷说:"世上有三丑,剃头剔脚吹鼓手。剃头是指剃头匠,成天给人家理脏头,掏耳屎。剔脚是指澡堂里的修脚工,成天捏着人家的臭脚修来修去的。吹鼓手是指红白喜事吹喇叭的。这三种手艺人人家看不起。富人家的孩子不学这三种手艺,但穷人家的孩子还是要学啊,吃饱肚子要紧啊。"

父亲过去对手艺人不大明白,现在懂了许多,他点了点头。

舅爷说:"我们做挂面的,是一个好手艺,成天忙的是吃食,谁家不喜欢?"

舅爷一肚子的故事,常常都是生活中的道理,听得父亲佩服不已。

舅爷说:"糖三做,酒半年,挂面师傅会放盐。"

父亲不明白这句话的意思,舅爷就给他解释说:"糖师傅做好糖,要做三样才行,泡麦芽,烀山芋,然后才能熬成糖;酿酒师傅把酒发酵出来,要用半年的时间;我们挂面师傅的本事就是在面里兑盐。"

父亲对盐是不陌生的,没想到在挂面里这么重要,不知道是怎么兑的。

舅爷说:"兑盐如果掌握不好,就挂不出好面来。一般是师傅对徒弟故意留一手的地方。盐的分量要根据气温来定:气温高时,每十斤面放六两盐;气温低时,每十斤面放四两盐就行了。盐的作用主要是控制面的发酵速度,这样才能保证挂出高品质的面条。挂面人心要细,要留心天气预报,阴雨天不能挂面,但全指望天气预报也不放心,老手艺人还要亲自看天的,这样才能做到万无一失。"

父亲跟着舅爷干了一段时间,技术已经熟练了。

有一次,父亲正弯着腰撅着屁股干活,忽然咚的一声放了一个屁,父亲的屁股正对盆里一团和好的白面。舅爷上前就朝父亲的屁股踢了一脚,父亲踉跄了一下才站稳,直起腰来不解地看着舅爷。

舅爷拉着脸问:"为什么踢你,你知道吗?"

父亲说:"不就放一个屁吗?哪个人不放屁?"父亲不知道放屁错在哪里。

舅爷说:"放屁不是错,但你是对着这盆里的面放的。"

父亲说:"那也粘不上面,一阵风就没了,再说人家也没看到。"

舅爷说:"屁虽然粘不上面,但也是对吃食的侮辱,手艺人要有敬畏感,举头三尺有神明,别人看不到,菩萨会看到的。"

父亲不吱声了,脸一阵红。

这天,舅爷语重心长地对父亲说:"技术你都会了,但还有一样东西我没教你。"

父亲抬起头疑惑地望着眼前的舅爷,难道他对自己的亲外甥还留有一手?

舅爷说:"这一招如果不教你,你只是一个小师傅;如果这一招你学会了,你就是大师傅了。"

父亲更加纳闷了,他说:"我想当大师傅啊,你要教我呀。"

"好,我来教你。"

父亲赶紧搬来面盆,里面还有一团和好的面。他把面盆放在舅爷的面前,好让他手把手地教。舅爷看了看,摇摇头说:"这个不需要面。"

父亲坐在对面,不知所措地看着舅爷。

舅爷用手指着头顶对父亲说:"你可看到了,有人在望着我们哩。"

父亲转过身四周瞅瞅,并没看见人,说:"没看到人呀。"

舅爷说:"人在你的头顶上。"

父亲更加不理解了。

舅爷说:"这个人就叫菩萨。每个手艺人都有一个菩萨看着,这就是举头三尺有神明。菩萨什么都知道,一定要记住,手艺人一定不能做伤天害理的事。"

舅爷说:"恶人有恶菩萨看着,善人有善菩萨看着,恶菩萨治恶人,善菩萨保佑善人,这样世道才公平。"

舅爷还说,白酒红人面,黄金黑人心。为人本分守清贫,不义之财不可亲。一毛不拔,一钱如命,两脚一伸,干干净净。雷打三世冤,善恶自分明。不做贼,心不惊;不吃鱼,嘴不腥……

舅爷说的都是手艺人中间流行的谚语,舅爷每说一句就解释一番,父亲从没听过这些,没想到手艺人还有这些规矩。

父亲问舅爷怎么知道得这么多,舅爷说这些是他师父教他的。

父亲听得心里一热,眼睛一亮,决心做一个大师傅,守住一个手艺人的道德底线。

最后,舅爷语重心长地对父亲说:"你养了一大窝伢们,往后日子难啊,我想把这个挂面的手艺教给你,有个手艺饿不死人。"

舅爷说着,父亲就坐在旁边听着,舅爷碗里的水没有了,父亲就会及时给续上。

3

现在要说说我的小叔了。

面挂出来了,要挑出去卖。那个年代都是计划经济,食品紧俏,卖面在乡下也是一个有面子的事,父亲就向队长推荐,让小叔去卖面。队长犹豫了一下,还是同意了。

一早,小叔挑着一担面条和村民一起出了村子。小叔虽然有一副好身骨,但出来卖东西还是第一次。他走很远到了一个大村庄,村庄里房屋凌乱,房前屋后是一排排的杨树,还有几户高大的房子,一看就是殷实人家。他挑着面在村子里转来转去,就是喊不出口。

一位老人看着这个青年人挑着担子转来转去的,也不吱声,就上前问他卖啥。小叔把担子卸下来,说是卖面的,一句话没说完,脸已绯红。

老人一听小叔说话,吃了一惊,说:"我还以为是一个哑巴在卖东西呢。你卖面不吆喝,谁知道你是干啥的?"

小叔望着眼前的老人,不好意思地搓着双手。

老人穿着一身黑色的棉衣服,慈面善目,扑哧一笑,说:"我就知道你是一个生瓜蛋子,你把担子挑着跟我走。"

小叔心里咯噔了一下,以为碰到传说中的强盗了,这一担面要是被他抢走了,回去怎么交代啊?!小叔磨蹭着,朝左右看看,想寻机挑着面筐逃跑,或许有人救他一把。

老人看小叔东张西望半天不动,生了气,说:"让你挑起来跟我走,你怎么不动弹?!"

小叔紧张地说:"大爷啊,这面就是我的命,你要我的命可以,但你不能把这面抢去啊!"

老人知道小叔误解了,又是扑哧一笑,说:"谁要抢你的面?不要坏了我的名声。我们村里有位老人明天过生日,要吃长寿面,我看你这面不错,我帮你兑给他去。"

小叔这才明白原委,不好意思地挑起担子,跟在老人的身后,到了一座大瓦房前,老人吆喝了几声,屋里走出一位老妇人。老人和她说了几句,老妇人让小叔把面挑到家里,先是认真看了看,然后拿起一根面条,放到嘴里嚼了嚼,脆、筋道,连声说:"好面!这是大师傅的手艺。"小叔听了内心就纳闷,怎么从面条里就能品出挂面人的手艺呢？老妇人把面全要了,小叔喜出望外,没想到这么难的事,这么简单就解决了。老人对小叔说:"我骗没骗你,抢没抢你?"小叔更加不好意思了,不停地说着感谢的话。

卖了面,小叔揣着一卷钱,挑着空筐往家赶,脚步轻快,心头舒畅。冬天的风吹在脸上,如春风一样惬意,路边荒芜的田地也变得金黄。本来要走半天的路,小叔几个小时就走完了。

小叔到了面坊,面坊里正围着一圈人在算账,见小叔这么早就回来了,问是怎么回事。小叔把卖面的经过说了一遍,大家都欣喜起来,说小叔遇到贵人了。

一个月卖面下来,小叔渐渐老到了。现在,小叔挑着面担,过田埂,翻沟壑,穿村庄,扁担在肩上忽闪忽闪。一进村子,小叔就开始吆喝:"卖挂面啦,卖挂面啦……"

小叔一天下来要走几十里路,一双土布鞋上脚走不到两天就裂开了,像个蛤蟆嘴。小叔上次在供销社看到一种黄力士鞋,黄力士鞋是帆布面,黑色的胶底,鞋底软,重量轻,走起路来舒服,十分洋气。其他几个家里条件好的卖面人都有这种鞋,而小叔还在穿着手工做的土布鞋。小叔做梦都想有一双这样的黄力士鞋,但他攒了很长时间,口袋里的钱就是不够,买一双黄力士鞋就成了小叔的梦想。

有一天,小叔来到一个村子,吆喊了半天,也没有一个人出来。正准备离开时,一位小姑娘挎着竹篮,手里提着一个布袋跑过来要换面。小姑娘穿着肥大的花棉袄,袄面上是一朵一朵鲜艳的大牡丹花,袖口处有着黑的污渍,小姑娘脚上的棉鞋被穿变了形,有一只鞋头裂了一道口子。小姑娘的头发蓬乱着,几缕头发披下来,落在红红的面孔上,伸出的手上有一丝皲裂。小叔接过她的袋子,袋子是布口袋,上面还打着两块大补丁。小叔打开袋子,把手插进去抄了一下,麦粒金黄,颗粒饱满,没有灰尘,不像别人的麦子瘪子多,灰多。小叔一看就喜欢,这是好麦子。

小姑娘要换四斤面,小叔把面称了,让她看,小姑娘歪着头,两只黑黑的眼珠盯着秤杆,嘴里数着称杆上的星子。但小姑娘数着数着就乱了,小叔心中有数了——她不认得秤。

小叔把面条装进她的篮子里,然后开始称她的麦子。本来四斤面十斤麦子就行了,这次小叔灵机一动,把秤压了一下,称了十五斤的麦子。交换完后,小姑娘挎着面回去了。小叔望着她的身影真想喊她回来,但自私又一次占了上风。小叔想,这多出来的麦子卖了,钱可能就够了,那双黄力士鞋就可以买到了,他挑着担子就往村外匆忙走去。

小叔一路跌跌撞撞飞快地走着,他怕姑娘回家后,被家人发现了不对,朝他追来。小叔越这样想心里越紧张。他不时回头朝村子看,他忽然看到村头走出来一个人,那个黑色的身影快步从村头向他这边走来。村头没有高大的植物,田地里一片枯黄,那个人影显得更加突出。小叔心想,坏了,肩上的担子更沉了。小叔知道,如果被人抓住了,少不了一顿毒打,担子里的面和麦子也会没有了,后果会十分严重的。

小叔越紧张,后面的人影仿佛越接近了。就在他绝望的时候,那个人一转弯,走向了另一个方向——原来这人是赶路的。小叔把担子放下来,看着那个人越走越远,长舒了一口气。

小叔挑着担子先是往家的方向走,经过刚才的惊险,他的身上已没有了力气,虚汗也慢慢地干了,背后冰凉一片。

转过一个高岗,远远地就可看见村子了。村子前是一排高大的树林,那些低矮的房屋就在树隙间稀稀拉拉地出现。

小叔拐上去集上的路。今天逢集,路上走着三三两两赶集的人。

小叔把担子挑到卖粮的市场上,市场上没有几个人,多是走远路赶来的。小叔怕卖麦子遇到熟人,弄穿了难看,就选了一个墙脚站了下来。

面前走过几个人,连看他一眼的意思也没有,小叔很失望。

不一会儿,来了一位老人,老人穿着肥大的棉衣,腰间用绳子系着,两只袖口已破,露出里面一缕缕陈旧的棉絮来。他看到小叔局促难堪的表情,就问他是卖什么的。小叔撒谎说,母亲病了,要钱看病,带了几斤麦子想卖。

小叔说过这句谎话后,又有点后悔,这等于是在诅咒自己的母亲了。老人说:"看你像个孝子,卖东西缩手缩脚的,怎么能卖掉?"小叔不吱声了,仍是局促不安。老人说:"我想买几斤麦泡麦芽熬糖。"小叔把箩打开,用手从麦子里抄了一下,金灿灿的麦粒从手上唰唰地流下,老人看了,知道这是好麦,出芽率高。小叔问要多少斤,老人说五斤就够了。小叔心中一喜,这正是他要卖的数量。

老人买了麦子,把钱给了小叔。小叔接过钱,认真地折了两下,和过去攒下的零钱卷在一起,塞进贴胸的口袋里。

小叔挑着担子往供销社走。供销社里没有多少人,那个卖鞋的女营业员坐在柜台内打毛衣,她双腿上卧着的红色毛线球,半天动一下,像一个小宠物。小叔弯腰瞅了一下柜台里的黄力士鞋,还在。他小声地对女营业员说:"我要买鞋。"女营业员没有听见,继续专心地织着手中的毛衣。小叔又小声地喊了一声:"我要买鞋。"这时女营业员听见了,站起身,对小叔说:"你是要买东西吗?"小叔说:"我要买鞋。"女营业员说:"你要买鞋不能大声说吗?搞得像个小偷似的。"小叔脸一红,他心里早就觉得自己是个小偷了,哪还有勇气?

小叔拿出口袋里的钱,数给女营业员,数到那几张卖麦子的票子了,他的手指抖了一下没有数开,然后在嘴唇上蘸了一下唾液才数开。买鞋的钱够了,还多出几毛钱。

小叔买好了黄力士鞋,挑着筐往家走。走到半路上,他卸下担子,把脚上的穿变形的土布鞋脱下,扔到了河里,换上黄力士鞋。这时,小叔的脚步是多么轻快啊,仿佛脚下生风。走几步,他又低头望了一下脚,脚上的黄力士鞋好像朝他笑着,他一下子觉得自己高大起来。

走着走着,他的眼前又浮现出那个换面的小姑娘来,小叔感到有点羞愧,想着下次她来换面,一定多给她一点。这样一想,小叔的心就安了。

这件事,小叔做得天衣无缝,没有任何人知道。

不久后的一天,吃过晚饭,村里的人陆续到面坊来聊天。自从有了面坊之后,这儿已成了村民聚会的地方,村子里的大事小事都是先从面坊里传出去的。

村里有一位妇女从娘家走亲戚回来,说她娘家村子有一个童养媳,婆婆病了,想吃挂面,村里来了一个卖挂面的人,婆婆就拿点小麦让童养媳去换面。哪知道童养媳不认得秤,被人家多坑了几斤麦子,婆婆气急了,拿起一根鞭子就抽她,边抽边骂,骂她没用,不如早死了好。童养媳被人坑了,本来就难过,现在婆婆又打骂她,她越想越伤心,夜里上吊自尽了。

那个妇女很会表演,一边说一边双手拍得啪啪响:"你想想啊,几斤麦子,就把人家小姑娘的一条命搭进去了,这卖面的人不得好死啊。"

面坊里顿时乱哄哄起来,有几个妇女跟着骂起来。几个卖面的男人听了,都十分震惊。

父亲对这个童养媳也有印象。父亲的一个同学在这个村子里,春天,父亲去同学家有事,他正和同学说话,忽听到门口一阵哇哇的哭叫,接着是一个女人的咒骂声。父亲朝门口望去,只见一个十多岁的小姑娘边跑边恐惧地尖叫着,后面追着一个胖妇人。胖妇人追上了前面的小姑娘,抓住她的头发一摔,小姑娘就跌倒了,惊恐地望着她,胖妇人对着她劈头盖脸地就打了起来,小姑娘双手紧抱着头。

父亲看不过,上前把胖妇人拉开,说:"算了,不能这么打孩子。"

胖妇人住了手,悻悻地咒骂着回去了。小姑娘瘫坐在地上,身子因哽咽抽动着。虽然是春天了,她还穿着冬天的破棉袄,有两个破洞的地方,往外露出黑黑的棉花。父亲拉了她一下,她瘦弱的身子,轻轻一拉就起来了,两只手黑黑的,皴着口子。她抬起头来,蓬乱的头发下,一双大眼睛里溢满了泪水。父亲从她黑黑的眸子里看到的是无助与怨恨,父亲还从没看见过这种眼神,他的心头猛地颤动了一下,父亲知道这是一个受苦的孩子。

父亲的同学过来,拉着她的手,要送她回家,她扭着身子,不愿回去。同学慢慢地劝解着,好久她才挪动身子。

父亲问:"这个小姑娘不是那个胖妇人养的吧?"

同学说:"是的,是她家的童养媳。"

父亲说:"她毕竟是个孩子,也不懂事的,怎么这样打她?"

同学说:"她家打童养媳是家常便饭了,我们也劝过好多次,有时还闹得不愉快。"

从同学家回来,这个可怜的童养媳就在父亲的心中留下了印象。

现在,听说那个童养媳死了,父亲的眼前就浮现出那双无助又怨恨的眼睛,心头颤动了一下。

面坊里,大家议论纷纷。有一个卖面的男人说:"你们妇女可不能这样说我们,我在外做生意没有欺骗过一个孩子。"

面坊里,每一个人脸上的表情,都在煤油灯晃动的光里隐约,有的愤怒,有的惋惜。

妇女说:"我也没说你们,人心都是肉长的,谁听了不心痛?做生意人不能昧着良心,光为了赚钱,不顾脸面。"

小叔在旁边听得心惊肉跳,他低头望着脚上的黄力士鞋,感到像火在燃烧,快要从脚下烧到他的头顶了。

几个卖面的男人你望望我,我望望你。沉默了一会儿,一个人说:"我如果干了这事,我一家子都得毒病,暴死在田冲里。"接着大家都对天发起毒誓来。

父亲看了一下坐在凳子上的小叔,小叔扭过头去,站起来,拍着胸膛,发起誓来。

这次聊天,在一片咒骂声里结束了。

小叔好不容易从面坊里往家里走,发过毒誓的小叔,在黑夜里有点害怕起来,三步并两步慌张地回到家,上床捂着被子就睡觉了。

## 4

队里的挂面在附近卖得红火起来,父亲也得到舅爷的真传,一段时间后,舅爷基本上就把挂面交给父亲做了,他只是在旁边指导。转眼到了年底,队里一算账,盈利丰厚,家家都分了红,面坊里热火朝天,一阵阵嬉笑声仿佛要掀翻屋顶。队长给了舅爷一百多元钱,这对于舅爷来说,可是一笔巨大的收入,舅爷回家过年去了。

翻过冬,上面来了政策,要割资本主义尾巴,生产队的面坊无疑是被割的重点对象。大队书记陪着公社的领导来了两次,做队长的工作,说坚决不能干了。每次来,队长都准备最好的香烟散给他们吸,队长的烟都贴了几包,只想把面坊尽力保护下来。

干部们一走,队长就让舅爷和父亲挂面,一切都在偷偷地进行。

队长叮嘱卖面的人,尽量小心点,不要像过去那样大张旗鼓地卖,遇到人问,绝不能说是本村的,就说是外地的。

风声越来越紧了。有一天,一个男人愁眉苦脸地回来,他挑着的面担子被民兵发现了,民兵追了几里路才把他追到,把他的面条全部踩碎,倒进了塘里。男人说着说着,眼睛就红了,流下两行眼泪。那一箩白白的面条啊,谁见了不伤心?

又过几天,大队干部带着几个民兵来了。队长又上前去敬烟,但他们把队长的手挡得远远的,队长知道来者不善。

他们径直来到面坊,几个愣头青小子撞开门,不由分说就砸了起来,屋子里响起一片砰砰的声音,尘土飞扬。

队长咬着烟屁股,焦急地转来转去,他眼睛红红的,喷着火光,说:"这干吗？大家都是熟人,这干吗?"但没有一个人理他。

这时,一个戴着红袖章的半大小子看到了面坊里的那个绿釉的面盆,挥起手中的棒子就要砸去。这可是舅爷吃饭的家伙,也是父亲喜欢的面盆,不能让他们砸了！父亲眼疾手快,伸手去拦,但棒子已打下来了,只听砰的一声,棒子打在父亲的胳膊上,父亲哎哟一声,痛得眼冒金星。那半大小子见打了人,也不敢闹了,赶忙往外走。父亲站起来,看到那个绿油油的面盆完好无损,心里松了一口气。

屋外,孩子们睁大惊恐的眼睛,妇女们在骂,男人们的拳头攥得叭叭响。村民黑头五大三粗,平时喜欢舞刀弄棒地练功,他气得不行,咬着牙说:"这些伢,我一手能抓两个。"

队长劝着:"别干呆事,这是政策,这是政策。"

砸完面坊,民兵们扛着棍子扬长而去。队长望着他们的背影,一口浓痰啐得老远,说:"过去一来,我就招待你们吃喝,那些饭都喂猪了！"

村民们怏怏地回去了。这次虽然保住了面盆,但父亲的胳膊乌青了半个月才好起来。

面挂不成了,舅爷临走时把面盆留给了父亲。舅爷说:"这面盆是你用一条胳膊换的哩。那天如果没有你挡一下,早就被砸烂了,现在你留着吧。"

父亲虽然不能用它挂面了,但还是喜欢得不得了,把面盆架在房子的高处。

奶奶送舅爷回去,舅爷走在前面,奶奶背着双手跟在后面。

奶奶说:"面挂不成了。"

舅爷说："挂不成就挂不成吧,好歹外甥的手艺学成了。他的手艺不错,比我强。"

奶奶说："不给挂面,这手艺也没用了。"

舅爷说："总不能把老百姓的嘴堵住吧,只要老百姓吃,这手艺就有用场。"

奶奶听了舅爷的话,心里明白了。

舅爷最后一次来我们家,是奶奶去世时。

奶奶是在春天去世的。按照我们当地的风俗,人老了,要在家停三天。这三天,家里白天夜里都要有人守,守夜的人,要不断地在火盆里烧黄表纸,朝香炉里上香,这些都是不能断的,断了便认为是子孙断了,不吉利。

这天夜里,轮到父亲守夜。

在这之前,父亲在书上看到,唐朝时有空心挂面,后来失传了。父亲一下子就着迷了,怎么才能挂出空心挂面? 当他把这个想法说给左右邻居听时,大家都笑话他,面条自古以来就是实心的,那么细的面条还能用棍子朝里捅,怎么能空心呢? 可父亲觉得行,觉得一定能挂出来。

父亲已经有点痴迷于自己的想法了,他不停地试验。他去请教舅爷,舅爷沉默了好久,说："哪有这种面? 我没有挂过,你就别瞎子点灯——白费蜡了,你自己的面就够你挂一辈子了。"

这天夜里,父亲在奶奶的遗体前守着,煤油灯昏黄地晃动着,其他人都去睡觉了。父亲守着奶奶烧着纸,烧着烧着,父亲灵机一动,便去找来面盆,开始试验起来。

舅爷睡觉醒了,便起床来看看奶奶。舅爷对奶奶的去世十分悲痛,这几天他经常在梦里哭醒。

舅爷来到堂屋,一看只有奶奶一个人躺在门板上,火盆冰冷的,香炉里的香也不知道什么时候断了。舅爷气得牙齿咬得咯咯响,正在找是谁在守夜,看到父亲在旁边低着头,一双手在面盆里把一团面揉、捻、搓,便明白了一切。

舅爷怒火中烧,上前骂:"你这个不孝之子,我教你挂面,你怎么连你娘也不要了?你娘睡在这儿好凄惨啊。"

父亲一惊,抬起头来。

父亲正要解释,舅爷捞起一个小板凳就朝面盆砸来。父亲一下子扑在面盆上,小板凳砸在父亲的背上,父亲痛得哎哟一声。

舅爷指着父亲说:"人做事,天在看,举头三尺有神明哩。"

父亲觉得自己真的是不孝了,他来到奶奶的遗体前跪下,深深地磕了三个头,请奶奶原谅。

## 5

父亲攻克了空心挂面的技术,这在当地是独一无二的,红透了半边天。虽然市场还是不允许做生意,但大家还是想着吃挂面。左右邻居来加工面条,父亲是不收费的,但可以留下面筷上的面头。每天晚上,我们就坐在煤油灯下,把面筷上残留的干面头搓下来。一捆面筷搓下来,往往就有一盆面头,母亲再把这些面头做成饭给全家人吃。母亲想着法子调换胃口,油煎粑粑吃过了,母亲就做青菜糊糊,把炒熟的花生米捣碎,撒一把在煮熟的面汤里,浓浓的面汤就香喷喷的了,喝起来爽溜舒服。

家里因为有父亲这个手艺,生活也变得红红火火。

到了冬天,村里人接二连三来请父亲挂面,眼看请父亲挂面的人排起了队,村子里整天都响着石磨磨麦的轰轰声。

这天下午,父亲刚下地回来,村里老何的女人就挑着两只口袋过来了。

老何女人弯下细软的腰肢,把两只白布口袋朝地上轻轻放下,然后直起身来,朝父亲嗯嗯地笑了笑,说:"请你给我家挂点面啊。"

父亲把农具靠墙放下,直了一下腰,没有吱声。

老何女人的笑脸一下子就变成黑脸了,说:"你这是怎么啦?给谁家挂面都顺当,到我这儿怎么就难为我了?"

老何在镇里工作,老何女人带着孩子在家种地。因为村里人家有事少不了要找老何帮忙,村里人都让着她,时间一长,便养成了老何女人霸道的作风。父亲吃过她的亏,这件事一直堵在父亲的心里。现在,老何女人找上门来求自己了,父亲心里一百个不愿意。父亲忙着手里的活,不拿眼睛看她。

老何女人说:"喊,你会个挂面了,就傲起来了,我家能买得起挂面的。"老何女人说话飞快,眼睛不停地转动,语言刻薄。

两个人在门前交起了锋,因为是求人帮忙,老何女人开始还顾着一点面子,后来说话声音越来越高,父亲说一句,她已说上三句了,三言两语,把父亲气得脸色都变了。

老何女人弯腰挑起袋子就要往外走,正好我母亲回来了。看到老何女人气呼呼的样子,就问是怎么回事。老何女人说:"你家男人现在有本事了,给村里其他人家挂面,怎么我家就不行?"

母亲一听就明白了一二,她知道这个女人得罪不起,就从她手中把面袋子拿了下来,说:"放这吧,我让他挂,生啥气?"

老何女人不情愿地把面袋给了我母亲,胖胖的脸上瞬间堆满了笑容,说:"唉,我家老何朋友多,来到家里总要管顿饭吧,还不是没办法。"

老何女人走后,父亲看着提回的面袋,对我母亲气冲冲地说:"这不是明摆着欺负人吗?"

母亲就劝父亲说,得罪菩萨可以,得罪小人难。村里人谁不让着她,我们为啥偏偏要跟她作对呢? 我们就辛苦一点,省得她在村子里搞得鸡飞狗跳的。

父亲开始给老何女人挂面了,村里人挂面的面粉,都是用自家的麦子磨出来的。老何女人送来的面粉是从粮站买的,俗话叫洋面粉。那面粉雪白细腻,黏度高,能挂出好面,父亲用手一和就知道了,父亲很少挂这样的面粉。

父亲挂面忙不过来,有时就让小叔来帮忙。小叔听父亲说是洋面,就灵机一动,停下手中的活,回家拿来一盆面,说:"哥,换点面下来,媳妇快要坐月子了,以后给她挂点好面吃,老何家这么多面,兑点我家的面粉,挂面也不耽误。"

父亲和面的手停了下来,让小叔去拿秤。小叔拿来秤,称好后,正准备往里掺,父亲又让他停下。

父亲说:"不能兑。"

小叔愣了一下,问:"怎么了?"

父亲说:"有人看见。"父亲想起舅爷交代过的话,举头三尺有神明,若要人不知,除非己莫为。

小叔停住手,四处张望了一下,没有看见一个人,说:"哪有人?"

父亲说:"在头顶上。"

小叔又朝头顶上望了一下,空荡荡的,觉得父亲是在糊弄他,便不高兴起来。

父亲说:"举头三尺有神明,菩萨啥都看见哩。"

小叔恍然大悟,把盆往面板上一蹾,生气地说:"就你神神道道的,刚才不是说好的吗,怎么变卦了?"

父亲说:"如果我们换了老何女人的面粉,虽然不会有人知道,但菩萨会知道的。"

小叔听不懂父亲的话,很生气,说父亲的黑墨水喝多了。

父亲坚决地说:"我说不换,就不能换。"然后,又开始擀起面来,父亲擀面的姿势一上一下,有力、有致。

小叔气冲冲地走了,再也没有露面。

第二天下午,老何女人来取面了。老何女人看到一筐洁白的面条,简直不敢相信自己的眼睛,她更不知道父亲和小叔的争吵。老何女人自知理亏,想着父亲可能要刁难她几句的。但父亲一句风凉话也没说,老何女人挑着面往外走,脚步却有点慌乱起来。

## 6

举头三尺有神明。

几年过去了,小叔以为当年因为换面而死去的童养媳的事已经过去了,被时光的尘土埋没了。现在,经父亲这么一说,又陡然记起,就像一块山坡崩塌,露出里面的一块树根,白生生的,埋得越深,呈现得越加鲜明。

小叔想再回到过去,平静地生活着,显然不行了,他开始变得心事重重。小叔一个人坐下来时,便会突然地叹气,这叹气声长长的、尖锐的,仿佛一块铁器丢在地上,即使声音消失很久了,也能从地上拾起来。

小叔经常在深夜里惊醒,就听见窗外黑色的夜里有一只鸟在一声声地嘶鸣。"苦哇——苦哇——"这鸟的叫声,小叔也不陌生,但眼下听起来却让他的心头一悚,这不是那个童养媳吗?叫了这么多年,她的喉咙已经嘶哑了。鸟继续在窗外叫着,小叔听得头都要炸了,他推开窗子,朝黑暗中扔了一只鞋,鸟的叫声停了一下,又叫了起来。

有时,小叔在夜里醒来,又听见狂风在呼啸。

白天总是平静的,一到深夜就开始刮风。这风应当是黑色的,它们白天在树荫下、沟渠边、荒草地里潜伏,一到夜晚便蜂拥而来,把本是宁静的夜晚搅得一片混乱。是谁在风的后面用力驱赶?黑色的风路过小叔的窗口,看到一双醒来的眼睛里充满着紧张。

窗外的风又在用力了,它的怨恨在旅途中累积,它已拖不动这些沉重。

它是被冤屈的灵魂,在寻求人的解救。

耳边的尖啸声一声比一声紧,一声比一声急,逼得人喘不过气来。

直到天色在鸡鸣声中慢慢到来,风才息了下去,恢复了白天的平静,小叔才昏沉沉地睡去。

为了排遣苦闷,小叔开始喝酒。

一天早晨,小叔让小婶炒点菜下酒。小婶一听就不开心,大清早喝啥酒?

小叔冲道:"我想喝,老子喝酒还挡你事?!"

小婶看他火气很大,便挎着篮子去菜畦里挖点菜,洗净,炒了。

小叔趴在桌子上,一个人闷声地喝,喝着喝着,把酒杯啪地摔在地上,酒杯碎成几片。小婶受不了了,从门外几步跨到屋内,跺着脚哭着说:"你这个猪啊,我看你这些天就不对劲,脸不是脸,鼻子不是鼻子的。你生啥幺蛾子了,一早上就要喝酒?我给你服侍好,哪点对不起你了?"

小婶伤心地絮叨着,小叔听了,本来就乱糟糟的内心更加添堵,他大吼一声,骂道:"滚,你给老子滚!"说完把桌上的盆子朝地上一扔,哐当一声,盆里的菜撒了一地。

小叔走出门外,停了一下,又走到地里去了,留下小婶在屋里大声地哭泣起来。

转眼,清明节到了。这天一早,小叔夹了一刀草纸、一挂鞭炮,来到地里的一个三岔路口。小叔用火叉在地上画了一个圆圈,蹲下身把草纸点燃,草纸冒出一缕烟,轻风一吹,火大了起来,红色的火焰过后就是一片一片白色的纸灰,在风中飘散着。

小叔一边烧一边喃喃自语:"童养媳啊,我对不起你,我给你烧钱来了,你不要再纠缠我了,我受不了啊。"

小叔又站起身把鞭炮点燃,长长的鞭炮在田野里噼噼啪啪地响着。在鞭炮热烈的声音中,他仿佛看到童养媳满脸微笑地站在面前。

小叔说:"我真的好后悔啊,以后你不要再来找我了。"

童养媳咯咯地笑着跑远了,消失在一片绿色里。

小叔做完这些,一步一步地往家走,他心里轻松了许多。

春天的田野一片蓊郁,河水清亮亮的,倒映着岸边的垂柳。金黄的油菜花仿佛用手可以捏出金色来。田埂上,野菜已生长得蓬蓬勃勃,如脱了冬装的小姑娘。

这天夜里,小叔应父亲邀请,又来帮父亲挂面。

起完面,天刚蒙蒙亮,村子是寂静的,偶尔有人走动的声音,但很快就消失了,没有连续的声音。

父亲搓着手上的面剂儿,小叔坐在板凳上望着灯光,灯光在玻璃的灯罩里,静静地直立着,平和而温暖。忽然小叔长长地叹了一口气。

父亲一听,心里被撞击得难受,做生意最讲彩头,一天刚开始,叹气就到来,这有点倒霉运。

父亲问他:"你最近老是叹着气、苦着脸,好像有什么心事,是不是和媳妇吵架了?"

小叔醒悟过来,用手搓了一下脸说:"没有,哪有什么心事。"

父亲说:"没?你能瞒住鬼。兄弟如果有心事,你就对我说说。"

小叔沉默起来,紧抱着双臂,又叹息了一声,然后对父亲说:"哥,有一件事在心里埋了好多年,我对谁也没有说过,现在对你说说,你一定不要对别人说。"

小叔把屁股从板凳上移下来,身子吃蹴着,眼睛望了一下父亲,然后移开,望向别处,开始了缓慢的叙说,把童养媳换面的事说了一遍。

父亲听着听着,眼睛越睁越大。父亲的眼前浮现出那双无助又怨恨的眼睛。父亲紧盯着眼前的小叔,小叔在缓慢的讲述中,变得越来越陌生。

小叔说完了还在絮叨着,解释着,他没有注意到父亲表情的变化。父亲的牙齿咬得咯咯响,他伸过手去,给了小叔一个耳光。

父亲颤抖着指着他说:"畜生,原来是你干的!"

小叔感到很惊诧,他没想到父亲会打他,长这么大,这还是第一次被人打耳光,他感到很屈辱。他一把抓住父亲的衣领,眼睛瞪着父亲,用力推搡了一下。父亲身子摇晃着,他刚要举起手,被小叔一把抓住了手腕,小叔说:"你要再打我,我就不客气了,别怪我不认你。"

父亲用力甩着胳膊,把手从小叔的手中挣脱出来。

小叔松开父亲,出门回家了。

父亲蹲下身子,抱着头呜呜地哭了起来。父亲说:"作孽啊,我学个手艺只想养活这个家,哪想害过人?童养媳啊,没想到你的命断在我的手里啊。"

在父亲的眼里,这是人命关天的大事啊。在这个世界上,怎么能害死人呢?父亲连一只鸡也没杀过啊。

父亲说:"菩萨啊,你在头顶上都看到了。你看到了为啥不说呢?让我在人间做了这么多年恶人,我要赎罪啊。"

父亲用拳头砸着自己的脑袋,痛苦像洪水般击打着他,淹没着他,要死的心都有了。

天已大亮,村子里此起彼伏地响起鸡鸣声,远处的田野里起着一层淡淡的雾气。没人知道这个早晨父亲和小叔发生的事情。

母亲过来喊父亲和小叔去吃早饭。母亲刚走到面坊前,就听到屋里响起一阵砰砰的声音,母亲紧走几步上前一看,只见父亲站在早晨曚昽的光里,举起挂面的盆子,摔在地上。母亲大惊,赶上去拉着父亲的手说:"你发啥疯?! 你摔面盆干啥?!"

父亲的胳臂用力地挡了一下母亲,弯腰把摔了几下没有摔破的面盆又拾起来,高高地举过头顶,再一次用力地摔下去,这一次面盆在地上砰地碎成了几块。父亲看到那绿釉分裂开来,在地上翻滚了几下,有一块还滚到了他的脚边,父亲把脚往后缩了一下。父亲看到那釉似乎滚出了汪汪的一层水来。

父亲停下来喘息着说:"不挂面了,不挂面了。"

母亲跺着脚,大声地呵斥:"你发什么神经病?这面坊生意正兴隆,怎么不挂面了?"

父亲望了一下母亲,想把小叔的事和母亲说说,但话到嘴边又觉得不能说。在我们乡下,赎罪是不能说出去的,否则就不诚恳,就不灵了。再说,这件事要是传出去了,父亲这一家子还能做人吗?父亲只有将这件事埋在心底。

父亲说:"不挂面就不能活了?那别人家怎么活的?"

父亲坐下来,凝视着眼前的几块碎片,他仿佛看到天空的破碎。这些年来,手艺就是家里的天啊,他从此就要和它告别了,他摇晃着身子站起来走了。

## 7

父亲不挂面了,家里的生活开始困难起来。

到了冬季,家里的粮食渐渐减少。算算还要到明年午季才能接到粮食,母亲的心里就一阵慌。家中只有中午一顿饭,晚上是一顿大麦糊糊。刚喝大麦糊糊还觉得新奇,但时间长了就不行了,一碗喝下去,喉咙里就像刀片刮的一样难过。

每次吃晚饭,都是家里最难的事,母亲想这个关必须要渡过去。

先是四弟不愿吃,四弟把碗往桌子上一推,说:"我要喝面筋汤。"

母亲说:"你还要喝面筋汤,那神仙的日子没了。"

四弟说:"喉咙痛,不吃,饿死算了。"

母亲脱下鞋,一下子砸过去,骂道:"你这个小烂卵子,我们都能吃,就你不能吃?"

四弟扭头就到一边去了。

接着是三弟开始尿床,大麦糊糊稀稀的,到肚子里一沉淀,就是水了。为了防止他尿床,母亲每天半夜醒来,第一个就喊三弟起来撒尿。但防不胜防,三弟还是尿床了。三弟尿床不敢作声,夜里就用身子焐,因为饥饿,身上本来就没多少热量,湿的床褥怎么也焐不干。第二天,母亲就要给三弟晒褥子。太阳底下,三弟看到褥子上那块巨大的印记就羞得面红耳赤。

不久,小妹也不愿吃了。小妹端着红花的塑料碗哇哇地哭着。小妹在家是老小,母亲最疼她,母亲把小妹拉到怀里。

小妹偎着母亲,一哭,小小的身子就剧烈地抽动着,说:"妈,我的喉咙痛。"

小妹张大嘴,用手朝嘴里指着,让母亲看。母亲知道是喝大麦糊糊喝的。母亲紧搂着小妹说:"孩子,妈也没办法,喉咙痛比饿死好。"

母亲说着,用勺子舀了一勺,轻轻地送到小妹的嘴里,小妹哽咽着,和着泪水咽了下去。

时间很快就到了腊月,家家户户都在忙着过年。有的人家煮了一锅锅米饭,盛到大簸箕里晒。这些米饭晒干后,再放到锅里炒熟,一粒粒的,可以用糖稀团成糖果,是过年必备的礼物。粮食多的人家,晒了一簸箕又一簸箕,村里的空气中飘着米饭的清香。家家户户都在忙碌着,只有我家冷冷清清,没有一点动静,母亲还不知道年盘在哪里。

这个年头,上面抓得松了,各种手艺人都在悄悄做生意了。村里的人不明白,父亲有个好手艺为啥不出去做生意,待在家里吃死食?

终于,母亲和父亲爆发了一生中最严重的一次冲突。

这天,队长来串门,队长吸着烟,把烟抽得像失了火。父亲知道队长心里可能有话要讲的,便笑着望着他。队长把一支烟屁股往另一支烟上接,吸着鼻子对父亲说:"底下(我们这儿把江南统称底下)人喜欢吃挂面,他们那里叫吊面,但没有人挂。你会这个手艺,还会挂空心挂面,不得了。我们俩去一冬,挂下来,赚个年盘是没有问题的。"

父亲一听就来了精神,父亲也正在为家里过年发愁,两人十分投机地聊了起来。队长的岳父家在马鞍山那边,他对那边的情况熟悉,而父亲对那边却两眼一抹黑。于是两人分工,父亲专门挂面,队长专门联系客户和收费。这样下来,赚个年盘确实没有问题。

两个人算得热血沸腾,仿佛眼前遍地是金子,伸手就可以搂过来。父亲愿意去挂面了,母亲也高兴起来,劝他们快快动身。

一天后,队长又兴致勃勃地过来,问父亲准备得怎么样了。

两个人坐在长条板凳上,父亲双手夹在双腿间,两只脚搓着地上的一块土坷垃,低垂着头不好意思地说:"队长,对不起,我不想去挂面了。"

"你不想挂面,有新活计了?"队长吃了一惊,扭头望着眼前的父亲。

父亲不敢抬起头来,说:"没有新活计,我就是不想挂面了。"

队长不理解,他和父亲搭档了一辈子,父亲说话都是算话的,这次怎么变得这么快?是家里有了困难,还是和谁吵架了?

父亲都一一否决了,父亲不想和队长说因为自己的手艺害死童养媳的事,就是说不愿去挂面了。

"你这么好的手艺,不出门去赚钱,待在家里,一家人喝西北风啊?!"

队长再说,父亲就像一个闷驴,不作声了。

看样子父亲是九头牛也拉不回了,队长气得一跺脚,气咻咻地走了,临出门,又说了一句:"你看你烧的,你不就会个破手艺吗,地球离开你还不转了!"

母亲听说父亲不愿去挂面了,顿时火冒三丈。母亲唯一的指望,就是父亲能去底下赚点钱回来,而且和队长在一起干,是多么让人放心,最后却成了一场空。

这天早晨,父亲正蹲着身子劈柴火。父亲敞开衣服,短发根根直立,在早晨的阳光下,冒着热气。父亲一下一下有力地劈着,有时斧子嵌进树里,发出叭的撕裂声。父亲用力一拧,斧子出来了,扳出两片白花花的树块来。

母亲站在他的面前数落着:"你这个挡炮子的,看你像一个人,心比蛇都毒。你一个大男人,有一个好手艺,不出去挣钱,让一家老小跟着受罪,哪个男人像你?一点不负责任,你的良心叫狗吃了。我要用刀铰你的心才解恨……"母亲越说越生气,气得牙齿咬得吱吱响。

父亲停了下来,抬起头来,瞪着母亲,说:"我说不挂面了,就不挂面了,面盆我都摔了,还是假的?"

母亲说:"面盆摔了,再买一个就是了,就不能挂面了?"

父亲没有吱声,又去劈另一块树枝。父亲的斧子在空中画了一个明亮的弧线,落在树枝上,树枝叭地断了。冬天早晨的太阳,有着童话的色彩,圆圆的,大大的,挂在天空中,一点热量都没有,像用油彩画上去的。

母亲还在数落。父亲说:"我不挂面,就是不挂面。你骂我也没用。"

母亲说:"你说说为什么不能挂面了,是蹬到鬼了?你这个犟种!"

母亲愤怒的面孔显得紫红,嘴唇抖动着,她说:"我要是一个男人,我就出去挣钱了。我是一个女人,出门去疯跑,不败坏门风吗?这个家搬头不动、搬尾不动的,日子怎么过!"

这时,父亲停下来,长长地舒了一口气,然后蹲下身子,父亲黑黝黝的身子像一块钢锭。父亲把右手的手掌平摊到一块树块上,看到手上粘着黄色的泥土,手指骨节粗大,食指已有点弯曲,与中指已不能并拢。父亲把手翻过来,看到手掌上交错着三条深深的掌纹,手指的骨节根处有几块硕大的硬茧,五个手指像五个兄弟一样站立着。父亲觉得这样不舒服,又把手背向上。接着父亲一咬牙,左手挥起斧子,叭地落下,父亲右手的四个手指掉了下来。父亲把手拿起来,已光秃秃的了,四个长短不一的手指头,在树块上微微跳动着,它们先是紫红色的,慢慢就变得惨白起来,平静下去。四个断了的指头像四个管子,鲜血汩汩地流了出来,白色的木块顿时被染得通红,刺眼。父亲丢掉斧子,紧攥着右手,疼痛使他紧锁着眉头,嘴唇颤抖着。

母亲这时才醒悟过来:"妈呀!"尖叫了一声,母亲双手抱着头,撕扯着自己的头发,她不相信眼前发生的一切。

队长和小叔闻讯也赶来了,他们看着父亲紧攥着鲜血淋漓的手掌,都大吃一惊。

缓过神来,母亲赶忙紧抓着父亲的胳膊,睁着呆滞的眼睛,哭泣着说:"我也是没办法才叫你去挂面啊!你怎么发疯哩?!"

队长跺着脚望着父亲说:"你这人就是愚拙(脑子不好使),你不挂面就不挂面了,你剁自己的手干啥?!"

小叔站在一边,听说父亲是因不愿挂面而剁的手,心里就明白了几分。

疼痛使父亲的脸煞白,巨大的汗珠不断流下来,他一屁股坐在地上。

队长弯腰捡了一根手指,对母亲说:"赶快把手指捡起来,包好,不要让血冷了,到医院看可能接上。"

母亲头发蓬乱着,转身回家拿来一条毛巾三下两下把父亲的手包裹好,但很快毛巾就被鲜血浸透了。母亲把父亲断了的手指一个一个地拾起来,父亲的手指粗大,皮肤皱裂,血肉模糊。母亲拾着拾着哇地哭了起来,她用毛巾包好手指紧揣在胸膛,好暖热这断了的手指。

村里又来了几个壮劳力,他们做了一个简易的担架,抬着父亲就往集上跑。一路上,母亲紧紧地按着怀中父亲的几个手指,她要用自己的体温温暖着父亲的手指。

小叔也在抬担架的人中。小叔看着担架上父亲苍白的脸,看着看着,腿便发软了,他的背上浸出了汗水。

队长不满地揉了一下小叔说:"让你抬个人你都抬不动,你下来,我来抬。"

小叔被换下来了,四个人抬着父亲健步如飞,小叔跟在后面跟跟跄跄地跑着。

一个星期后,父亲从医院回来了,砍断的手指终究没有接上,父亲的右手从此就秃秃的,只剩下几个手指骨桩。

父亲的挂面经历到此终结了。

## 8

舅爷高寿,活到九十多岁了,每天吃饭前还要喝两杯酒,吃一碗饭。大家都说,这老头能活一百岁。

这个冬天特别冷,北风整天吹着,发出尖锐的呼啸。天像漏了一样,整天滴滴答答地下着雨,地上一片泥泞,行走的人,躬着身子,在空旷的田野上,显得孤单而艰难。

这天早晨,家里人起床发现舅爷没有声音,舅爷夜里已去世了,这个老挂面师傅安详地走完了自己的一生。

父亲赶去给舅爷送行。

舅爷躺在门板上,像熟睡了一样。父亲大声地喊了几声,但舅爷不理不睬。

父亲跪在舅爷的遗体前,一张张地烧着黄纸,父亲一抬头,在舅爷头顶三尺高的空中,看到一个人,那个人身披金黄色的袈裟,盘着腿,双手合十,双眼微眯,五彩祥云围绕着他。

父亲用光秃秃的右手掌揉了揉眼睛,这不是菩萨吗?

父亲惊喜不已,这就是舅舅常说的举头三尺有神明啊!

父亲看到了,父亲站起身激动地大声地向旁边的人说着,大家都拥过来看,可啥也没看到,都说父亲是眼花了,然后散去了。可父亲确实看到了,父亲磕下头去。

父亲问:"菩萨啊,人间的事你都看见了吗?"

菩萨说:"看见了。"

父亲问:"你看见了为什么不说?"

菩萨说:"我有口,但我不必说出来,我要说的,都在人的心里。"

父亲举起光秃秃的右手,抚了一下花白的头发,问:"我剁了自己的手指有意义吗?"

菩萨说:"没有你挂面就没有你兄弟卖面,你是你兄弟罪恶的源头,你剁了自己的指头,是与罪恶一刀两断。"

父亲再抬起头来,舅爷的头顶上面空空荡荡了。

父亲大喊一声:"菩萨啊,我的舅舅是一个好人,你保佑他升天吧!"父亲举起双手合在一起祈祷着,但那只残掌与左手已永远合不到一起了。

第三天出殡了,送葬的人群走在田埂上,形成了长长的队伍。正走着,又有几辆车在村头停下,他们是从几百里外的地方听说舅爷去世而赶过来的。他们身穿孝衣,举着花圈,唢呐奏着哀乐,气氛十分凝重。每经过一个路口,人们都要在主持人的吆喝声中跪下磕头。

天下着雨,北风阴冷地刮着,田埂上到处都是泥泞和水洼,许多人穿着长胶鞋,每次要跪下时,只是弯着膝盖蹲下,以免把裤子弄湿了,把衣服弄脏了。

父亲也在送行的队伍中,父亲戴着长长的孝布。主持人一吆喝,父亲就扑通跪了下去,很快他的双膝湿了,刺骨的寒冷一下子浸进了他的膝盖里。父亲双手伏在地上,深深地低下头去,泥泞里印着父亲一只完整的掌印和一只残掌的手印。雨水浸透他的裤子,他的一双膝盖是冰凉的,额前的头发也沾上了泥巴。

身边的几个青年人看了很吃惊,小声地议论着:"看,这个人是真跪啊。"

父亲一路走一路磕着头,每次跪下去,父亲都喃喃自语着:"舅舅啊,我这个徒弟不孝啊,侮辱了你的手艺啊。"

父亲的头发、衣服、双手上都是泥,有人过来拉他,劝他:"身上湿了,别冻着了。"

父亲说:"他是我舅哩,他是我师傅哩。"

舅爷的坟在岗头上的一片树林里,冬天树木落光了叶子,留下一片黑色的树干,远远望过去一片沉重。父亲想春天快到了,那时舅爷的坟墓前就会开满野花。

# 父亲的土地

## 1

周边的村子都分单队干了,我们村子还没有分。队长想一分队人心就散了,收不回来了,队长想把大家拢在一起,多待几年。

随后发生的一件事,让队长决定分队。

村子的南冲有座抽水机台,长长的坡地上,生产队栽了许多榆树,这些树经过几年生长,已有碗口粗了,夏日里形成一片浓荫。抽水抗旱时,看柴油机的人可以在树荫下歇息。地里干活的村民在累了的时候,也可以到树荫下坐坐。傍晚,鸟儿落满了枝头,叽叽喳喳,像开会一样热闹。

一天早晨,队长发现最粗壮的那棵榆树被人锯了。白色的树桩贴着地面,太阳一照,明得那么刺眼,像一只有力的拳头砸了队长一下,队长觉得十分难受。

队长点了一支烟,深深地吸了一口,倚着身边的一棵树蹲下来。这些年来,生产队里的东西没少过一样,他在队里做事一摸不硌手。现在,竟有人在他的眼皮底下,偷偷把这棵大树锯了,这还了得!村子里的每户每家每个人的面孔,他闭着眼睛也能想起来。他估摸了一下是谁,觉得八九不离十,便呸地啐了一口,用力地把烟屁股从嘴上吐出,怒气冲冲地往村子去了,难道还有人想造反吗?

队长的小碎步走得很快,踢了两次坷垃,脚也不觉得疼。本来一股怒火的队长,走到村头时,心里却莫名地平静了下来,他不想为此撕破了脸,决定静观一下,让这个锯树的人自己站出来。

村子里是平静的,鸡照常在打鸣,牛照常在哞叫,猪正常在外面撒尿,妇女们骂小孩的声音永远是凶狠的。少了一棵树,并没影响到大家的生活。队长想还是算了吧,闹红了脸都不好看。

可是第二天早晨醒来,队长发现,抽水机台坡上的树全没了,一片白花花的树桩,只剩下几棵弱小的树,躬着身子像是在吊唁,充满了悲哀。接着村子里的许多人知道了这个事情,没有了树的抽水机台光秃秃的,那么难看。

队长气得七窍生烟,嘴里衔着烟,趿着鞋,一只裤脚卷在小腿上,另一只裤脚拖在地上,在树桩间焦躁地走来走去。他想,这天下难道要大乱了?

村民们都陆续地来到抽水机台上:有的人抱着膀子,说话唾沫横飞;有的人蹲着,用树枝在地上乱画;有的人低着头,走来走去。坡地上闹哄哄的,大家各怀心事。队长刚想怒骂,但又把涌到嗓子眼的话咽了下去,一个念头油然而生——分队。队长清楚,人心散了,拢不起来了。

队长一扭头就往村子里走。队长没发表意见,这让大家感到惊诧。队长走远了,过了一会儿,大家也都跟着三三两两往家去。

队长走到家里,一屁股坐在板凳上,长长地叹息了一声,老伴问他咋办。

队长说:"分队,反正分队是迟早的事。"

老伴说:"队分了容易,但合起来难。队分了,你就不是队长了,只是家长了。"

队长窝着一肚子怒火,现在老伴又说这风凉话,心里更堵,嚷道:"滚!"

吃过午饭,队长就在村子里吹起了哨子,哨子的声音像一头疯牛,一会儿撞到东墙,一会儿撞到西墙。队长边吹边扯起嗓子吆喊:"开会了,家家都要派一个人去老文圣家开会。"老文圣家有六间大房子,是村里最大的,一般开会都在他家。

在村子里吹了一通哨子,队长就先来到老文圣家坐下来,从口袋里掏出烟吸起来,烟在他的面前缠绕一下,使他的脸在阴沉中有了一层凝重。

老文圣问:"不下地了?"

队长吸了一下鼻子,说:"不下地了,开会。"

队长一般把地里的活安排得紧紧的,不让劳力浪费;但今天大白天不下地干活,却来开会,这是头一次。

队里的男男女女都陆续地来了,大家各自找着板凳坐了下来,劣质烟的烟味在房子里弥漫,人们有说话的、咳嗽的、放屁的,还有的妇女带着孩子来了,孩子在人群中跑来跑去,乱成一片。

我父亲坐在队长的对面,父亲是生产队的会计,在村里是一个有文化的人。队长开会时,常常有些事情记不得或者讲不清,就会问父亲,多年来,他们两人就是这样配合默契。

队长见人到齐了,吆喝了几声,屋子里渐渐安静下来。队长清了清嗓子说:"我们来开个会。"队长扫了一眼黑压压的人群,大家都在望着他,他干咳了几下,"我想了好久,决定分队。这也是上面的政策,早晚是要分的。北队早就分了,我们队为什么没有分?是因为我想留留大家。"队长喜欢用"政策"这个词,表明自己的"干部"身份,也好用来说服大家。

队长没有说树的事,说的是分队的事,大家都感到愕然。刚刚静下去的屋子又哄闹起来,众人议论纷纷。

队长说:"我想听听你们的意见,有什么意见你们就说出来,我们讨论讨论。"

大家想得不一样。那些势单力薄的人家,还是想依靠生产队的,生产队毕竟是一个大家庭,天塌下来,有高个子顶着。那些强势的、劳力多的人家,早就想分开单干了,他们觉得单干了,就不受生产队的控制了,自己有多大本事使多大本事,不要依靠任何人。还有一部分人在观望,他们摇摆不定,想看看队长的决定。

"为什么要分队?分队我心里也难过,但没有办法。"队长说话的声音渐渐大了起来,"大家早晨都看到了,那些树一夜间被锯了。锯树说明什么?说明大家的心散了,再捆在一起,也没啥意思。"

有几个妇女开始咒骂锯树的人,被队长制止了。

分队的事就这样定下来了。会议一共开了五天,最后达成了一致的分配制度。

## 2

那几天,地里都是一窝一窝黑乎乎的人,寂静的田野像一个大马蜂窝,乱哄哄的,热闹非凡。妇女和孩子跟着看热闹,男人们背着手,指指点点。队长走在前头,我父亲拿着笔和本子跟在后面,有几个人拿着皮尺,一块地一块地地丈量。每丈量一块地,我父亲就在本子上记录一下。队里的地,大家从小就在上面生长,长大了又在上面耕作,每块地大家都了如指掌。

南冲的地都是水田,地势平坦,每块地都是四方四正的,一条大路从中间穿过。地也好丈量,皮尺横竖一拉,面积就出来了。岗头上的地都是旱地,地势高高低低,地也不成形,有的地呈方形,有的地呈梯形,有的地呈圆形,大大小小没有规则,这样的地丈量起来难些。

丈量完了,大家坐在一起,把这些地拼拼图一样,好地和孬地打包在一起。这样,老文圣家的屋子里又如同烧开水的锅,沸腾不已,每块地大家都要七嘴八舌地议论一番,各有各的意见,最后还是队长拍板定下来。一直分到深夜,终于把队里的地分成了几十份。

抓阄那天,母亲一早就起来了。过去,母亲一早起来做的第一件事是喂猪、烧早饭;但那天早晨,母亲没有做这些。母亲是先开了门,然后拿了两炷香,去土地庙烧香,让土地老爷保佑父亲能抓到好田。母亲有这个习惯,每当我们家里有什么大事,自己控制不了时,母亲就去烧香许愿。在这个强大的自然面前,母亲总觉得有一只手在背后掌控着,让她充满了虔诚。

母亲打开门,天色尚早,东边的天还是蛋青色,母亲匆匆地走着。烧香有趁早的说法,母亲想到了,也怕别人会想到,在前头把香烧了。土地庙就坐落在离村子不远的地头,只一人高,上面铺着一层灰瓦,里面是泥塑的两个胖墩墩的人物:一个是土地爷爷,一个是土地奶奶。母亲来到土地庙一看,没有人来过,母亲真的是第一个烧香的人,母亲心中欣喜。母亲把香插到香炉里,用火柴点燃,然后双手合十地跪下,许愿说:"我们家里孩子多,生活困难,在村子里又是单名小姓的人家,全靠菩萨保佑。希望菩萨保佑我们家能分到一份好田,要不这一家人怎么养活?"母亲喃喃自语着,声音只有她自己能听见,为这份祈祷增加了吉祥。

母亲祈祷完,起身往回走时,村子上空已飘起了一层淡淡的炊烟,村里人家都在做早饭了。

母亲回到家,围起布裙,开始忙碌。父亲也起床了,正在屋前刷牙。父亲的牙刷已好久没有换了。父亲漱了一口水,吐到地上,然后反身回家。父亲问母亲这么早到哪去了。因为有了一份祈祷在心里,母亲的心里甜甜的,她没有马上回答父亲,而是说:"干啥?你能想到啥?"

父亲没有说话,接着去舀水准备洗脸。母亲又拿来一块香皂,让父亲把手好好洗洗。父亲感到这个早晨母亲有点不一样,就说:"我的手脏啥了,还要打肥皂?"

母亲嗔怪地说:"今天你要抓阄子,早晨我都去土地庙烧香了。这田一分,就是一辈子的事,不抓个好田,这一大家子喝西北风啊!"

父亲这才想起来今天要抓阄,但父亲毕竟是一个文化人,他不屑地说:"就你想法多,成天……"

父亲还没讲完,就被母亲用才拌过猪食的手捂住了,母亲阻止了他,嗔怪地说:"不许放岔子,臭嘴!"

父亲嗅到母亲的手上有一股泔水和草料混杂的味道,没有再说话,把母亲的手从嘴上用力地甩开。

父亲默默地洗脸、洗手,肥皂沫子包裹了父亲的双手,父亲使劲地搓着,一盆清水立马就浑浊起来。父亲拿起手,觉得手真的又白又净了。过去,这双手在泥里刨、灰里挠,父亲什么时候注意过自己的双手？但现在父亲觉得这双手是"天将降大任于斯人"了。

上午,父亲赶到老文圣家时,屋里已坐了不少人,队长坐在大方桌前重要的位子上。

屋子里仍然是闹哄哄的。

阄分两次抓,队长把做好的阄装在老文圣家的玻璃糖罐里,站在屋子中央,用力晃晃,然后大声地说:"一家只能派一个人抓阄,一次只能抓一个阄啊,听见了没有？"

底下的众人说:"听见了。"

"阄一抓就算数啊,这阄没有记号,谁也不认识,对谁也偏心不了,全靠手气了。"队长望着众人,众人都睁着双眼望他,队长又说,"这地我们都分了几天了,公平公正,保证谁家都有饭吃！"

队长边说边把罐子放到桌上,然后,每喊一家的名字,就上来一个人抓阄。抓了阄的人,迫不及待地打开,一看是自己满意的田,就咧开嘴大笑起来。

小叔也上来抓阄了,小叔把手伸进罐子里,拨拉了几下,阄在他的手下翻动着。小叔抓了一个阄,躲到偏僻处打开一看,是两块好田。小叔并没有像别人那样欢呼,而是沉静地站在人群背后看。

临到父亲抓阄了,父亲走上前,把手伸进糖罐。父亲看到玻璃罐里面自己早晨洗过的手,又白又净,真的好看。母亲也来了,母亲就坐在下面,心里默默地祈祷着,紧张地看着父亲。父亲捏起一个阄,抓了出来,母亲也赶了过来。父亲打开一看,是一块白土田,配岗头上的一块小簸箕田。

白土田在南冲,靠河边,只要抽水机一放,就能从河里抽上水,而且土质细腻肥沃,易耕作,是村里公认的好田。但与白土田配在一起分来的是小簸箕田,父亲最不喜欢这块田。这块地在岗头的坡地上,存不住水,四季荒草蔓延,地里的泥土多是砂姜土,不肥沃,种任何庄稼都长不起来,父亲站在这块地地头长长地叹了一口气。

这次分队,我家分到的几块地分别是白土田、半块大白刀田、深田、牯牛塘。

顾名思义,大白刀田就是这块田的形状有点像一把菜刀,一头大一头小,这块田是白土田,泥土细腻,翻耕容易,适宜庄稼生长。但这块田因为面积大,被从中间分成两半。巧的是,半个被我小叔抓去了,半个被我父亲抓来了,也就是说,这块地,是我家和我小叔家共有的田。

总之,我家分到的地,在村里算上等的,母亲说这都是菩萨保佑的。

这天,父亲早早地起了床,和母亲一起下地把每块田走走看看。

地里的一棵老树上,一只鸟在叫,声音婉转、清脆、流畅,仿佛可以看到它在枝头跳跃的身影。不,是两只鸟,它们在对话,时而长长的一句,时而短促的一句,声音在它们细小的喉咙里滚动,充满了神性。它们的声音使清晨刚刚到来的薄薄的光变得透明,仿佛在舌尖上能品尝到的甜蜜。

父母在村前村后的土地上缓慢地行走着,他们熟悉每一块地的面貌,如田垄的走向、田埂的宽窄、能打多少粮食等。他们能讲出发生在每块地上的故事,甚至可以嗅出每一块地在太阳下蒸发出的不同气息。这片土地上,洒过先辈的汗水,他们消失了,土地又留传到父母的手中,他们将是这片土地的主人。

父亲感到身体里有一股力量,感到双脚像庄稼的根茎深深地扎在了这片土地里。父亲把两只胳膊伸开,用力地在空中挥了挥。虽然他什么也没击中,但他能感到身体里的力量正在积攒,正在撞击,仿佛他的双手已打开了生活的大门,一个五彩的世界已呈现在他的面前。

父母在一棵树下坐下来,父亲拔了一根长长的草茎,截了一截,慢慢地剔起牙来。草茎在他稀疏的牙缝里进进出出,像一只小动物一样。

母亲说:"有了这些地,现在就要看我们的本事了,别让人笑话咱。"

父亲说:"可不是,现在队分开了,有的人就在等着看别人笑话呢,但地球离了谁都转。"

队分开后的第一个午季,就遭遇了干旱天气。

好久没有下雨了,地里的土干得用脚一踢就能冒烟,秧苗长在田亩里插不下去,一天天变黄变老。

大河的两岸趴满了抽水的小柴油机,白天黑夜突突地响着,本来被太阳晒得膨胀的空间,现在像要爆炸了。

河是自然形成的,河岸曲曲弯弯。河水水位在一天天地下降,最终见了底。河边的村民拥进河床狂欢式地捕了两天鱼后,河床恢复了平静,在太阳底下开始龟裂。

村民们望着天,祈祷能下一场暴雨,可往往从东边天空飘来一片浓云,乌压压的一片,像下雨的样子,但飘着飘着,云就散开了,无影无踪。

唯有村头大坝里还蓄着一塘水,汪汪的,像明镜一般。队长迟迟不愿把塘里的水放了,是想留下这点水让人洗洗澡,让牛饮饮水。再说队长计算过了,即使这塘水放了,也救不了低处的几十亩土地。

这样又熬过了数日,队长明显感到村民们的压力了。一天上午,队长扛着铁锹,来到大坝上,挖开涵洞开始放水。

水也好像憋得太久,涵洞一打开,一股清亮亮的水流就在窄小的水渠里奔涌起来。渠道两边奔波着村民们匆匆的身影,他们挖开渠道两旁的口子,让水流向自家的地里——这是多年来形成的规矩,大坝的水是公共的,谁家都可以用。

我家和小叔家共着的大白刀田,离大坝距离远。水渠里的水经过分段截流后,流过来时已很细了。我家这半块地地势高些,小叔家那半块地地势低些,水先是流进了小叔家的地里。在过去不旱的年景里,小叔家地里的水满了后,就会慢慢地洇上来,然后我家这半个田的水也就满了。但今年不同了,大坝里的水很快就见底了,小叔家地里的水满了,却只洇上来一层,刚把泥土湿了,还不能插秧。

父亲已来大白刀田观察几次了,看到渠道里的水先是像一条带子,后来就像一条线,接着就在眼底下消失了。父亲急得头发着了火。大白刀田易耕作,土也肥沃,也是我家一块重要的口粮田,如果插不下去秧,家里的收成将受到很大的影响。

父亲去找小叔商量,看能不能从他家地里车点水上来,把秧栽了。父亲与小叔有积怨,但现在父亲没有办法,人到弯腰时得弯腰。

中午,小叔在树荫下喝茶。一个农民渴了,往往是舀一碗井水,仰起脖子咕咚咕咚地灌一气,抹抹嘴就行了。而小叔却与别人不一样。悠闲地喝茶,这是被人不屑的,但小叔不怕,小叔在大队文艺宣传队干过,养成了一种文艺范儿。

小叔趿拉着破布鞋,坐在凳子上,硕大的脚上还粘着泥巴。他的身边是一个黑乎乎的小方桌子,小叔一手拿起茶壶,一手端着那只白瓷杯子,手一倒,一条白线就注入了杯子里,几片粗大的茶叶浮在水面上。小叔端起来抿了一口,再把白瓷杯子放到黑乎乎的桌面上。

父亲看不惯小叔这个做派,但父亲是来求他的,只好忍着。

父亲叫了一声小叔的名字,然后满面笑容地站到他的跟前,周围的空气热得烫人,但浓密的树荫下还是凉快的。

小叔倒了一杯茶,放到桌子上,让父亲喝,父亲没有去接。父亲说:"大白刀田里的水,你那半块已满了,我这半个地还缺一点水就能栽秧了。大坝里的水已没有了,泅不上来了。"

小叔没有望父亲,而是望着地面,说:"泅不上去,我有啥办法?"

父亲说:"我想车点水上去,把秧栽了。这天总要下雨的。"

小叔半天没有作声,然后不屑地说:"这么旱的天,从人家地里车水,天下有这个道理吗?"

父亲说:"不多的,就缺一层水,不影响你田里栽秧。"

父亲知道小叔会这样说的,被噎得一愣一愣的。根据乡里的习惯,这水是公共的,也不是自家用柴油机抽上来的,一般大家都相互帮助着,匀着用,把秧栽下去。

父亲说:"这是救火,秧栽不下去就没有收成。"

小叔说:"你有了收成,我没了收成怎么办?"

父亲的笑容在一点点减少,说:"现在分单干了,不是在集体了,我们兄弟俩要互相帮着,不能让别人看笑话。"

小叔喝了一口茶,把二郎腿放下,说:"我们两家只能保一家,两家田都荒了才被别人笑话哩。"

父亲一听这话就生气了,转身走了。

父亲回到家,一屁股坐在凳子上,直叹气。父亲想,这个兄弟啊,他一点不救我哩,就是左右邻居,见我这样,也不会见死不救的啊。这个兄弟的心太毒辣了,他是怎么想的哩?我处处都让着他,他是见我没本事啊。父亲越想越难受,实在咽不下这口气。

母亲来问事情怎么样了。父亲生气地说:"他不同意!"

母亲沉默了一下,说:"不行就算了,这老天总会下雨的吧。"

父亲起身在屋子里焦急地踱步,然后走到屋外,他决定自己去大白刀田车水。父亲扛着一架水车,来到大白刀田,把水车往田头一放,扎好,在水车的尾部下方挖了一个坑,就开始车水,水顺着水车的叶子缓缓地流进地里。父亲不想车多,只想着能把秧栽下去就行了,他相信只要先斩后奏,小叔会给他这个当哥的面子。

混浊的水流进了地里,父亲心里的气也慢慢地消了。

这时小叔从远处疯狂地跑了过来,由于奔跑,小叔满面汗水,面孔紫红,小叔的两只大脚板趿拉着破布鞋在地上扬起一层灰尘。小叔跑到父亲跟前,父亲停住水车。父亲笑着说:"我只要一层水,能栽秧就行了。"

小叔用力蹬了一下水车,水车晃动了一下。父亲仍然咧着嘴笑着,他想让小叔的火气息了。父亲的笑显得尴尬,这是一种屈服。

小叔上来用力推了父亲一下,父亲一个趔趄跌倒在泥地里,烂泥糊了父亲一身。父亲撑起身站了起来,面孔扭曲着,他没想到这个兄弟会对他动手。父亲气愤地伸出手去,想抓住小叔,但小叔又使劲推了一下,父亲又跌倒在水田里。

小叔叉着腰,站在父亲的面前,父亲跌坐在泥地里,两手撑着,仰面看着他。父亲从没想到眼前的兄弟会变成巨兽,眼睛里流露出凶光。小叔说:"你偷我的水!你偷我的水!"

"我俩不是一个娘养的!"父亲气急败坏地说着,这等于在骂自己的娘。

小叔说:"你要再车水,我就……"小叔手朝上举了一下,还想说更严重的话,但看到父亲眼里流出了泪水,没有说下去,转身走了。

父亲坐在田埂上,又是怨又是恨。他的衣服上是泥,双手上是泥,脸上是泥,简直就是一个泥塑的人了,他泪流满面。

母亲赶过来,见父亲这个样子,从田里抄起浑浊的水,把他手上和脸上的泥巴洗净。母亲劝慰父亲说:"谁让你来车水了?还没车到一口水,就搞这样了。回去,这个田不收了,也饿不死我们的,天无绝人之路。"

父亲和母亲抬着水车往家去。

第二天,队长来处理小叔打人的事,才了解了小叔的真实想法,小叔是想把父亲从大白刀田里挤出去,一个人独享。

队长说:"那你拿块田换吧,你总不能讹你哥吧。"

小叔不想用好田来换,说了几个田,队长没有同意。队长对每块田的情况都了如指掌,建议让小叔用头节沟的田换。头节沟在小河的下游,一放水就能淌到,旱有水,涝能排,是一块上等的田。队长说:"你哥家也一大窝孩子,也要吃饭的。既然你想他的田,就不能让他吃亏,政策也不允许的。"

队长来劝父亲。

队长说:"你们兄弟俩尿不到一壶的,隔得越远越好。这地换就换了吧,反正田还在你们兄弟俩手里,又不是换给了外姓,免得以后又发生什么矛盾。"

小叔要换田,这是父亲没有想到的。父亲一生都说,小叔的点子多,但都没用在正道上。现在小叔要独吞下大白刀田,父亲想想肉都颤。父亲最后同意了,从此大白刀田就成了小叔一家的了。但父亲每次路过大白刀田都绕着走,他怕看到了伤心。

虽然遭遇了干旱,但这年秋天,我家还是打下了不少粮食,这让父母的心里宽慰了许多。

一位农民想让每块田都打下粮食,父亲最不放心的就是小簸箕田。一整个冬天,父亲把猪粪、鸡粪、草木灰一担一担地挑过去,抛撒在地里,想改善土质。闲时,别人都在墙根下笼着袖子晒太阳,父亲就扛着锹来地里翻,把团块的砂姜翻出来,用手捡了,扔到地头,把那些荒草的根茎挖出来,放到太阳底下晒,将它们斩草除根。

父亲把小簸箕田打理好了,春天里,母亲在地里种了花生。

这个地方由于离村庄远,坡上长满了野菜。拉拉秧的茎是柔弱的,但圆圆的叶子带着齿边,一层层地往上盘着,到了顶上,开着淡蓝色的小花;四角菜是猪最喜欢吃的,父亲经常到地里挖上一篮子回去喂猪,但老了的四角菜叶子的边上有小刺,要是刺到肉里是很难受的;小蓼才长出来,茎红红的,像刚喝了酒;还有嫩嫩的青草,牛最喜欢吃了,用舌头一卷一大撮;野蒿子到处都是,茎上毛茸茸的……

父亲到东冲地里,总要到小簸箕田看看花生长得怎样了,但花生的秧子仍长得黄黄的,像一个营养不良的人。秋天到了,父母挑着担子来小簸箕田挖花生,父亲把锹使劲地往地里一插,当的一声,地上只是一道白印,溅起浅浅的一层灰尘。父亲使劲一蹬锹,往下去了一点,蹬了几下,父亲一用力,挖出一株花生,底下结着稀稀拉拉几颗花生果子,父亲很失望。

父亲挖了一上午,挖了半个田,只摘了半篮子花生,要是在别的地方,最少是一篮子花生了。父亲叹息了一声,对着小簸箕田说:"唉,我喂了你那么多好东西,你都吃哪去了呢?其他地都争气,就你不争气,你这是在拖家里的后腿哩,如果它们都像你这样,我们全家就饿死了。"

父亲挖累了,歇息一下,躺在半坡的地面上,晒着暖暖的阳光。父亲半眯着眼睛,不远处有一口水塘,清澈的水泛着细碎的阳光,父亲看着看着,睡意就上来了。

半晌,父亲醒来,起来拍拍身上的灰,说这小簸箕田睡觉还行哩,然后,挑着担子回家去。

## 3

时光如水,我们四个兄弟一个个都长大了。村子里有人就笑话了,"他家这四个蛋不就是一窝蛋了",意思就是打光棍儿了,没出息。这让父母不堪其辱。

父亲决定盖房子。

在乡下,房子代表一个农民的尊严、地位和能力。

盖房子首先考虑的是宅基地的事。

我家和小叔家共用一块宅基地,这块地在村子的前面,与村子隔着两块大秧田,由一条田埂通往村子。田埂上有一个放水的缺口,上面用一块短短的石板挡着,后来听说这块石板是一块墓碑。由于石板短,缺口两端是泥土,一下雨就塌了,石板就掉了下去。雨停后,父亲又得把石板重新架上,这样每年反复着。

这块宅基地不大,四周都是水田。夏天周边是一片郁郁葱葱的秧苗,春天膨胀着一片黄色的油菜花。宅基地的西边是一排杂树,有檀树、刺槐、石榴树、杨树等,让我印象深刻的是一棵树干弯曲、颜色如铁的杏树。树干只在国画上看过,曲折、凹陷、粗短、斜出。春天它还没有长出叶子,就开出满树的花,花是粉红色的,热烈、激情、浪漫。可以说,这是全村唯一的一棵果树。每当树头结下一颗颗小小的毛茸茸的杏子,村里的孩子们就开始来偷了,偷回去也不能吃,但偷的过程是一种快乐。我从没看到树上的果子长成熟过。

宅地的南边有一条小沟,是两家人洗洗刷刷的地方。沟里水流清澈,鱼翔浅底,沟的边上有一棵梨树,秀气得像一个青春的少年。这是昌炎从工农兵大学学习回来,用我家的一棵糖榴树嫁接的,我亲眼见过。他先是把采来的梨树枝削得尖尖的,然后在糖榴树的横截面上剖一个口子,把梨树的尖插进去,砸实,再用草绳缠紧,用泥巴糊上。过了一年,树活了下来,开出白色的花。在我的盼望中,梨树几年后终于结果了,但果子是小小的、铁硬的,几乎没有肉,吃不了。

地的北边是两个猪圈,一个是我家的,一个是小叔家的。我家猪圈后面有一棵铁榆,粗短的树干斜着长,不成材,但树皮是一块一块圈起的圆形。

紧挨屋后的是一棵高大的树,树干紧贴着屋檐,枝头的树叶圆而密,秋天变成红色,树上结满了白色的粒子,我们就叫它粒子树,后来才知道是乌桕树。

屋的南边有一棵高大的刺槐树,夏天一到,枝头挂满了一串串白色的花朵,蜜蜂嗡嗡地飞着,空气中飘满了清香。每到春荒不接时,我家的粮食不够吃,母亲便绑了镰刀去钩槐树上的槐花做粮食。母亲把镰刀伸上去,轻轻往下一拽,一枝翠绿中带着洁白的槐花就掉了下来。母亲带着我们把槐花从枝上撸下来,用开水焯后晒干,放到米饭里掺着吃。新采下的树枝拿在手中,我会把鼻子贴近那一串盛开的洁白槐花,使劲地嗅那一丝丝香甜的味道。我对花的启蒙认识,大概就来自这洁白的槐花。记得有一年风雨过后,我看到老槐树上那些洁白的花儿落在污泥里,感到很伤心,就用铲子挖了一个小沟,把许多花儿放进去掩埋。那个时候我还没有看过《红楼梦》,好多年后才知道有"黛玉葬花"这一说。

家里是几间草房子。草房子矮矮的,屋顶上的草每年秋天都要换一下。换了新草的地方,是新鲜的黄色;而没换草的地方,仍然是陈旧的草,是黑色的。一块黄色的、一块黑色的,在阳光下斑驳着,像莫奈的抽象派油画,像花斑狗的皮。但是遇到了雨季,家里还是东一块西一块地漏雨。房子的墙是泥土做的,上面挖了两个窗子,窗棂是用树枝插上的。陈旧的墙面,一动就掉土。

在这块小小的宅地上,两家人生生不息。

父亲想多盖几间房子,老宅基地显然小了,要扩大。但父亲不想走远,父亲就想到我家宅基地旁边有一块地,叫小方田,是小叔家的,如果能换来,就能和老宅基地连在一块,成为一块完整的宅基地了。

小方田在村头,旁边住着几户人家,田里的庄稼牲口好糟蹋,小叔为这事和几户人家吵过架。父亲觉得如果能换过来盖房,解决了小叔与别人的矛盾,小叔何乐而不为?另外,当年小叔要换我家的大白刀田,父亲都同意了,现在父亲要换一块宅基地,他应当会同意的。

父亲因为与小叔有隔阂,不便直接去找小叔,便胸有成竹地来找队长,让队长去说。

父亲把换地的想法、成功的把握和队长分析了一下,队长也胸有成竹地说行。

队长去小叔家,对小叔说:"你哥要盖房子了,他的孩子都大了,不盖房子,怎么讲媳妇?"

小叔不咸不淡地"哦"了一声。

队长说:"你俩家的老宅地不够用了,你哥想换你的小方田做宅基地。"队长话讲得缓慢,边讲边探一下小叔的口气。

小叔就来了劲,头直摇,说:"不换不换。"

队长义正词严地说:"你为小方田吵了多少架,换成了口粮田,不是很划得来的吗?你要换大白刀田,你哥不是也换给你了吗?到他要你帮忙时,你怎么就不行了呢?你还能看着你的几个侄子讲不到人吗?"

小叔感到理亏,半天没有作声,然后说:"村头的田多着呢,哪家不能换?"

队长感到很没面子,一跺脚就走了。

队长来对父亲说,父亲很失望。

如何解决宅基地,父亲想了许多办法,但还是觉得老宅基地好。父亲留恋老宅基地,觉得兄弟俩住在一起好,要是搬到别的地方盖房子,兄弟俩就分开了。

这天,父亲去赶集,在集上正好碰到队长,中午了,两个人就相邀着去饭店吃饭,叫了两个炒菜,边喝酒边说话。酒喝到酣处,父亲又说起家里讲媳妇的事说:"几个儿子都大了,一个媳妇都没有,真是急死人了。孩子就像地里的庄稼,这一季耽误了,一年就没收成了。"

队长说:"要盖房子,你这三间茅草房,一个儿子一间都分不到,谁家敢把女儿嫁到你家来?"

父亲说:"盖房,哪有地呢?"

队长吃了一口菜,边吃边说:"他(小叔)也太不像话了,只有你帮过他,他从来没帮过你,真是一娘生九子,九子各不同。"

父亲说:"不知道他咋这样,只要他愿意,要我哪块田都行。"

队长把筷子朝桌子上啪地一放说:"这还有啥说的?我再去找他说说。"

第二天,队长用了一个方法,把小叔和父亲约到自己家,三个人当面谈起换地的事来。

三个人像三枚棋子坐在门口。小叔捧着茶杯,不时地抿上一口,茶叶在玻璃杯底沉下厚厚的一层。队长抽着烟,一吸一大口,不时吐出一股烟来。父亲双手抚在膝盖上,搓来搓去的,快要把膝盖上的布搓出毛来了。太阳从门外照进来,照在脚前的地上,宁静而安详。

队长先开了口,说:"你们俩是亲兄弟,打断骨头连着筋,有事应当好商量,让我这个外人来掺和,我都觉得不好意思。"队长这是开场白,意思是先打亲情牌,做好铺垫,再往主题上说。

队长还是上次那个讲法。上次小叔就没给队长面子,队长走后,小叔也翻来覆去地想了好久。这次小叔觉得不能再驳队长的面子了,他把玻璃杯往桌子上一放,说:"可以呀,但小方田是我家的口粮田。"

队长看小叔口松了,心里就有了底,说:"这个我懂,你俩谈谈怎么换,我可以做个证人。"

父亲一听小叔愿意,心里一喜,父亲想好了,换地也不能让小叔吃亏。

小叔停了一下,说:"我要白土田。"

父亲一听就傻了眼,说:"白土田是我家的口粮田啊,再说,这个田面积也不够啊,还要配个田。"父亲的话,有央求小叔手下留情的意思。

小叔没有让步,继续说:"配个田也可以。"

父亲想了想,说:"当时,白土田和小簸箕田是配在一起抓阄抓过来的,那就还配小簸箕田吧。"

小叔一听,口里不屑地"喊"了一下,说:"小簸箕田的土是砂姜土,又在岗头上,鬼不生蛋的地方,谁要!"

父亲问:"配哪块田?"

小叔说:"头节沟。"

父亲叹息了一声,觉得小叔心眼太深了、太狠了,在要挟自己哩。现在,不但要白土田,还要他过去换过来的头节沟。但为了宅基地,父亲还是咬咬牙,屈服地说:"好,就白土田和头节沟。"

队长一听两个人说好了,松了一口气,说:"你俩咬过牙印了,这事就这样定了,政策上也是这样的,不要再扯皮了。"

小叔愿意把小方田换给我家做宅基地,父亲很感激,觉得小叔终究是自己的兄弟,关键的时候,还是他帮了自己一把。

自这年春天起,我家的头节沟和白土田就归小叔家种了。每到秋天,父亲只能从小方田打下不到一半的粮食,但想想这是一块上好的宅基地,也就舒了一口气。

为了筹集盖房子的钱,冬天了,父亲拉着平板车,去合肥坝上集批发蔬菜水果回来卖。从家去合肥有五六十公里路,每天鸡叫头遍,父亲拉着平板车徒步走去,中午到市里,批发完蔬菜,连夜往回赶。

一天,黑咕隆咚的,父亲就出门了,吃过中饭,天更加阴沉。北风刮在脸上,父亲先是感到寒冷,紧缩着身子,木头的车把像烧红的烙铁,父亲的手不敢向上碰。但父亲必须赶回去,这一车的菜,多耽误一天,菜就会不新鲜,就卖不上好价钱。父亲两只脚在石子路上奔走着,城里黑魆魆的楼群在身后越来越远,土地越来越空旷,光秃秃的树在风中摇摆着,发出低沉的呜呜的声音。

不久,天开始下起雨来,父亲穿上塑料的雨衣。细小的雨点像一粒粒小石子,砸在脸上生疼,父亲呼出的热气瞬间就变成了雾气,迎面扑在脸上。天地茫茫,只父亲一个人影在路上奔波着,黑色的影子、孤单的影子、沉重的影子……影子向前倾着,是负重的,是冲刺的,有一股力量在他的身体里积攒,使他快要脱离肉的身体飞翔。

雨水顺着发梢淋下来,淋进父亲的眼里,父亲的眼睛一阵阵疼痛,他不停地用手抹着脸上的雨水。

父亲的脚步越来越坚定了,不再踉跄。

父亲赶到家时,已是夜晚了,夜色像父亲出门前一样黑咕隆咚的。老远,父亲就看见家里的那一星灯光了,灯光被黑暗压缩成一点点,在北风中显得弱小没有力量,但父亲的心里是无比温暖的,父亲紧绷着的身子一下松弛下来。家里的黑狗狂吠起来,父亲大声地呵斥着,黑狗听到是主人的声音,呜咽了几声,摇着尾巴迎了上来。母亲听到父亲的声音,也从屋里走了出来,和父亲使劲把车子拉回家里。

母亲忙着把车上的蔬菜卸下来,菜叶上都结了一层冰碴。

父亲每个星期去合肥进一次货。父亲这样来来往往着,从城里带回许多新鲜的东西,如:城里人不吃猪头皮,父亲就把一块块猪头皮带回来,这可是我们的美食;城里人不吃猪油,父亲就把一块块猪油带回来,猪油炼过后的油渣又是我们的美食。

母亲把父亲批发回来的蔬菜挑到周围集市上去卖。

母亲卖菜非常地道,她觉得大家都是种地的人,赚点辛苦钱,但不能赚黑心钱。母亲头天晚上把发黄的菜叶择去,把菜上的泥土抖掉,把菜码放整齐。第二天,母亲赶早把菜挑到集上。母亲的菜新鲜、干净、整洁,大家都喜欢买,而街上其他菜贩子的菜,黄叶子多,价格高,这样母亲便得罪了他们。

有一次,母亲卖甘蔗,几个人把甘蔗吃了一半,又回来找母亲说甘蔗不甜,母亲就给他们换了。事后,母亲就感觉不对了,甘蔗甜不甜,也没有硬的指标,全靠自己的感觉,这感觉怎么能说得清?母亲想这是有人在找她麻烦了。

过了一会儿,又有个买甘蔗的青年找了回来,仍然说甘蔗不甜,母亲就和他争执起来,青年凶狠地拿着甘蔗就往母亲的嘴里杵,说"看看可甜,看看可甜"。

母亲愤怒地一把推开青年,眼里含着泪水斥责道:"你们这是在找我的碴,哪是甘蔗不甜?!雷会打你们的!"

青年骂骂咧咧地走开了,母亲收拾了担子快快地回家去。

父亲不让母亲去赶集了,但母亲坚持要去,不赶集批来的菜咋办?母亲忍着委屈继续去赶集。

经过两年的辛苦,家里攒了一笔钱。到了秋天,田地里的庄稼收割完毕,父母就准备盖房了。

秋天的太阳晒在人身上暖和和的,没有了夏日的热辣。地头许多花都消失了,只有野菊花还在绽放,它的眼睛里,有着经历巨大痛苦后的喜悦。

小河是大地的脉动,连绵的群山是大地鼓起的肌肉。低飞的鸟儿、静止的树林……它们是一束束鲜花,被无数双有力的大手高高地挥舞着,为父亲加油,为父亲欢呼。

几天太阳晒过后,小方田里的泥土软而不硬的时候,父亲赶着牛拖着石磙子在上面一遍遍地压实、压平,好做地基。牛拖着石磙发出吱呀吱呀的声音,像一首快乐的旋律,村子里的人也都知道我家要盖房子了。

这天一大早,父亲正在小方田里平地,小叔忽然迈着方步踱了过来。小叔站在地头,眼睛眯着,似乎在费力遥望远处的事物,但他望的却是近处我父亲忙碌的背影。

在小叔的眼里,父亲一会儿弯腰蹲着,一会儿站起身来,像一个被线牵着的木偶,令人发笑。

小叔嘴一撇，冷笑着冲父亲说："你不要忙了，忙也是瞎忙。"

父亲一回身看到小叔站在身后，愣了一下，刚才他说的话，父亲没有听清。

小叔重复了一下，说："你不要忙了，忙也是瞎忙。"

父亲这会儿听清了，他站着没动，说："啥叫瞎忙？我盖房的材料早买好了，这两天就要请人，盖房的木匠也找好了。"

小叔说："不是这个意思，地我不换了。"

父亲血往头上涌，如五雷轰顶："地你不换了?!"

"是的，我不换了！"

"当初我们是咬过牙印的，队长还在，你怎么翻脸了?"父亲没想到小叔会使这一阴招，睁大眼睛问。

"咬过牙印算屁，文字在哪？田是我家的，我说不换就不换。"

"你是一个男人，你说话不是放屁。你把我的田收了两年了，这不是事实？我现在就要在这田上盖房了。"父亲上前走了两步，大声地说。阳光从背后照过来，把父亲的身影拉得长长的，似乎是一个巨人。

"你盖房试试看！"小叔阴阴地说，"我今天就要在地里安庄稼了。"

父亲气得浑身哆嗦，一屁股坐在地上，大口大口地喘气。

过了一会儿，小叔挑着一担粪便过来，拿起粪勺就朝小方田里泼粪，黄的大便十分刺目，臭气在空气中飘散，这个清新的早晨一下子被打破了。

小叔说："我在我的地里施肥，你能怎么样？"

父亲的眼睛里燃烧着火，双腿灌满了力量，他蹿上去，啪地给了小叔一个耳光。小叔用手揪住父亲的领口,朝父亲胸口打了一拳,两个男人开始厮打起来。但父亲毕竟没有小叔有力,两个回合下来,小叔就抓住了父亲的双手,父亲开始用脚踢他,小叔躲让着。

母亲从家里赶了过来。母亲怕父亲吃亏,赶紧上来死命地拉小叔的手,但小叔的手像钢筋一样铁硬,母亲根本没有力量拉开。

老婶也从家里赶过来了,一看我家是两个人,他家是小叔一个人,小叔又占着上风,没有吃亏,就心生一计,大叫起来:"你们都看着啦,他们两个人,打我家一个人啊,这日子还能过吗?!"

老婶这一吆喝,母亲听着更气了,她松开手说:"他们兄弟打架,谁死了谁倒霉,谁也不拉了。"

村里的人看到父亲和小叔在打架,赶了过来,七手八脚地把两人拉开。两兄弟打架,在乡下是稀罕的,有的人赶过来看笑话。

父亲的衣服被撕烂了,露着半个身子,上面有几条红红的血印子。父亲一边怒骂着,一边大口大口地喘气。父亲一激动,嗓音就嘶哑,说话连不成句子,本来想大声地说,说出来的声音却很小。父亲说了半天,大家这才知道打架的原因。

队长也来了。队长问清了原因,怒斥小叔说:"这地我们说好的,都换两年了,你也用人家的田收过禾了,现在怎么反悔了?你懂政策吗?!"

小叔站在旁边叉着腰,仍是一副气势汹汹的样子,说:"换地是我同意的,当时他要盖了,也就算了。现在我不换了,我儿子也大了,我要留着自己盖房。"

队长说:"你净说屁话,你把地换过了,就不能反悔了,人家什么时候盖房是人家的事。"

小叔说:"我不管这些,但这地我就是不换了,要换,就用人命来换。"

小叔把话说绝了,队长气得脸色发紫,劝父亲回家去,等等再说。

父亲起身时,指着小叔说:"我和你不是一个妈养的。"

房子盖不成了,父亲愁得在家转来转去,长吁短叹。

一天夜里,父亲在睡梦中惊叫,母亲慌忙用脚把他蹬醒。父亲醒来,点亮油灯,母亲问他做什么梦了。父亲垂着头,长叹一声说:"做梦给他(小叔)掐了。"

母亲问怎么回事,父亲说,在梦里,小叔掐他的脖子,要他往一个地方去,那个地方黑乎乎的。他不愿去,小叔就死命地掐他,把他掐得喘不过气来。父亲想喊人救命,但周围没有一个人,然后就被母亲蹬醒了。

父亲的眼睛里还留着噩梦里的恐惧,父亲双手捶打着床沿,大声地说:"我搞不过他,一提到他,我的肉就颤。我妈生了我,为什么要生他这个怪人呢?"

母亲怕父亲太过激动,劝父亲想开点。父亲倚着墙壁,不愿再回到梦中。两个人就在灯光下坐着,听着屋外狂风呼啸。

这风应当是黑色的。它白天在树荫下、沟渠边、荒草地里潜伏,夜晚便挤而来,把本是宁静的夜晚搅得一片混乱。那些本是整块的夜色,被撕成了碎片,抛弃得遍地都是。窗外的风又在用力了,尖啸的声音一声比一声紧,一声比一声急,逼得人喘不过气来。油灯小小的光亮在玻璃罩里摇晃着,一股冷风从门底下吹进来,又呼啸着在屋角散开来。

直到远处的鸡叫声不断传来,父亲实在熬不住了,才头昏脑涨地躺下睡去。

几天后,队长来开导我父亲:"你兄弟俩尿不到一壶,不要老想着小方田了,换个地方吧。如果非要在小方田盖房子,你们兄弟俩会出人命的。你有这两块好田,在村里换谁家的地都能换到。住家要处好邻居,你和他在一起住家,今后能舒心吗?"在队长的开导下,父亲终于想通了,放弃了在小方田盖房子的想法,父亲觉得团结不了小叔,就离他远远的,各过各的日子。

队长给我家在村后选了一块地,这块地靠村子的大路,交通方便。父亲就定了下来。这年冬天,我家盖了六间砖墙瓦房,大路上来来往往的人看了羡慕不已。不久,村里就有人上门来给我讲对象了,我开始了第一次相对象,她是邻村一个木匠的女儿。

但很多年后,小叔也没在小方田上盖房子,反而换给了别人盖房子,这件事一直堵在父亲的心里。

4

时间到了2000年,这年夏天,小叔到城里打工了,小叔是村子里第一个去城里打工的人。

父亲担心地对队长说:"他只有在乡下行,和城里人搞不赢。"

队长说:"他去城里打工,还是在乡下人堆里混,也不是进工厂当工人,能搞赢的。"

小叔开始是在合肥城里一个叫站塘路的地方打零工。

站塘路和其他市内居民区的路没有什么两样。不宽的水泥路面,两旁是葱郁的梧桐,在地面投下一片一片的浓荫,夏日走在里面感到清凉无比。梧桐树的后面是一家家店铺,因为开着空调,玻璃门虚掩着,穿着时尚的女子,在玻璃门后面,如年画上的美人。路上看不到人来人往,一切秩序井然。越往里走,梧桐树便越少,最后没有了,露出光秃秃的狭窄的马路来。头顶上的电线也没有规则地穿过来穿过去,有破旧的小楼,有红砖的平房。但人却越来越多,车和人拥挤着,显得混乱不堪。

站塘路到头,场地开阔起来,人流更加混乱,电瓶车、三轮车、小货车等等拥挤着,低矮破旧的房子上挂着红色的店面招牌,如站塘大食堂、107牛肉面、马哥大排档等,还有在市区见不到的店面,如解放鞋、雨鞋厂家直销等,小贩的小喇叭声此起彼伏,恍如身处小集镇。在这些来往的人群中,更多的是那些男男女女,他们头戴黄色的胶壳帽,身上背着一个大大的帆布包,包里不外乎是大大的塑料水杯和瓦刀、钎子、锤子等干活的工具。他们敞着胸,破旧的衣服上粘着泥土、油渍;他们的脚上大多穿着解放鞋,与城里的时尚格格不入。他们是民工,很容易从人群中分辨出来。

站塘是一个庞大的劳务市场,在合肥搞工程的人没有不知道站塘这地方的,到站塘来的,都是干粗活的农村人。

站塘有一个不成文的规定:在这里不能说老。如果你说人家老了,人家会骂你说:"放你一嘴狗屁,我怎么老了?我看你还老了哩。"因为年龄大了,就没有人要了。一般见面了,要说人家年轻,本来是六十多岁的人,你也要说:"哈,大哥,刚五十出头吧?"人家就会高兴地说:"哈,你的眼力好,一下子就猜准了。"穿衣服也有讲究,衣服要穿紧身一点,身上要脏一点,像一个干活人的样子。头要剃成二分头,这样显得年轻。平时还要练练跳跃,这是上车时用的,要不,你一上车,拖腿不动爬半天,老板一看,你就是一个老人,也不要你,你还要像一个年轻人,手按车帮,一跳就上去了。

小叔来合肥打工时,已有五十多岁了,在民工中也算老人了。小叔就剪了一个二分头,穿着一身紧身衣,跟在一群民工后面挤。

小叔每次去得早,他最怕天亮。因为,他一头花白的头发、满脸的皱纹,天一亮就看清楚了,没人要。天亮前,黑乎乎的,小叔戴着一个胶壳帽,盖着脸,人家看不出来。所以,天亮前一定要被带走,要是走不了,一天就完蛋了。小叔每次上到车上时,都往里面拱,在角落里缩着身子,不吱声,这样老板注意不到。

站塘还有一个不成文的规矩:在这里不要说自己不行。老板问你可会开飞机,你要说会开;老板问你可会开坦克,你要说会开。没有不会的,只要把你拉去了,这一天的工钱就有了。到了工地真的不行,就给人家打下手,反正工地上杂活多,有活干的。有一次,老板问小叔会不会开搅拌机,小叔说会。可是搅拌机小叔看都没看过,心里直打鼓,到搅拌机前一站,小叔瞅瞅眼前这堆黑乎乎的家伙,上面有字,什么倒转、顺转,一看就猜个八九不离十,试着转两转,真的就会了。还有一次,老板问小叔会不会开电梯,小叔说会。可是电梯什么样子小叔也没见过,到了里面一看,1、2、3、4、5……标得清清楚楚的,上下箭头一看就懂了,用手按按,会了。

小叔的聪明,很快就发挥出来了,在民工里有了"小诸葛"的外号。

有一次,大家在一家工地干了几天活,结工钱时,工头找不到了。怎么办?晚上,睡在四周看见亮的工棚里,大家愁得唉声叹气。

小叔一个激灵,从地铺上坐起来说:"这个事听我的,明天我带你们去要钱。"

工棚里的人都怀疑地看着小叔,觉得他吃错药了,要钱的事,不是一般人能干的。

小叔接着说:"这个事,我们祖上就遇到过。"

小叔给大家讲了一个故事,新中国成立前,有一年春天,一个外地人来我们村子卖犁头,一个在田里干活的人上到田埂来,把他的犁头赊下了。卖犁头的人问他叫什么名字,他说叫田耕玉。卖犁头的人不知道这是个假名字,就记下了。午季结束了,一般人家卖了庄稼就有了钱,卖犁头的人到村子里来找田耕玉讨钱,问了全村的人,都说没有这个人。卖犁头的人说:"没这个人,我就找这个田埂要。"他拿了一把锹,到当时"田耕玉"赊他犁头的田埂上挖了起来。田埂被挖了一大截,事情搞大了,这个人就自己站出来,把钱给了。

小叔讲完了,问大家听懂了没有。大家还是怀疑地看着他,他们为要不到工钱愁死了,谁还有心情听他讲故事?

小叔说:"这个故事告诉我们,我们谁也不要找,就找这幢楼要钱,这楼就是那条田埂,它会有主的。"

第二天,大家抱着试试看的心情,跟着小叔去要账。小叔领着一群人找到项目部,项目部的人不理他们,说:"你有条子吗?"

小叔就把条子拿给他看,项目部的人看了后,又说:"这个包工头子工地多了,怎么证明你们就在我们这儿干的活呢?"

这下可把小叔难到了,小叔想了想说:"我可以找你们食堂的炊事员,我们这几天在他这儿吃饭的,如果没有在他这儿吃饭,说明我没在你家工地干活。"

项目部的人不吱声了。小叔看他心虚了，又心生一计，说："我们村子不出人，就出了一个大记者，你要是不给钱，我一个电话打过去他就来了。"现在，这些老板最怕记者，只要记者一曝光，他明年接工程的资格就没了。

对方一听说能找到记者，就赶紧打电话找工头。原来，这个工头好赌钱，赌输了十几万，把大家的工钱结去还债了。项目部的人虽然打通了电话，但那工头不见人，项目部的人手一摊说："你们看到了，我也帮你们找了，他不来我有什么办法呢？"

小叔眼看事情就要黄了，心里很急，生气地说："你们是想上报纸还是想上电视？我打个电话，我们家记者半个小时就到，如果不到，这个工钱我就不要了。"这话一出口，小叔自己也吓了一跳，他心中没底啊。

对方听小叔敢拿工钱来打这个赌，更怯了，赶忙说："他不给，我们给。"

旁边的人见机就故意说："老赵，你就不要添乱子了，人家不是在给我们想法子嘛。"

项目部的人也跟着对小叔喊："老赵你消消气。"

中午了，见大家还没吃饭，项目部的人就领着小叔他们去小饭店吃饭。

到了小饭店，项目部的人说："你们点个菜吧，看是吃羊肉火锅还是吃牛肉火锅。"

小叔说："我们干活的，需要力气，不吃羊肉火锅，就吃牛肉火锅。"

火锅吃完了，钱送来了，一群人领了工钱，就开心地回去了。大家都说,这次能要到工钱,是老赵的功劳,老赵点子多,头脑聪明。

半年后,小叔被一处工地的老板看中了。老板给了他一个工程,让他自己带人粉刷楼房。这就是一个粗活,没有什么技术含量,小叔带着几个民工,干了半个月就完工了,捞到了第一桶金。

一年后,小叔组建了一个几十人的工程队,就跟着这个老板干活,活越干越大,小叔成了一个包工头子。他每次戴着黄色的胶壳帽,在工地上转来转去,已不干活了。

一天中午,小叔正在家里睡觉,电话忽然响了,小叔不耐烦地接听,只听里面带队的慌慌张张地说,工地有人从楼上掉下去了!小叔一下子就跳了起来,趿拉着鞋就出门打车赶到了工地。

工楼上都是密密麻麻的脚手架,常人不好走,但小叔走起来没有任何阻挡。小叔赶到时,前面已围了一圈人。小叔冲进去一看,一位民工四仰八叉地躺在地上,面色惨白,头底下流着一摊血。这位民工跟着小叔干了好多年,平时在一起兄弟长兄弟短的。小叔看着,头嗡地就炸了,然后派人赶快送到医院去。

小叔知道这人是没法救了,但送不送医院是态度问题。

第二天,民工家属来了,妇女一看就是山里人,身材瘦小,肤色黑黑的,满脸都是皱褶,头上披着长长的白布,领着两个孩子。孩子全身也穿着白衣,几个人一见小叔就跪下来,号啕大哭起来,哭得撕心裂肺,鼻涕满面。

小叔早安排好了场面,几个人上来,把妇女搀扶起来。妇女不愿起来,身子往下蹲,说要还她的人,她活不下去了。搀扶的人,也哭红了眼睛,扭过脸去。

大家原来想,小叔会给这位妇女多赔偿一些钱的,毕竟人家是一条人命,两个人的关系还这么铁。可小叔脸一黑说给点钱也是一个安抚,不是赔偿,如果要赔偿就走法院的路子。妇女是山里人,也没什么主意,小叔赔了很少的钱,就把事情了了,大家都说小叔的心肠硬,人一走茶就凉。

## 5

小叔在城里发财了,把家里的人接到城里去了,家里的地开始抛荒。

村里的老人每次走过小叔家的抛荒地,都要骂几句,这么好的地怎么就不种庄稼,给荒了?

小叔好多年没有回家了,村里关于小叔的传言也多了起来。

有人说,在城里见过小叔,他戴着墨镜,腋下夹着个皮包,皮鞋锃亮,是个大老板了,根本不像一位农民。

有人说,小叔失联了,现在欠了一屁股债,不敢见人了。

有人说,小叔因工资纠纷,腿被民工打断了。

这年腊月,父亲和一群老人在家门前边晒太阳聊天。

老人们说起往年村子里的热闹,现在的冷清,不理解一个好端端的村子怎么变成了这个样子。有人说,这都是村里的风水被破坏了。通往村里的大路本来是要修成直的,穿过村里直通南冲,这个气就通出去了。可现在他们把路修弯了,弯到村中间,成了断头路,这气就在村子中间出不去,村子里就要出事了。

难道这条大路成了罪魁祸首?

老人们聊天,总是说一些稀奇古怪的东西,玄而又玄,显示自己的阅历。

这时,大路上驶来一辆小轿车,大家停止了聊天,开始张望起来。

车子开到跟前,下来的是小叔。小叔已买车了,雇了一个人开。小叔穿着西服,西服里面是白领子的衬衫,脚上的皮鞋擦得锃亮。小叔说话,操着城里的腔调,拿着一包红彤彤的中华烟散。村里人一看,小叔已不是过去的小叔了,而是一个陌生人。

队长问:"听说你在城里,腿被打断了,是真的吗?"

小叔生气地说:"哪有的事。"

大家不信,让他把裤子捋起来看看。小叔捋起裤子,腿白生生的,没有一个疤痕,大家就笑了。

父亲和小叔已数年没见过面了,这次小叔来到家门前,父亲觉得有点亲热,就准备上前去打招呼。

小叔拧过身子问旁边的人说:"他是哪个啊?"

队长不屑地说:"他不是你哥吗?"

小叔故作恍惚,说:"我认不得了,我不认得了。"然后走到父亲身边,拉拉父亲的衣服,说,"你穿得这样好,认不得了。"

父亲就气了,说:"你一辈子就会装神弄鬼的,我这衣服在村子都穿好多年了,有什么好的呢?我一个老农民你要认识我干啥?"

大家都笑起来,小叔觉得没了面子,赶快上车走了。

小叔这次回来,做了一件轰动全村的事——把老房子卖了。

小叔要卖房,这在村里可是从来没有过的,队长怀疑地来找小叔问情况。队长吸了一口烟,然后捏在指间,问:"你要卖房?"

小叔笑着说:"是的,这房子长时间不住人会倒的。"

队长把烟又深吸了一口,说:"城里花花绿绿的,能挣两个钱,但落叶还是要归根的,你有个房子,回来还有个窝,要是卖了,回来到哪落脚去?"

小叔沉默了一会儿,说:"我给这烂泥田套(方言:踩)伤了。"

队长就明白小叔的意思了,小叔是不想回这个村子了,他对生养他的这块地没有感情了。

队长很焦虑,烟屁股还长着,就把它抛在地上了,问:"你的地怎么办?总不能长年抛荒吧?"

小叔想了想说:"地不要了。我在城里干一个月挣的钱,比种地一年的收入都强啊!"

队长说:"那就按政策收回队里,再重分。"

小叔说:"行。"

队长离开小叔家就来找父亲。

队长问父亲:"他回来卖房子,你知道不知道?"

父亲说:"知道了。"

队长说:"这个败家子,他忘祖了,连家也不要了。"队长问父亲买不买。

父亲叹口气说:"我连娶了两房媳妇,手头紧张,哪买得起。"

队长想想也是的。

最后,小叔把房子卖给了村里的小木匠,房子卖得出奇地便宜。

卖房时,父亲到那块宅基地转了很久,父亲舍不得这块地,这里有过他太多的记忆,但很快就成为别人的地了。父亲恨得牙齿咬得咯咯响,也控制不了这个局面。

小木匠买了小叔的房子后,首先就是锯树,他家要盖新房子。

小木匠认为这些树落下的叶子太脏了,扫也扫不净。

小木匠先是锯门口的那棵老槐树。小木匠用一根绳子绕在树的高处,往空旷的地方拉紧,固定住,然后小木匠手握电动锯子,锯子兴奋地叫着,冒出一股浓浓的黑烟,锯子触到了树的身子,响起了撕咬的声音。很快老槐树被锯倒了,它倒地的时候,发出一声沉闷的声音,它庞大的树冠,躺在了地面上。这些长在高处的树冠,第一次接触地面。它的身体一阵颤抖后,很快又平静下来。倒下的树干裸露着,可以看到深处那一圈圈隐秘的年轮,这些年轮里隐藏着它和我们一家人相依为命的日子。

小木匠就这样一棵一棵地锯着,接下来,他拿出皮尺,在锯倒的树干上量来量去,把树干锯成一段一段的,然后拉到集上去卖。

最后锯的是那棵老杏树,小木匠围着这棵老杏树转了几圈,骂道:"这棵树长得这么丑,啥材也不是,只能烧火。"

小木匠的电锯插入老杏树的身体时,老杏树里飞出的是红色的锯末,树根下瞬间就堆起了一层,似血。小木匠害怕了,把锯子停了,抓起一把锯末攥攥,然后展开看看手上有没有染上血,手上干干净净的。小木匠又开动电锯,老杏树砰的一声倒了下去。

这是一场屠宰,现场虽然没有一滴血,但仿佛可以闻见血的腥味。

他们忙了几天,把锯好的树码放到手扶拖拉机的拖斗里,每一个断处,都有一个白色的圆圈,这些圆圈堆放在一起形成许多不瞑的眼睛。

手扶拖拉机拖着这几棵树突突地走了。

父亲舍不下的那块老宅地,已荡然无存了。

# 6

乡下的土地抛荒得越来越多了,村子里的人也越来越少,青壮年都去城里打工了。父母亲还住在当年亲手盖的六间瓦房里,虽然我们在城里都有房子,劝父母也搬到城里来住,但父亲不愿意。

父亲已经年老了,还舍不得把地荒了,拣了几亩好种的地种着,每年给我们带上大米、花生、山芋什么的,父亲说这东西是无公害的,人吃了健康。

自从把村里的房子卖了后,小叔已十几年没回过村子了。据说他在城里的资产不断扩大,住上了别墅。

有人就拿父亲和小叔比,觉得小叔混得好,父亲混得差,劝父亲去城里找找小叔,也许能沾点光哩。

"他那么大的场面,手里漏点也够你吃的了。"

父亲直摇头,那是乞来之食,吃不得,乡下养人哩。

今年清明节后,队长又来找父亲了。

现在村子里住着的都是一些老人和儿童,村子里空荡了,队长也清闲下来。

队长也老了,因为年轻时受过凉,晚年的腿得了风湿,走路不再像过去那样风风火火了。他拄着棍,但抽烟没有减少,嘴里仍衔着烟,没见空过。

队长来了,父亲端了一个板凳让他坐下来。队长把烟屁股朝地上一吐,朝父亲笑着。

队长的牙掉了不少,一笑便露出一个个黑色的牙洞,不再是满嘴白牙了。

队长说:"中午在家啃骨头,把一颗牙啃掉了。"

父亲一拍大腿说:"那你这个骨头值钱了,一颗牙最少也得值一千元。"

队长说:"一千块钱也买不到了。"

两个人说说笑笑,父亲问队长来有啥事,队长把笑容收了,说:"有人托我来商量个事,想出钱买你的地。"

父亲笑了,说:"现在到处都是抛荒地,地都不值钱了,谁还来买?"

队长说:"唉,这个你就不知道了,真的有人要买你的地。"

原来,是小叔托队长,想买父亲的小簸箕田做坟地。

父亲惊诧地问:"他生病了?"

队长说:"没有,活蹦乱跳的,好着哩。"

父亲不明白了:"那他现在买坟地干啥?"

队长说:"叶落要归根啊,城里只管活人住,死了,要到乡下来。"

"唉,当年换给他,他不要,现在要花钱来买。"父亲摇摇头,叹口气说,"不卖!我早算好了,年老了,就把小簸箕田做我的坟地。"

队长笑了。

两人分析了一下,小簸箕田向南晒着太阳,前面有水塘,背后有高坡做靠山,下雨沥水快。这块不长庄稼的地,却是一块风水宝地哩,小叔年轻时哪会想到这事。

# 伙　牛

## 1

时间到了1980年,我们生产队要分单干了,也就是分田到户。

我们这个村子分为杜南与杜北两个生产队,在我们队分开之前,杜北队早在几年前就分开了。我们队的队长去大寨参观过,并经历过互助组、合作社等,思想觉悟高些,没有马上把生产队分了,他想观望一下,这样一观望就过去了两年。

虽然生产队没有分田到户,但队长也能感受到平静生活下面的暗涛汹涌。有些人留恋生产队,有些人则厌烦了,向往分田到户,好在队长的威信压住了这些人。

这几年,周围又有许多村分了队。队长见大势已定,便决定分队。分队会议一共开了五天,最后达成了若干分配制度。地好分,最难分的是队里的牛和农具之类的东西,这些东西不是每家每户都能分到的,会议就决定将几户划成一个小组进行抓阄。我家、小叔家和老文圣家被划在一起。这个时候,虽然我家与小叔家已开始有了矛盾,但父亲想,兄弟俩在一起能够相互照应着,总比被拆开强。

分牛前,先对每头牛进行估价,抓到好牛的组,要向抓到差牛的组补贴差价。队里有五头牛,每头牛都有自己的名字。队长把牛的名字写在香烟盒上,做了五个阄子,在手里搓了搓,大喊一声,朝桌子上一扔,阄子在桌子上慌乱地滚动了一下,五个小组的代表,就扑上来抓阄子。我们这个小组是我父亲来抓阄子。父亲做事总是斯文的,保持着"知识分子的臭架子"(他的这种做派我年少时也不喜欢,直到中年之后,才理解父亲骨子里的孤傲,我在另一篇里有描述),别人扑上去抢阄子时,父亲还没有动手,待父亲冲上去时,桌子上空空荡荡,一个阄子也没有了。抢到阄子的人,都紧张地打开看,抢到大牿牛的人就兴奋地喊叫,而父亲却没有了阄子。缺的一个阄子到哪去了?父亲低头寻找,众人也帮着寻找,终于在桌子底下找到了这个阄子。父亲打开一看,是小趴角,小趴角在队里不算好牛。父亲一拍巴掌说好,有的人就嘘了一声:"人家抓到了大牿牛说好,你抓个小趴角好个屁。"父亲说好,是因为抓到小趴角可以两不找,抓到好牛哪有钱补贴别人?

第二天上午,父亲、小叔、老文圣去生产队的牛屋里牵小趴角。

生产队的牛屋离村子约一里地远,三间茅草房子,一进去,牛的味道、草的味道、牛粪的味道混杂在一起扑面而来。其他几头牛都被拉走了,只有小趴角卧在地上,鼻子上穿着绳子拴在牛桩上,反刍着草末,两只耳朵不停地扇动着。

老文圣弯下腰身,解开牛绳握在手里,小趴角站了起来。小趴角全身的毛黑油油的,两只角弯弯的,向下趴着,村里的人就叫它小趴角。它硕大的眼睛望着眼前这三个人,然后喷了一下鼻子,跟着老文圣走了。小趴角的四条腿像四只墩子,甩着尾巴跟在老文圣的后面。

虽然父亲他们对小趴角并不陌生,但从没有像今天这样对它有感情。从此,小趴角就是这三户人家的私有财产了,也是最大的财产。也可以说,是小趴角把这三户人家捆绑到了一起。

牛拉到老文圣家,老文圣在家里的屋角收拾了一个干净的地方,把小趴角拴好。小趴角站着,吃了一口干爽的稻草,尾巴不停地甩来甩去。

三个人站在牛跟前,议论着。

父亲说:"小趴角能干,架子好,我们喂一冬,膘就能拉起来了,犁我们三家的地是没问题的。"

老文圣说:"小趴角用好了,比大牯牛强。小趴角的父亲我用过哩,那头大牯牛一身膘,犁田耕地有劲,聪明。犁田时,只要鞭子一扬,就呼呼地跑,人跟在后面都要小跑,不像别的牛,还要人在后面帮着用力。小趴角也差不到哪去。"老文圣说话嗓门大,边说边用手拍拍小趴角。小趴角抖动着肌肉,原地转了一下身子。

小叔站在小趴角的前面,抓住牛鼻子上的绳子,小趴角老实地昂起头来,小叔用手扒开小趴角的嘴,露出里面一排雪白的大牙齿来。小叔说:"小趴角正青年哩,是头好牛。"我父亲和老文圣上前看了看,果然不错,牙口好就能长身体。

几个人高兴地欣赏完小趴角要回去,老文圣的老伴已做好了饭,出来说:"你们不要回去了,就在这吃点吧,今天我们三家得牛了,也是一件大事啊。"

说着,老伴已把菜端上了桌子,老文圣也把长条板凳摆放好,父亲和小叔也就不好走了。父亲说:"我去打斤酒来。"老文圣拉着不让去,说家里有,但没拉住父亲。

村子里有代销店,代销店也没有高大的店面,就是土墙上开一个窗口,里面卖些简单的生活日用品。父亲买了一斤老白干,三个人一边喝着酒,一边大声地说笑着。虽然我家已与小叔家有了隔阂,但父亲在大场面上还是团结小叔,不想让别人看笑话。不过在喝酒这件事上,乡下有乡下的规矩,一般是小辈敬长辈,小弟敬兄长。酒已喝到半瓶了,小叔还没有敬父亲,父亲也端着架子。老文圣看出些端倪,小叔又要敬他酒时,老文圣说:"你敬你哥一杯酒,你小些,以后我们就用一头牛了,要团结。"

父亲和小叔好久没有坐在一起吃过饭了,两个人的心里都拧着疙瘩。小叔无奈地端起杯子,举到父亲的面前,说:"我敬你一杯酒。"

父亲端起杯子,一饮而尽。虽然小叔敬了父亲一杯酒,但父亲心里明白,小叔一声哥都没有叫,这杯酒喝得勉强。

## 2

生产队分开后的第一个秋季到了。

从岗上的高处瞭望,稻子熟透了,一畦畦的稻田,柔软而金黄,村庄掩映在绿树丛中,不露一丝痕迹。

风在树冠里拧来拧去,像妇人洗涤衣服的手,要从中拧出多余的水来。

河面平静,经过一天阳光的照射,散发着氤氲的水汽。阳光在水面上跳动着,像跳方格子游戏的小女孩的脚,轻巧快捷。

一头老牛在悠闲地吃草,它黑黝黝的皮毛上还粘着黄黄的泥巴,让人感到生活的艰辛。

紧接着,秋季的忙碌就开始了。

秋季要忙很长一段时间,一方面要把成熟的庄稼从地里收回来,一方面要把过冬的庄稼种进田里,不能耽误了季节。

小趴角这时派上了用场。三户人家都想尽快把地耕出来,但大家有约定,每家用两天,再转下一家。

天刚蒙蒙亮,小趴角就被老文圣拉下地了。老文圣扛着犁,小趴角跟在身后。下到地里,老文圣把犁放下来,把轭头套在小趴角的脖子上,就开始犁地了。小趴角往前一挣,套在脖子上的绳子就绷紧了,小趴角一迈步,犁就跟在后面往前直奔。老文圣扶着犁,吆喝着。小趴角在前面喘着粗气,老文圣打着赤脚,跟在后面,翻过来的泥土散发着新鲜的气息,脚走在耕出来的泥沟里,油光光的,感觉很舒适。天先是黑的,一个人和一头牛就这样在田地间寂寞地劳作着。村子里响起了鸡鸣声,慢慢地东方的天空有了一片白,可以看见稍远一点的地方了。又过一会儿,天就大亮了,像一幅巨幅的大幕被拉开了,天地间一片澄澈。不远处几棵树站在地头,浓密的树冠紧挨着,像两个喁喁私语的人影。田埂上到处都开满了花,红的黄的,成片的零星的,绿草顶着露水,湿漉漉的。一群鸟在身边不断地起落,寻找犁出来的虫子吃。附近也有几个犁田的人,他们也一样跟在牛的后面。老文圣高兴时,就喜欢扯起嗓子唱几句,也没有什么旋律,只是信口喊,但抑扬顿挫,响彻云霄,为的是驱赶寂寞,也给牛提精神。待到太阳出来时,老文圣已把几亩地犁下来了。

老伴送早饭来了,早饭是蛋炒饭,犁田的人辛苦,要补补身子。

老文圣把鞭子插在地里,把轭头从小趴角的脖子上卸下来,让它在田埂上吃草,自己坐下来吃老伴送来的热饭。小趴角甩着尾巴,用长长的舌头在田埂上卷着鲜嫩的青草,两只耳朵不停地扇动着。小趴角吃草和老文圣在田埂上吃着蛋炒饭一样吃得喷香,牛和人都愉快,都在劳作之后得到了片刻的歇息。

两天之后,小趴角轮到小叔家犁地。

小叔是一个急性子的人。一块田犁下来,小叔心急火燎起来,嫌小趴角慢了,一鞭子就抽了过去,小趴角抽搐了一下身子,朝前奔走起来。

小叔在后面不断地吆喝着,没走几步就用鞭子在小趴角的屁股上抽一下。小趴角的鼻子被牛绳紧拉着,脖子不由得朝后弯曲着,小趴角看到的是一个气势汹汹的男人。不一会儿,小趴角的屁股上已满是鞭印。

小趴角夹紧了尾巴呼哧呼哧地在水田里奋力地奔走着,一圈又一圈,眼睛里满是鞭影,耳朵里满是斥责声。

有几次,小趴角痛得跳了起来,小叔紧拉着缰绳,背上的套子紧扣着它,它只能向前。

又过了两天,小趴角轮到我家用,父亲看到小叔在地里犁田,就过去牵。

父亲到小叔地头来牵牛还有一个意思,就是想让小叔教他犁田。父亲在生产队里当会计,没有犁过田,现在分开单干了,必须要自己犁田了。

小叔也知道父亲不会犁田。小叔见父亲来了,把轭头卸了下来,把牛绳往牛背上一搭,提着鞋就走开了。父亲见了,赶紧上去,把牛绳抓在手中,到了嗓子眼的话又咽了下去。

父亲很生气,这不是在拿我的劲吗？地球离开谁不能转？父亲拉着小趴角沉重地往自家地里走,到了地头,看到小趴角疲惫不堪的样子,父亲就不忍心把轭头往它的身上架了。小叔也太不爱惜牛了,它虽然是一个畜生,不会说话,但它什么都懂。父亲就开始放牛,把牛拉到河坡上吃草。小趴角贪婪地啃着坡地上茂盛的野草,它好像刚从恶魔的利爪下逃出了性命似的,快乐地甩着尾巴。父亲又让小趴角去塘里打汪,小趴角硕大的背浸在水里,只露出一个头在水面摆来摆去,两只大耳朵不停地扇动着。水面上漂着一片水草,小趴角吃了几口,有一只水鸟竟站到了它的角上,小趴角一动,水鸟又扑棱翅膀飞走了。父亲蹲在水边,手里握着牛绳,看着小趴角在水里快乐地玩耍。

放了一天的牛,小趴角歇息得差不多了,恢复了劲头。第二天,父亲拉着它下地。父亲没有犁过地,父亲扶着犁跟在小趴角的身后慢慢地走着,田犁直很容易,但每犁到地头拐弯时,父亲就犁不过来。小趴角似乎也很纳闷,怎么配合父亲就是不行,半天下来,田犁得乱七八糟,父亲已急得满脸汗水。

父亲没注意到,田头有一个人正在看着他,这人是父亲的好朋友长彩。

长彩犁了几十年的田,犁田技术娴熟。他是下地路过这儿,看到父亲每次犁到头拐弯时,都是拐直弯,这样,地就没办法犁好。长彩观察了一会儿,待父亲又犁到跟前时,他把父亲喊停了下来。

父亲一看长彩站在田头,把牛停了下来,擦了一把汗,不好意思地笑了,说:"长彩大哥,这个弯我怎么犁不好呢？"

长彩把裤子挽起来,赤脚下到地里,接过父亲的犁,边犁边给父亲讲解:"直犁,人扶着犁往前走就行了。这样犁田,牛不累,人也不累,还出活。"

犁到地头要拐弯了,长彩让牛一直往前走,越过田埂了,然后把牛绳拉了一下,牛顺从地拐过弯来,一块圆弧状的地就犁出来了。长彩说:"犁田的最大诀窍就是犁到地头的拐弯,弯要拐得大,这样才圆。拐弯时,要让牛上到田埂上,才能拐过来。"

在长彩的手把手教导下,两架田犁下来,父亲就会了。父亲那双大手稳稳地扶着犁,跟在后面,步子迈得十分稳健。小趴角走在前面,也轻松起来。

母亲来送饭了,母亲炒了一碗蛋炒饭,用布兜子提着,口袋里装着一把生花生,因为父亲胃酸过多,吃生花生能压住。母亲来到地头,把布兜子放在一丛野菊花上,把口袋里的生花生掏出来,放在旁边的草皮上。母亲看到父亲的脸膛被晒得黑里透红,裤脚卷得高高的,大滴大滴的汗珠正在往下淌。泥土从犁铧上向一边翻过去,犁铧闪亮,新翻的泥土犹如一条黑色的腰带,向前伸展开去。

父亲犁到母亲跟前,让牛停了下来。他坐在田埂上,用衣袖擦了一下脸,然后大口大口地吃母亲送来的早饭。吃完饭,父亲开始剥花生吃。父亲看着犁过的地里泥块黑油油地翻卷着,长长地舒了一口气,那些翻开的泥土就是对他的一种奖赏。

3

小趴角是三户人家轮换着饲养,根据人口计算饲养天数,我家是七口人，每次饲养半个月。

村子里，别人家放牛总是骑着牛下地，父亲放牛时总是舍不得骑着小趴角。牛是不会说话的牲口，忙时就够它累的了，闲时不能还累着它。

小趴角每次吃得肚子鼓鼓的，摇着尾巴从地里回来，父亲戴着一顶破了边的草帽，在后面赶着。一人一牛走在田野上，身影倒映在田地里，就是一幅田园牧归图。

父亲把小趴角拴在门口的大椿树下，大椿树的皮被小趴角蹭痒蹭得光滑滑的。小趴角蹭完痒就在阴凉下卧着，像一块巨大的石头，黑黝黝的，一动不动，走到跟前才能听到它的喘气声。

小趴角每次能屙下一大摊子牛粪，这牛粪在农家是宝贵的燃料。过去在生产队时，牛粪都是用来分的，队里按人口，划分大大小小的牛粪堆，各家挑选后再挑回家去。现在，小趴角在谁家饲养，按规矩牛粪就属于谁家的了，也用不着分了。

几天后便积下了一堆牛粪，母亲便开始做牛粪饼子。

母亲挽起袖子，把宽大的手插进牛粪里，用手把牛粪搅匀，一股草的青气味和粪的腥臭味扑面而来，这种气味母亲是熟悉的。母亲扭了一下头继续搅拌着，感到牛粪有了韧性，然后捧起一捧，在手里团成球状，往墙上一贴，牛粪被摊成圆圆的形状，紧紧地粘在土墙上。

母亲认真地做着这一切，她从牛粪饼子里闻到的是一股饭菜香味。母亲认真地贴着牛粪饼子，把牛粪饼子贴得圆圆的、饱满的，像在做一件工艺品。有时从手中掉下一块牛粪，母亲又弯腰把它拾起来，不舍得浪费一点。

母亲就这样一个一个地贴着,向阳的土墙上,整齐地排列着一片牛粪饼子,每个牛粪饼子上面都烙有五个清晰的手指印子。手指骨节凹的地方,在牛粪饼子上就凸起来;手指肚凸起来的地方,在牛粪饼子上就凹进去:每个牛粪饼子就是母亲的一个手掌图。

牛粪饼子经过几个太阳天一晒,就干了,用锹一铲,就掉下来了,墙上就有一个圆圆的印子。

牛粪饼子是烧火的好材料,架在灶膛里,一拉风箱,在风的鼓吹下熊熊地燃烧,烟少,火焰足,做出的饭香。

这几天,小趴角在大椿树下又屙了一摊牛粪,母亲忙着地里的活,没有时间做牛粪饼子,就把牛粪用锹铲了,堆在一起,准备闲下来时再做。

中午,母亲从地里回来,却意外地发现,大椿树下的牛粪不见了。

母亲瞅瞅四周,仍是空荡荡的。阳光照着地面,平坦的地面上泛着白色的光芒,远处有几只鸡在低着头觅食,有几只花母鸡卧在地上,一动不动。

母亲先是惊愕了一下,接着就觉得胸口闷得透不过气来,谁把这牛粪弄走了?

母亲开始扯开嗓门吆喝:"哪个把我家的牛粪偷走了?"

母亲的声音在中午的时光里十分急促响亮,穿透了乡村的茫然和空荡。

母亲很希望有一个人站出来承认,说一声也就算了。

母亲喊了半天,没有一个人出来承认,母亲又急又气,开始骂起来。

这时小叔从家里冲了出来,小叔手里拿着一根长长的棍子,眼里露着凶恶的光,一边奔过来,一边大声地说:"就是我挖的,你能怎么样?我让你骂!"

母亲看到小叔来了,知道来者不善,母亲刚想争辩一下,小叔手中的棍子劈头就朝母亲打了过来。母亲的头本能地歪了一下,棍子打在了母亲的肩膀上,咔嚓一声,从中间断成两截,剧烈的疼痛使母亲捂着肩膀蹲下身去。母亲感到委屈,她从来没有被人打过。

小叔拎着断了的棍子,还要上前来再打母亲,母亲强忍着疼痛,咬紧牙关站了起来。母亲的脸上满是泪水,两只眼睛里放射着怒火,脸上的肌肉是紧拧着的。母亲嘴唇抖动着说:"你黑了良心!你……你……"母亲说不下去了,又一阵疼痛袭来,她摇晃了一下,又站直了身体。

小叔扬起断了的棍子,朝母亲的腿上又狠狠地扫了一下,嘴里骂道:"你们都不是好东西,今天就要打好你!"

母亲一个趔趄,上前死死地抓住他手中的棍子,母亲说:"你这个白眼狼,我会看到你的,我会看到你的。"

母亲说这句话时也莫名其妙,她也不知道能看到小叔什么,但母亲的心里肯定是想说,会看到小叔以后的下场。

小叔丢下手里的棍子,愤愤地回家去了。

这个中午的阳光,永远烙在了母亲的记忆里。原先的阳光是晴朗而明亮的,没有一丝阴影,自那天起,这个中午的阳光里到处都隐藏着阴险,那些暗处是一个个陷阱,让人稍有不慎就会落入其中。在母亲的记忆里,那天她的目光穿透了一切浑浊和虚无,阳光变得陌生起来。

父亲从地里回来,母亲已睡在床上了,疼痛难忍。母亲想,自从父亲辞了公职,她和父亲回到这个艰难的家庭,一手把这个家庭从崩溃中拯救出来,然后,让小叔结婚,学手艺,他不报恩就算了,为何对她下如此毒手?母亲想不通。这些年的岁月在母亲的脑子里一遍遍地回放,泪水把枕头都洇湿了。

父亲进屋把农具往墙壁一靠,就去找母亲。以往这个时候,母亲应当在家里喂猪烧饭的。现在家里冷冰冰的,猪在圈里嚎叫,父亲有点生气了。

父亲一脚跨进卧室,躺在床上的母亲看到父亲的身影,哇的一声大哭起来。这是她被小叔打过之后,第一声大哭。母亲的哭和过去不一样,哭声里带着哽咽,带着怨言。父亲忙问是怎么回事,母亲便断断续续地把过程跟父亲说了。父亲暴跳如雷,像一股旋风旋出了门,他要去找小叔算账。

父亲刚到小叔家门口,小叔就出来了,站在家门口望着父亲。

父亲手指着小叔问:"你为什么要打她?!"

父亲一愤怒,声音就沙哑,心中的怒火在喉咙中积压着,千军万马奔腾不出来。

小叔没有吱声,仍然站立着。

父亲几步上前就要打小叔的耳光,小叔一闪身,顺手紧紧握着父亲的手腕,父亲用力一甩,但没有甩掉。父亲伸出另一只手就要抽小叔的耳光,但也迅速地被小叔接住了。父亲知道,现在的弟弟已不是以前的弟弟了,他的身上积攒着一股蛮力,自己已对付不了他了。

父亲的面孔气得变了形,血往脑门上涌,脸变得紫红,沙哑着嗓子呵斥:"放开! 放开!"

小叔松了手,父亲抽回手,还要上去打他。但父亲知道,如果他动手,小叔肯定会打他,现在在弟弟的眼里,他已不再是兄长了。

父亲指着小叔问:"你为什么打她? 我饶不了你!"

小叔看着父亲说:"你不是有四个儿子吗? 让他们都来。"

父亲气得要吐血,大声地说:"我养了四个儿子,是为了和你打架的吗? 你这个畜生!"

小叔说:"他们来一个,我打一个。"

父亲说:"你这个白眼狼!"

父亲想和小叔拼了,但他找不到拼命的办法,他急得团团转,邻居们听到吵架声,赶过来拉开了父亲。

父亲回到家里,坐在凳子上,长一声短一声地叹气,一个男人不能抵抗外力的侵犯是最大的耻辱,父亲直骂自己没用。

母亲起了床,看到父亲这个样子,忍不住地劝道:"别气了,人家现在长本事了。"

父亲站起来,砰地砸了一下桌面,说:"我和他不是一个娘养的!"这等于是在骂娘了。这句话,以后成了父亲处理与小叔关系的标准。

被打后,母亲的一条腿肿得不能走路,一只胳膊抬不起来,肩膀处乌黑。母亲认为自己可能残废了。半个月后,肿才慢慢消下去,母亲才能下地干一些轻的农活。

4

秋季就在父母的忙碌中结束了,田地都种上了庄稼,没有因为分田单干而耽误,时间进入了深秋。

深秋的天,开始下起连阴雨。早晨的风带着潮湿,细小的雨丝打在裸露的皮肤上,有着点点的冰凉。赤脚走在乡间的田埂上,感到寒冷在土地里一层层累积,偶尔有长老了的茅草尖戳到脚板,生疼。如果再下几场雨,就不能赤脚了,要穿着打了补丁的胶鞋下地,很不利索。陈旧的胶鞋也不结实,一用力就会撑破,泥泞从缺口处渗进来粘着脚,里面的温暖被浸得不剩一丝,十分难受。

田野上有行走的人,打着一把黑雨伞,踽踽独行的身影像一只大的黑蘑菇,田野在背影后面变得更加广阔。

母亲算过了,冬天小趴角肯定要带料,带料就是喂黄豆。家里就在塘埂上开荒种了一畦豆子,其他地都种粮食了。过年还要磨点豆腐,牛要吃,人要吃,那点黄豆肯定不够用。母亲决定下地去拾豆子。

收割完的豆地,免不了会遗落一些豆子,豆子是黄颜色的,落在地里不容易发现。雨后,豆子上的灰土被洗掉,就容易看见了。

母亲披着一块塑料皮,用绳子在颈子处系一下,拎着篮子就下地去了。有时,翻开豆叶子,下面藏着一把被遗漏的豆荚。有时,会发现几粒圆圆的豆粒遗落在地上,像是在等着母亲的到来,母亲满心欢喜地把它们捡起来。母亲翻了一块又一块田地,中午也不回来吃饭,吃自带的干粮。晚上回来,往往能拾几斤豆子。母亲把豆子在塘里淘洗干净，放到屋里晾着，天晴时再端出去晒。

地里割过的豆茬十分坚硬锋利，有一天，母亲不小心跌倒了，双手撑在地上，瞬间被豆茬戳得鲜血直流，疼痛使母亲用另一只手紧攥着这只受伤的手。母亲一屁股坐在田埂上，沮丧和疼痛让她抽泣起来，这个苦日子啥时是个头？母亲仰望天空，天空阴沉沉的，大块的乌云在快速地移动，风吹在母亲沧桑的脸上，吹干了她眼角的泪水。待疼痛稍减些，母亲弯下腰，把撒了的豆子又一粒粒地拾进篮子里，许多豆子都染了母亲的鲜血。

一个秋天拾下来，母亲的脸和手都皴裂了，伸出来的手满是口子，这个秋天母亲拾了几十斤豆子。

冬天就要来了，这个季节，叫冬闲。小趴角经过一个秋天的劳作，已瘦了一圈，三户人家研究决定：给小趴角带料。

小趴角在老文圣家、小叔家，就这样带料喂过来了，小趴角轮到我家饲养了。

前一天晚上，父亲先是把黄豆用水淘洗一遍，然后放到水里泡，第二天早晨，豆子就膨胀了，这时牛才能吃动。

父亲端着一个小板凳，坐在小趴角前，一个一个黄豆包子地喂。平时，把干的稻草放到牛头前，让牛自己吃就行了。带料就要人工喂，父亲用手把长长的稻草捋顺，两头一弯，中间有一个窝，把泡好的黄豆抓一把放在里面，然后两头再弯一下，包起来，这叫包黄豆包子。小趴角知道人喂它的是好东西，嘴一张，舌头一卷，包子就吃了进去，然后开始慢慢地咀嚼，待咀嚼完了，父亲再喂另一个。小趴角甩着尾巴，扇着耳朵，快乐地吃着。有时它肥厚的舌头就迫切地卷到了父亲的手，湿湿的、温温的，父亲忍不住用手拍拍它的头，说：

"好好吃啊,春天好有劲干活啊。"

这天,小叔找到老文圣,对老文圣说:"牛放在他家喂不放心,他家人口多,生活枯,收那点豆子能舍得给小趴角带料吗?"

老文圣把手笼在袖口里,这个事情他还没想过,说:"不会吧?"

小叔见老文圣不相信自己,不屑地说:"如果他们不喂,光靠我们两家带料,也看不出来的。你总不能在牛进出他家的门时用秤称一下吧。"

小叔说话快,点子多,眼睛不停地眨动。老文圣问:"那你说怎么办呢?"

小叔说:"我们从他家把黄豆称出来,泡好后,每天发给他家,让他们去喂。"

老文圣说:"这样好,你去说吧。"

小叔急了,说:"我不能去说,我去说面子不难看吗? 我们毕竟是兄弟,你去说最好。"

老文圣说:"我去也不合适,这薄情的事,我们两个人一起去吧。"

小叔没有办法,只好同意了。

小叔和老文圣从大路上朝我家走来,老文圣走在前头,小叔跟在后头。老文圣的个头高些,小叔的个头矮些,老文圣的身影常把小叔给挡住了。两个人都没有说话,但肚子里都在想着话。

父亲老远就看到他们来了,两个人一起来,还是不多见,特别是小叔,已很长时间没有来过了,这次亲自登门,父亲觉得不寻常。

两人走到门口停了下来,父亲向他们打着招呼。两个人走进屋,看到小趴角睡在屋角,嘴里在缓慢地反刍着。小叔走到跟前,踢了小趴角一下,小趴角慢慢地站了起来。老文圣抚着牛说:"经过这段时间带料,小趴角壮多了。"老文圣望望父亲又说,"带料不能停了,人不吃,都要让牛吃,牛是大牲口,十个劳力抵不过一头牛哩。"

老文圣慢慢把话往豆子上引,小叔故意干咳了几下,说:"今年家家豆子都不多,人要吃,牛要吃,怎么才能保证牛吃到呢?"小叔的意思是让老文圣直说称豆子的事。

小叔的话一出口,父亲就猜到其中的意思,父亲开始厌烦起来。父亲经常说小叔一肚子都是点子,但就是没用在正道上,如果能用在正道上,早就升官发财了。

老文圣对父亲说:"我就直说了,你家困难些,我们怕你家舍不得给牛带料。我们算了一下,你把小趴角要吃的豆子称给我们,我们带回家去,每天把小趴角要吃的豆子泡好,你去讨,这样就放心了。"

父亲一听就火冒三丈,这不是看不起人吗?他觉得这是对自己的侮辱。

父亲乜斜着眼睛,望着他们说:"这个主意是谁想出来的呢?你们家带料时,也没把豆子称出来,怎么我家就要称出来?我还怀疑你们可给小趴角带料了呢!"

小叔没有说话,他低着头用脚在地上踢着一块土坷垃,老文圣被父亲问得理亏,他也不好供出小叔。老文圣说:"不是我们小心眼,我们都想着小趴角好,小趴角也不是哪一家的事,你不要多想。"

母亲这时从塘里洗衣回来,她看到三个人在家里叽叽哇哇的,放下篮子听了两句,知道了眉目。母亲气得浑身打战,把喂小趴角的盆端过来,盆里还有几粒泡过的豆子。母亲把盆往老文圣的脚前一摔,哐当一声,说:"你看看,我家可泡豆子了。"

老文圣朝后退了两步。小叔朝前上了两步,小叔说:"今天来就是称豆子的。"

父亲一气就说不出话来,上来就要揪小叔。老文圣眉头紧皱,拦住父亲,说:"不要打不要打,有话好商量。"

小叔在后面扭动着身子,嗓门粗大地说:"你家人都没有吃的了,还能舍得给牛吃?"

父亲哑着嗓子,话也说不成句了,气急败坏地指着他说:"我俩不是一个娘养的。"

老文圣没想到父亲会这样说小叔,惊讶了一下,怕把事情闹大了,不可收场,就对小叔说:"我们走吧。"

小叔拧着身子,老文圣使劲拽了他一下,小叔不情愿地走了。母亲说:"你们别走,我把黄豆称给你们。"

两人站住了,老文圣怕小叔和父亲打起来,就让小叔回去。老文圣走过来,母亲问:"我家摊半个月,要多少斤黄豆?"

老文圣说:"三十斤就够了,我回家每天泡好。"

母亲称了三十斤黄豆,提了过来,递给了老文圣。老文圣说:"早这样,还吵啥。"

母亲生气地说:"你泡好了,我不喂,烀烀吃了,你也看不见哟。"

母亲这一说,老文圣愣了一下。

母亲说:"天地有眼睛,各凭各良心,不要不相信人。"

转眼,春节快到了,家里的黄豆也不多了,母亲说,不磨豆腐了,剩下的黄豆就留给小趴角吃吧。豆腐可是我们这儿过年的主要菜肴,豆腐可以做圆子,可以烧鱼,可以油炸;但这年春节,我们家第一次没吃到豆腐。

春节到了,父亲最拿手的好戏,是给村里人写对联,满村的人都拿着红纸来求父亲,年年如此,但父亲分文不收。父亲把写好的春联放在屋里晾着,家里的桌子上、床上、麻袋上到处都是红彤彤的对联,简陋的家里充满了喜庆。

除夕这天,父亲把小趴角睡觉的地方打扫干净,写了一副对联,贴在小趴角弯弯的角上:耕牛农家宝,定要照顾好。红红的对联,使小趴角有了神气。

晚上,吃年夜饭了,村子里响起一片爆竹声。父亲打开屋门放了几个爆竹,爆竹在漆黑的夜晚闪着火光炸响,声音清脆而喜庆。回家关上门,家里的桌上已上好了菜,等父亲上桌,就可以吃了。但父亲迟迟不来,父亲在牛头前的墙缝上烧了一炷香,给小趴角包了几个包子,喂着小趴角。父亲对它说:"小趴角,我的儿哟,今天过年,你也要过年啊。"又说,"菩萨保佑小趴角,明年春天就指望小趴角了。"父亲喃喃自语着。小趴角望着父亲,一动不动,似乎听懂了。

5

经过一个冬天的带料,小趴角长得膘肥体壮的,从屋里拉出来,小趴角站在阳光下,像一座黑塔。

春季牛市行情也大涨。一天,老文圣来和父亲商量,要把小趴角卖掉。老文圣坐在桌子前,硕大的手掌伸开在面前,他给父亲算了一笔账,小趴角能卖个好价钱,再买一头新牛,每家还能分点钱。如果把小趴角留在家里,三家用起来太浪费了。闲下来,别人要来借牛用,你说借不借？借了舍不得,不借得罪人。我家与小叔家有了矛盾后,老文圣在中间就有话语权了。

父亲坐在桌子的另一边,被他算得头晕,但要卖了小趴角,还是舍不得,说:"养头好牛不容易,再买要是买走眼了,可就麻烦了。"

老文圣说话,唾沫飞溅,他把硕大的手掌放下来,拍着桌面说:"我用了一辈子的牛,瞄一眼就知道牛的好坏,还能看走眼?"

父亲显得十分烦躁,他的眼睛望着门外,脑子里混乱得很,说:"牛可不是小东西,要是耽误了,一季的庄稼就没法安排了。"

老文圣说:"你放心,种田也不是你一家,我们都要种的。"

父亲问:"跟我弟说了?"

老文圣说:"说了。"

第二天逢集,老文圣就来拉牛了。小趴角还在屋角睡着,老文圣解开牛绳,小趴角站起身来,老文圣和父亲拉着牛出门了。

老文圣在前面走,父亲在后面赶着牛。小趴角甩着尾巴,悠然自得的样子,它浑然不知主人要卖它了。父亲对小趴角是有感情的,现在去卖它,父亲还是有点舍不得。

父亲用手拍着小趴角的屁股,小趴角屁股的肉厚厚的,光滑滑的。

春天的早晨,阳光照在青绿的田野上,宁静中包裹着一片热烈,迎向东边的叶子,都泛着一层明亮的光。田埂上,青草茂盛,小趴角走着走着就会停下来,在田埂上啃上几口,小趴角厚厚的嘴唇贴着地面的青草,发出呼哧呼哧的啃食声。老文圣拽了一下手中的绳子,小趴角抬起头来跟着他走,嘴边还挂着草叶。

父亲说:"让它吃两口吧。"

老文圣说:"赶集要早,去晚了,卖不上价。"

两人正走着,身后传来小叔的喊声:"站住,站住!你们站住!"

两人停了下来,小叔气喘吁吁地追了过来,一把抢过牛绳,说:"这牛不能卖!"

老文圣瞪大了眼睛说:"不是和你商量好的吗?怎么睡一觉又变了?"

父亲看着小叔慌张的样子,也吃了一惊。

小叔说:"这牛我吃了(方言:买)!"

老文圣说:"这牛你吃了?你有这些钱?"

小叔说:"我砸锅卖铁凑钱,你们不用问,反正卖给别人也是卖,我买就不行了?"

老文圣说:"那你怎么吃?"

小叔说:"我们把牛拉到集上,作个价,人家给多少,我给多少。"

小叔这样说,也有道理。老文圣想了想说:"我同意,就拉到集上作个价吧。"

老文圣看了一眼父亲,父亲拿不定主意了,因为前面有老文圣的交底,也就同意了。

老文圣对小叔说:"你要吃就给你吧,但不能欠账,我们也等着钱买牛。"然后,又对父亲说,"到时我们两家买一头牛,让他一个人去养吧。"

三个人拉着小趴角默默地走在春天的田野上,小趴角仍然摇着尾巴,像什么事也没有发生一样。

集市上很拥挤,像一只大蜂箱,嗡嗡的。卖牲口的地方,东一个西一个拴着牛,有的牛站着,在反刍;有的牛卧着,望着来来往往的人。牛行的人,手里拿着一根棍走来走去的,对每头牛指指点点,后面跟着几个买牛的人。小趴角一拉进来,马上吸引了大家的目光,几个人围了上来,打听价钱,老文圣说:"这牛已卖了。"买牛的人嗞嗞地吸着气,说:"好牛好牛!"然后用手拍着牛屁股,小趴角不耐烦地转动着身子。

牛行出了价钱,三个人都很满意。

牛又从集上拉回来了,但直接拉去了小叔家,父亲回家看着屋里小趴角卧着的地方,心里总不是滋味。父亲蹲下身去,慢慢地收拾,墙壁上还有小趴角蹭痒的痕迹。

第二天,老文圣送钱来了。老文圣的手里握着一把杂乱的钞票,他把钱往父亲的面前一递,说:"这是卖牛的钱,摊你的全在这里,你数数。"

父亲没有接钱,说:"我们不是还要买牛吗?这钱分了,还怎么买?"

老文圣说:"暂且不买,买时再喊你。"

父亲接了钱,装进了口袋里。

不久,一个惊人的消息就传到父亲的耳朵里——老文圣和小叔伙小趴角了,这样父亲就永远地被排除在外了。

父亲仔细地回忆着卖牛的经过,小叔气喘吁吁地追过来的一幕又浮现在他的眼前,父亲这才知道上当了。

父亲气得在家睡了一天觉,本来他想兄弟俩在一起好对付老文圣一个人,现在却被小叔暗算了。第二天吃过早饭,父亲决定去找小叔,问问他长的什么心。

父亲黑着脸,来到小叔家门口,小叔知道父亲来为啥事了,就转身要往厨房去,支使小婶迎上前。这是小叔的一贯风格,家里有了事,都让女人上前,好男不跟女斗,女人往往能占上风。

小婶迎上来了,说:"哎,你来有啥事吗?"

父亲不想跟一个女人斗嘴,就说:"我找他。"父亲本来想说找弟弟,但话到嘴边又不想说了,他觉得"弟弟"这个词他张不开口。

小叔眼睛不停地眨动着,说:"找我?"

父亲说:"你私下和老文圣把小趴角吃了,把我蒙在鼓里,还是人吗?"

小叔说:"我没有蒙你啊,我先吃的小趴角啊,钱你不也拿到了吗?"

父亲说:"这是你们下的套子啊!你欺负谁都行,你不能欺负我啊。"

小叔的眼睛瞪得圆圆的,咬着牙说:"我怎么欺负你了?"

父亲怨恨地说:"我俩一个娘的,娘还没死,你就绝情了。"

小叔大声地说:"你不要在我家门口说废话,不要说小趴角,就是老趴角你也只能望望了。"

小婶叉着腰,气势汹汹地说:"就是欺负你了,你又能怎样?"

父亲的眼里,小叔已不再是自己的弟弟,而是一个恶魔,他面孔邪恶,睥睨一切。父亲说着眼就红了,门边有一把铁锹,父亲真想拿起来朝他铲去,和他拼了。

母亲知道父亲去找小叔了,从家里赶来,父亲正在和小叔吵架,母亲把父亲拉开,劝父亲回去,既然小趴角已被他们吃下了,再吵也没用了,随他去吧,天无绝人之路。

父亲跟着母亲怏怏地回家去了。

## 6

小趴角被吃去了,家里没有牛用,地就种不下去,父母为此焦急着。

村里的从魁,一个人独养了一头牛,牛的名字叫黑牯。母亲就想到了他,和父亲商量和他家伙牛如何。

母亲和父亲偷偷去打量了从魁家的牛。

从魁两口子做事慢,犁一块田都要几天时间,牛就拴在家门口。这是一头老牛,从魁没有工夫放,家里的稻草也跟不上牛吃,牛瘦得像干柴,腹部都露出根根肋条来。父亲抚了一下老牛的身子,老牛虽然瘦弱,但反应灵活,如果能带料,这牛能喂出来,不耽误干活。

第二天,从魁夫妻俩从地里干活回来,父亲就来到他家。

从魁的家住在村头一个水沟边,水沟像一条弧形,上面长满了杂树,几只鸟在树上叫个不停。水沟把从魁家的土房子围在中间,土房有些年头了,屋顶上的草都塌塌的、黑漆漆的,门头低矮,高个子的父亲走进时,还要弯一下腰。

从魁家很少有人上门,父亲的到来,让从魁感到有些惊喜,他站在父亲的面前嘿嘿地笑着。

父亲也没底气,也是嘿嘿地笑着,一时,两人站着都有些尴尬。过了一会儿,还是父亲鼓起劲说起了伙牛的事,父亲说得很是自卑,没有信心。自己原是一个有牛的人,却被兄弟用计拆了,这无论怎么说,面子上都过不去。

父亲说完,掏了一支烟递给从魁。父亲不吸烟,父亲知道从魁也不吸烟,但他还是精心准备了这盒烟,想在关键的时候递上,起到传递情感的作用。从魁果然挥着手说,不吸。父亲觉得这是在拒绝他了,这接不接是一个态度。父亲自己点燃了一支开始吸起来,失望的心情在眼前的烟雾中弥漫。父亲不会吸烟,一支没吸完,就觉得嘴里是苦涩的,开始大口大口地吐着唾沫。

从魁抬着眼望着屋子,从魁考虑问题时,有抬着眼望天的习惯,给人目中无人的感觉。从魁说:"我们两家伙着也好,我一家用一条牛也浪费了,两家用正好,不浪费。"从魁满口答应,他知道自己忙碌,顾得了地里的,就顾不了家里的,现在,有人来伙牛,正好减轻自己的负担。

从魁的话让父亲喜出望外,父亲立即说:"就这样定了吧,我们两家伙一头牛,最合适。"

两人说过话后,从魁带着父亲来到黑犊的身旁,黑犊卧在树荫下,警惕地看着父亲。从魁弯下腰拍了拍黑犊的屁股,黑犊站了起来。

从魁对父亲说:"黑犊的架子有,就是我饲养的功夫没到,黑犊是一头牛,我用我知道。"

父亲说:"黑犊是好牛,只要用功夫,是能饲养出来的。"

从从魁家出来,父亲的身上攒满了劲,走路快捷了起来,从此,他又是一个有牛的人了。

从魁是个厚道人,两人把牛作了价,父亲找了从魁一半的钱,这牛就有我家一半的股份了。

父亲把从魁找来家吃饭。父亲是一个从供销社辞职回家的人,从魁原来在中学食堂烧锅,后来家里离不开,辞职回来的。两个人在乡亲们的眼里都是不会种地的人。在乡下,不会种地的人,是被看不起的,被人排斥的。乡下需要那种粗壮的汉子,父亲和从魁都长得清秀了一些。现在,两个人同病相怜地走到了一起。

两个人喝得多了,从魁比父亲小好多,父亲拍着他的肩膀说:"兄弟,我俩好好合作,打个翻身仗。"

从魁说:"我应当喊你表叔,不敢造次。"

父亲说:"就是兄弟,比我家的兄弟强多了。"

从魁说:"我家这老牛我清楚,我主要是没时间盘它,盘好了,我们两家犁田会犁飞了的。"

父亲说:"一个好汉三个帮,三个臭皮匠赛个诸葛亮。牛一定会养起来的。"

有了老黑牯,父母的心又放下了。母亲每天下地,都挎着一个篮子,从地里割一篮青草,放在牛头前,让黑牯吃。时间长了,黑牯已认识母亲了,只要看到母亲老远地走来,它就开始站起身,围着牛桩打圈。母亲把篮子里的青草一把一把地掏出来,黑牯就迫不及待地伸出舌头卷上一口。

父亲抽空就拉着老黑牯下地去放。牛吃饱了肚子,就卧在地上,黑黑的,像一团铁疙瘩,牛不停地咀嚼着,耳朵前后忽悠着。父亲蹲在一边,对牛说:"乖乖,我没亏待你啊,你比我儿子还惯啊。""黑牯啊,你好好吃,你要是垮了,我也就垮了。我的宝就押在你的身上了。"一个人和一头牛,有说不完的话。

有了精心的饲养,黑牯的精神面貌焕然一新,身上的膘也慢慢地长出来了。

到了午季,老黑牯已从过去一头瘦弱的牛,变成了一头浑身充满力量的大牯牛。

今天,天气晴朗,父亲心情很好,他决定要试试黑牯。父亲把黑牯拉到地里,来到一条宽阔的坝埂上。父亲朝黑牯的屁股猛地抽了一鞭,黑牯撒开蹄子朝前奔跑起来,父亲握着牛绳跟在后面奔跑着,黑牯黑油油的背像巨大的鲸鱼在海洋里起伏着,十分优美,四只蹄子在地上,发出砰砰的声音。父亲跑得气喘吁吁,喊着"瓦住瓦住",牛才停下来。父亲知道这牛已不是过去的病牛了,而是一头健壮的牛,力量正埋在它的每一块肌肉里,随时准备爆发。

父亲背着手,拉老黑牯从村子里走过,黑牯跟在后面,一步一步稳如泰山。父亲的脸上满是得意,他要让村子里的人看看,我的牛可以耕得动一座山哩。我的牛不是牛,是我的兄弟;我的牛不是牛,是我的荣耀哩。

这年夏天,乡村里到处都在流传偷牛贼的事。说偷牛的人,大多是趁着夜深人静时潜入,为了不惊动村里的狗,偷牛贼一般会预先把看家的狗毒死,再潜入拴着牛的院子里,把牛偷走。有的偷牛贼更残忍,他们偷的不是活牛,而是牛肉,他们往往把牛偷了,赶不多远,就把牛就地杀了,大卸八块后,直接拉走销售。

传说使人心惶惶,父亲就把凉床搬出来,和黑牯睡在一起,牛绳就拴在床腿上。

父亲一般睡觉会很沉,现在,只要有一丝风吹草动,父亲就会醒来,看到黑牯还卧在身边咀嚼着,就放下心来继续睡。

由于睡不好觉,第二天起来,父亲的眼睛总是红红的,布满了血丝。

一天早晨,父亲从凉床上下地,脚下的地动了一下,父亲觉得完了,地怎么会动哩？肯定生病了。父亲慢慢站起身跟跟跄跄地走回家,摸到床边,衣服也不脱,就山一样倒在床上,接着就大口大口地呕吐起来。母亲一看就慌了神,找来小医生(赤脚医生),小医生说他受凉了。吊了两天的水,父亲才恢复过来。父亲出门第一件事就是走到黑牯面前,他用力地拍了一下黑牯,身子紧紧地倚着黑牯,黑牯一动不动地站着,人和牛如塑像一般。

## 7

经过几年的锻炼,父亲已是一个犁地的好手了。父亲熟悉每块地的犁法。岗头上的地是死黄泥,天旱了,板结;下雨多了,一片烂泥粘脚。犁地时,要下点小雨,犁一插进地里,土刚好松软,才好犁,雨下多少为宜,这就要根据经验判断了。南冲的地好犁,南冲是白土田,土细,任何时候犁一插进去,牛背着犁呼呼地往前奔,泥顺着犁铧溜溜地翻下来,一点不滞。水田好犁,一大块田,赶着牛在里面转着犁;旱田难犁,旱田要打成畦,一块田要犁成几个畦,畦的大小,完全根据自己的经验判断。经验丰富的人,站在地头一看心里就有底了,每犁到地头分畦时,就要托起犁甩一下,人费劲,牛也费劲。

作为农民,还要掌握几种语言与牛交流,这个父亲也学会了,如"切好"就是要牛靠边走,"较好"就是要牛小心点,"瓦住"就是要牛停下来,等等。虽然牛不说话,但这几句话每头牛都能听懂的。

这年午季,黑牯在两家的田地里发挥了用武之地,黑牯在地里耕种,奔走如飞。犁在黑牯的背上,不是沉重,而是艺术。父亲犁田也熟练了,每次犁到田头,父亲都会喊一声:"噢——回——来——"

同时托起犁头拐弯掉头。黑牯听懂父亲的话,就会及时地配合。

黑牯在田地里,把风光占尽。

黑牯的性格奇怪,我们两家人使它,它十分温顺;但生人走近身边,它就会眼睛红红的,怕生。

有一天,父亲在南冲犁完地,时辰还早,邻居要借黑牯把自己家的一块地耙一下。

父亲知道黑牯的脾气,他把黑牯拉到邻居的地里,把牛索套好,把绳子递给邻居,叮嘱他站在后面,不要让黑牯看到了,这样牛认为仍是父亲在使,就会顺服的。

邻居站在耙上赶着黑牯干活了,黑牯拖着耙在泥地里呼呼地走着。眼看半块地就要耙完了,可是耙的绳子掉了,黑牯停了下来,邻居到黑牯跟前系绳子,黑牯回头一看,不是父亲,背起耙撒腿就跑,邻居摔倒了大叫起来。在旁边干活的父亲赶紧跑过来,大喊一声,黑牯才停下来。

父亲大声呵斥黑牯,黑牯站着一动不动,像一个犯了错的孩子。

从此以后,父亲再也不敢把黑牯借给别人使了。

有一天中午,父亲从地里耕地回来,进屋把草帽取下,挂到墙上,叹息了一声,对母亲说:"小趴角活不长了。"母亲听了,埋怨父亲瞎讲。父亲说:"你不要不信,等着瞧。"

父亲给母亲说了这样一件事。

我家有一块地和小叔家的地相邻,小叔天不亮就提着马灯,拉着小趴角下地来犁田了。小叔嗷嗷地吆喝着,小趴角背着犁一步一步地奋力向前。小趴角犁完一块地,小叔又换下一块地,直到天色大亮,太阳已在东方的天空升得老高,父亲也拉着黑牯来犁地,小叔还赶着小趴角在哼哼地犁着,田还有一半没有犁。父亲现在已是犁田的老把式了,他看不惯小叔犁田的笨拙。他看到小趴角在田里背着犁显得那么沉重,心里就心疼起小趴角来。

小趴角呼哧呼哧地走着,有时打个趔趄,但鞭子已毫不客气地打在它的屁股上,它只好忍着痛,继续往前走。

父亲看到小趴角已瘦了一圈,每走一步,肚子处的肋骨就梳齿一样呈现。自从小趴角被他们吃去后,父亲就很少见到小趴角了。有时,父亲走路遇到小趴角,就会绕着走,他不愿再见到它,引起自己伤心。

父亲看着小趴角在田里奋力地挣扎,心里便有点酸楚,在小趴角的身上,他付出了多少爱心,现在,却被弄成了这样。它的全身都是泥巴,毛都结成一团一团的了。小趴角拐过弯来,父亲多么想小趴角能认出他来,往日里他们是多么亲密啊;可小趴角好像不认识父亲了,它在小叔的吆喝下继续耕地。

父亲在田头站了一会儿,黑牯不愿意了,它甩了甩头,打着响鼻。父亲回过神来,吆喝一下,黑牯背着犁快速地走了起来。

父亲把地犁完了,小叔的地还没有犁完。

父亲实在看不下去了,对小叔说:"你把小趴角拉走吧,我来犁。"

小叔停下来,望着眼前的父亲,他早知道父亲在旁边犁田的,但没想到父亲会来帮他,小叔不知道是同意好,还是拒绝好。

父亲把黑牯赶到了小叔的地里,父亲一扬鞭子,黑牯背着犁呼呼地走起来。

小叔拉着小趴角站在田埂上,看着地里的父亲和黑牯,人和牛都虎虎生威,小叔犁了一早晨的田,身子也疲惫了,他直了一下腰,觉得无比舒坦。

父亲一会儿就把小叔剩下的地犁完了。

父亲把这件事讲给母亲听,母亲听了,也沉默了好久。

父亲说:"点灯要省油,耕田要爱牛,小趴角会累死的。"

母亲说:"牛是种地的哑巴儿子啊,他们怎下得了手?"

午季,乡下一片忙碌,在这万物生长的季节,每一寸光阴都是金贵的。广袤的田地上,到处都是农人来往穿梭的身影,肩上挑着担子的人急匆匆地行走,遇到空着手的人,空着手的人就早早停下脚步站在路边,让挑担子的人走过去。过去一片寂静的田地上,现在充满了吆喝声、动物的叫声和机械的隆隆声。

一天下午,小叔和小婶在地里割着稻子,本来是晴朗的天,到了傍晚,忽然西边的天空上涌起了一堆黑云,云越堆越高,遮住了太阳,天空变得阴沉沉的。

燥热的天气一下子凉爽起来,小叔、小婶想趁着这个时间多割一些稻子。两人弯着腰在地里哗哗地收割着,一排排稻子在面前齐刷刷地倒下。

不久,阴沉的云已覆盖了头顶,风刮得更猛烈起来。小婶催小叔回家把小趴角拉来,把割下的稻把拉回去。稻把拉到场地上,堆起来,是没问题的,但要是平铺在地里,浸了水,稻子就会发芽。

这几天,小趴角摊在老文圣家饲养。小叔到他家时,老文圣家没人,小趴角刚耕完地,卧在门前的大树下,小叔解开牛绳拉起小趴角就往地里去。

小叔和小婶把平板车码成了高高的小山,小叔赶着小趴角,往村子里去,车子摇摇晃晃,沉重的绳索紧紧地勒在小趴角的肩上,小趴角吃力地朝前走着,每走一步,腿都晃悠着。

天空中闪了几下闪电,接着就响起了轰隆隆的雷声,豆大的雨点落了下来。不一会儿,密集的雨水像倒下来一样,使人的眼睛也睁不开。雨水淋湿了两个人的衣服,在小趴角的身上哗哗地流下,小趴角的身上形成了无数条细小的沟渠。

小婶在前面紧紧地拉着小趴角身上的绳子,小叔在后面用力地推着车子,他们想早一点赶到场地上。

从地里到村头是一条平坦的泥土路,快到村头,有一处陡坡。这是一个大坡,平时被人、畜走得光滑泥泞,现在,被雨水淋湿后,坡地更加泥泞。小叔使劲地吆喝着,小趴角在小叔的吆喝声中向陡坡冲刺。就在快冲到坡顶时,车子滑了下来。

小叔发疯般地用棍子朝小趴角的屁股和大腿打去,他希望小趴角能再使点力,把车子拉上去。棍子打在湿透的小趴角身上发出啪啪的声响,伴着阵阵雷声,听起来十分恐怖。小趴角前腿忽然一下子跪下来,往前挪动,拼尽最后一丝力气,把车子一寸寸地拉了上去。

小叔松了一口气,一道闪电划过,小趴角的眼睛里,不知是泪水还是雨水,那一刻,小叔被震慑住了。

老文圣从地里回来,看小趴角不见了,就开始寻找。老文圣穿着雨衣先是找到小叔的家,小叔家没人,老文圣开始往地里找。

老文圣正好在村头碰到小叔拉着一车湿的稻把,他怒吼道:"你还是人吗?!"

小叔正低着头在拼命地赶车,老文圣的一吼,让小叔吃了一惊。

小叔抬起头,看到雨水中的老文圣站在面前,虽然看不清他的面容,但可以感受到他的怒气。

牛车停了下来,老文圣睁大了眼睛,说:"下这么大的雨,你让牛怎么拉车?你想把牛累死啊!"

老文圣说着,就去解套在牛脖子上的轭头。小叔说:"马上就到场地上了,你把牛拉走,这车子怎么拉去?"

老文圣没有理睬,小叔就上来夺他手中的绳子,老文圣狠劲地推了他一把。小叔在雨水中一个踉跄,差点倒下。

老文圣拉着小趴角一瘸一拐地走了,小叔看着老文圣拉着小趴角的背影,气得浑身发抖,他把绳索背到自己的背上,和小婶把一车稻把缓慢地往场地上拉去。

小趴角是在午收过后的一天夜里死去的。那天早晨,老文圣去拉卧在屋角的小趴角,小趴角半天没动,再一看,小趴角已歪斜在地上。

老文圣大叫一声,马上去找小叔,小叔也赶来了,两个人默默地站在小趴角跟前。小叔蹲下身去,抚着小趴角冰冷的身体,他的眼睛里有点湿润。

两人请来村里的屠夫。

屠夫是村里的杀猪匠,叫老谈,方盘大脸,胳膊有小孩子的腿粗,一使劲青筋突起。

老谈提着篮子来了。

老文圣家门口已围了一圈看热闹的村民,父亲也来了。

老谈放下篮子,招呼几个人,把小趴角从屋里抬到门外开阔的地方。大家都在七手八脚地帮着老谈做下手;但父亲不行,他只能站在外围看着。

干了半天,老谈坐在凳子上,喝着开水,一边歇息,一边和村民们议论:"小趴角太瘦了,杀不了多少肉。"老谈说话时常把脖子扭动一下,在他的眼里,一切动物最终都是要归结到有多少肉的,一个没有肉的动物是没有价值的。

乡村里,有吃杀猪饭的传统,小趴角死了,现在也适用这个规矩。老文圣家十张大锅烧得热气腾腾,屋顶上的烟囱一个上午都在冒着滚滚的浓烟。到了吃午饭的时候,牛肉烀好了,在场的人每人盛了一碗,稀里哗啦地吃着,有的人连汤都喝了,然后舒服地坐在墙根下,夸老文圣老婆烧得好吃。

父亲也盛了一碗,父亲夹了一块牛肉,放在嘴里嚼着,忽然胃里一阵翻涌,父亲放下碗紧跑了几步,跑到树下,哇地吐了起来。父亲一口接一口地吐着,直到把肚里的东西吐得光光的,才停下来。

有人过来问父亲怎么了,父亲摇摇手说:"没有事,我吃不了这牛肉。"

"哈,你真是一个大善人。"来人喃喃自语地走开了。

小趴角死了后,有一段时间,老文圣和小叔两人矛盾很大。老文圣不想再和小叔伙牛了,小叔也感到自责,觉得平时用牛太不爱惜了。小叔几次到老文圣家来商量,老文圣都没有给小叔好脸色看,小叔只有怏怏地回家去。

作为农民,屋里没有一头牛,心里总是慌慌的。

这天,小叔再去找老文圣商量。

小叔已看惯了老文圣的黑脸,小叔一进屋就说:"唉,冬天不养头牛,明年地怎么耕?"

老文圣抱着膀子,半天挤出几个字:"我也想到了,养。"几个字干巴巴的,没有一点湿润。

小叔说:"我们两家这次要养好,不能再给人看笑话了。"小趴角死后,村里各种议论都有,农民和牛的感情都是亲密的,把牛累死的,还是不多见。两家的人,羞愧得头都抬不起来。

老文圣说:"我还没有想好可和你伙牛了哩。"

小叔说:"小趴角的死,我有责任,但也不全是我的责任。"

老文圣嚓嚓嘴说:"我们就不讨论小趴角了。"小趴角死后,老文圣也感到有点理亏,平时没有饲养好牛,大意了。

买牛需要一笔钱,老文圣想了想,还是带上小叔,这样可以减轻点负担。

两个人到了牛行,买回了一头小牛犊子。冬天里冷,就在小牛犊子旁燃一个火盆,给牛取暖。喂食时,把草铡得细细的,黄豆泡得软软的,精心饲养。到了第二年春天,小牛犊子长大了,拉出屋外,一身健壮的肌肉,发亮的皮毛。用手一摸,牛犊光滑的皮毛,肌肉像波浪一样抽动了一下,这是对陌生人的反应,内行的人就喜欢这样的牛犊子。

小牛犊子聪明,它知道自己的名字,无论它离主人有多远,只要一喊它的名字,它就会兴奋地跑过来,有时还摇头摆尾地叫上两声作为回应。

小叔和老文圣都喜欢这头牛,暗自下定决心要养好它,不能再出岔子了。

小牛犊子眼看长大了,两家人决定给小牛犊子骟了。

这天,小叔请来骟牛师,从村里请来几个壮劳力帮忙。骟牛在乡下也是一项娱乐活动,许多人赶来看。

骟牛师端坐在板凳上,跷着二郎腿,捧着茶杯小口地抿着。老文圣拿着烟朝众人边敬边说:"让你们受累了啊。"

小牛犊子被小叔从屋里拉出来了,它歪着脑袋,扭动着头角。它的两只角秃秃的,颜色还不够深,浅浅的驼灰色;但小牛犊子的身躯很魁梧,壮硕的后臀、强劲的尾巴,算是牛中的"帅哥"了。

小叔上前捋捋它的毛,拍拍它的肌肤,小牛犊子很舒服地享受着。几位青年人一起上前,有的拽着牛鼻子,有的抓着牛尾巴,小牛犊子知道情况不对,奋力挣扎着,但已身不由己。

骟牛师把手里的烟头一扔,卷起袖子,弯着腰往地下一蹲,朝手心里吐一口唾沫,迅速将小牛犊子骟了。

小牛犊子痛得四蹄踢地,喘着粗气,一声长嚎。

众人见小牛犊子已骟了,约好了,喊着一、二、三,然后迅速向四周散去,小牛犊子获得了自由,立即向前奔去。小叔拉着牛绳,跟着奔跑了几步,小牛犊子才停下来,恢复了平静。

有了小牛犊子,小叔和老文圣像扳回了一局,拉着小牛犊子走在村里,脸上笑眯眯的,又有了光亮。

春天的地里,万物都长得茂盛起来,去冬播下的庄稼,在阳光下生长得轰轰烈烈。看来,今年又是一个丰收年了。

小叔牵着牛在田埂上放牧,小牛犊子低着头大口大口地啃食着地上嫩绿的青草,啃累了,就抬起头来望着远方。

田埂与地里的庄稼只隔着短短的距离,平时,农人牧牛时,都紧紧地拉着绳子,如果牛偷吃了庄稼,就会紧拉一下绳子,牛就会收回嘴巴,回到田埂上认真啃草。

小叔放小牛犊子,小牛犊子有时嘴馋,就伸向地里,够一点庄稼吃,春天的庄稼茂密鲜嫩,吃起来可口。小叔见了,也舍不得拉手中的绳子,就让小牛犊子带两口吧,对满地的庄稼也影响不了多少。

但春天的庄稼,有时也打农药。有一天,小牛犊子夜里腹胀如鼓,不停地喘着粗气。小叔紧张极了,赶紧找来老文圣,老文圣看到小牛犊子痛苦的样子,也没有办法。他只是不停地责怪小叔,恨不得上前扇他两个耳光,小叔知道理亏,低着头不语,只是一个劲地叹气。然后,两个人提着马灯出门,连夜找来兽医。兽医看了小牛犊的情况,配了药,让小叔掰开牛嘴,用盆朝里灌着,小牛犊子张大着嘴已无力挣扎。灌完药,小叔围着兽医,像抓着一根救命稻草。兽医说小牛犊子可能吃了打农药的庄稼,如果今夜没有问题,就挺过来了;如果挺不过来,就没办法了。

第二天早晨,小牛犊子还是没有挺过来,死了。

小叔大叫了一声"妈呀",就倒在了床上,用拳头不停地擂着墙壁,发出沉重的咚咚声,小叔大哭:"老天爷要灭我了!老天爷要灭我了!"

老文圣来了,小叔哭丧着脸迎上去,老文圣上前就扇了小叔一个耳光,这个耳光在早晨的空气中炸响。

小叔愣了一下,缓过神来,上前朝老文圣的面部挥了一拳。两个男人在内心里积下的矛盾,此刻像火山一样爆发了。

老文圣上来还想打小叔的耳光,被小叔死死地封住了领子,老文圣揪住小叔的头发,两个男人像公鸡斗架一样,气势汹汹,你死我活。

两个男人咆哮着、怒骂着、辩解着、指责着,在这个乡村的早晨,充满了戏剧和荒诞的味道。

## 8

接连死了两头牛,村子里聊天聊得最多的话题就是这件事,原来笑话父亲不会养牛,现在父亲把牛养得如虎。老文圣和小叔两家人的脸面扫地,没有脸见人。

这天,队长找到父亲,对父亲说,小叔想和父亲伙牛。队里分开后,村里大事小事,人们还是找队长商量,队长的威信一点也没有减少。

父亲说:"他不能找其他人伙吗?偏要来拉我下水,我的日子刚出头。"父亲对他们两家把牛养死了这件事,嘴里也骂过,解了自己心头的恨,但对小叔要来伙牛,还是没有预料到。父亲想,你也有今天啊。

队长说:"他连着死两头牛,现在名声臭着哩,找谁去?"队长见父亲没有吱声,就劝解说,"你们俩是一娘所生,现在,他难的时候,你不拉他一把,他指望谁呢?"

父亲就说到当年小趴角的事,队长说:"他自己也知道错了,再讲他年轻点,你不要和他记仇了,都是一娘所生的人,怎么能掰得开?"

队长一口一个一娘所生的,这句话在父亲的心里起了一点感觉。父亲想了想,说:"我要找从魁商量,牛有他一半哩。"

父亲去找从魁,把小叔的难处和队长来劝导的话对他一说,从魁眼睛望着天说:"当年,他是怎么整你的,你忘了?"父亲被问得哑口无言,手不停地挠着头,粗短的头发蓬乱如草。从魁头摇得像拨浪鼓,说:"一娘养九子,九子各不同,我们俩养黑牯多好,他要是伙进来,保不准不出事。"

从魁回绝了小叔伙牛的想法。

这年,外村已有了小手扶拖拉机,有人开着小手扶,在田里耕地;但农民还是不相信这铁玩意儿,尽管乡里在普及推广,但还是不受欢迎。

这天,大路上响起了突突的声音,小叔开着一辆崭新的小手扶回来了。

小手扶的油箱是红色的,水箱是银白色的,上面用红绸布扎了一个大红花,旁边是一只长长的烟囱,突突地冒着烟。

小手扶开到村里时,小叔把油门加得大大的,小叔想让别人关注他的小手扶。小手扶每走一段路,就会跟上来一些看稀罕的人,不一会儿,身后已跟成了一排,小叔很得意。

忽然小手扶剧烈地叫了两下,熄了火,这让小叔难堪了一下。小叔跳下来,拿起摇把,用力地摇着,小叔摇动的"手臂"在空中夸张而急促,小手扶憋了很久,终于吐出一股浓烟又突突地响了起来。

小叔把小手扶开到屋门前停住,从座椅上跳下来,用粘着油渍的手给围观的人一一散烟。

队长好奇地用粗糙的大手摸了一下银色的水箱,被烫得猛一缩,队长咧着嘴不好意思地说:"这小手扶还会咬人!"

小叔纠正说:"这不叫小手扶,叫铁牛,不用喂,不用放,能犁田,能耙地,还能拉货哩,哈哈。"

围观的人议论着,这铁牛脾气倔着哩,不一定好养。

父亲也在远处看,然后背着手回家去了,他的心里有了点宽慰。

# 欲望初绽的夏天

## 马　利

医生查完房,护士们就要来吊水了。

我把白色的床单抻直,把白色的被子叠起来,放到床头,把枕头端平,以方便躺上去时靠在上面看书。

我喜欢看书,这次我还带来了新出的小说集《守夜人札记》。

一个狭窄的白色床铺,上面是白色的被子、白色的床单、白色的枕头,阳光透过硕大的玻璃窗射进来。江南的天气多雨,这些天来,不是下着小雨就是阴沉着天空,今天是难得的好天气,阳光把我的眼睛也照得眯起来。我从眯着的眼睛里,听到了阳光里似乎有琴弦被拨动的声音;但这是不可能的,因为我的耳朵已经生病,或者说阳光里有一种爆米花的甜味。阳光照在白色的床铺上,显得很整洁,而其他几个床铺,仍是乱七八糟的。这个房间共有三张床,17 床上的被子,像刚倒完了东西的一条破袋子,空洞而凌乱;19 床的被子像一只淋了雨的狗蜷缩着。我的床铺是 18 床,与它们形成了鲜明的对比。

房间里也是白色的,白色的天花板上,从每个床铺上空垂下几根钢筋,到了底下,弯了几个钩子,这是用来吊水的。方凳子也是白色的,但上面的油漆已磨损很严重了。

我已习惯这里的生活了,每天吃过早饭,就等着医生们来查房。查过房,就是护士们来吊水,这个时候谁也不能离开。

走廊上,有了一些躁动,有推车子的声音,护士们来了。

她们一般是先从东边的房子一路往西边查,我住在中间的病房里,还得等一会儿才能到。

终于查我们的房了,几个穿白大褂的护士推着小车子走进来,小车子上是一些针管、药瓶之类的东西。我一眼就看到她了,她穿着白大褂,戴着一顶白帽子和一个白口罩。她们的白帽子与医生的白帽子不一样:医生的白帽子,像兰州拉面店员戴的白帽子;她们的白帽子有边沿,盖着半个头部,前面还露出一点黑黑的长发来。白口罩遮住了半个脸,但从白口罩的轮廓,可以看出她的脸孔和鼻梁。她白大褂的口袋里,还插着一支水笔。

她走到我的床边问我耳朵的情况,声音从口罩内发出,显得有些失真。我说,好多了,但声音大了,听起来还有点痛。她问,今天哪只手打吊水?我伸出右手。她弯下腰来,我可以听见她嘤嘤的气息,尽管她戴着口罩。她用一条柔软的橡胶管子系紧我的胳膊,然后用手轻轻地拍了拍我的手面。我喜欢这种肌肤相接触的感觉,我甚至想控制住,不要让血管呈现出来,而让她多拍一会儿;但手面上立即鼓起了一条蓝色的血管,她熟练地取出针头,轻轻地刺进去。然后,又用胶带把针头粘牢。她站起身用手把输液管调了调,那些洁白的药液从透明的管子一滴滴流下来,流进我的身体。

另一位护士已把 17 床处理完了。过了一会儿,她们又把 19 床处理完了,然后开始收拾,把东西放到小推车上,就要走了。

这时,她停了下来,重新走到我的床前,歪着头,望着我枕边的书,说:"这是你看的书?"

我平静地说:"是的。"

她说:"好看不?"

没想到还遇到一个爱好文学的护士,我瞄了她一眼狡黠地说:"当然好看,大家都在看哩。"

"哦。"她轻轻地应了一声。

我用左手把书递给她,她接过翻了翻,说:"借我看一下吧,我叫马利。"

我赶紧说:"行啊。"

另一位护士已推着车子走到门外了,她拿着书紧跟着出去了。

## 18 床

这次住院是因为我的耳朵生病了。别人站在我的对面说话,声音传到我的耳朵里,就会发生被敲击似的疼痛,这是我从来没有过的。每次疼痛都使我感到耳朵里面有一堵墙,有人不停地抢着巨锤在敲击,这耳朵里难道也有违章建筑?眼下,我生活的这个城市里到处都在搞拆迁,到处都是敲击的声音和倒塌的声音,这个城市的耳朵也在疼痛吗?我觉得不是我的耳朵生病了,而是这个空间生病了。

首先,耳朵就是一个空间,这个空间是随着听觉而外延的,它能听到多远,空间就有多大,因此,空间不光是眼睛看到的,脚步能走到的,还有耳朵能听到的。一个生了病的空间,如我们在深山里,看到的那些人迹罕至的地方,到处长着厚厚的苔藓,倒塌着腐败的枯树,散发着阳光照不到的霉烂的气息。

一个生了病的空间,是令人痛苦的,像被毒蛇咬了一口,瞬间可以威胁生命。那些自杀的人,就是空间生了病。而一个生病的肉体,是容易治疗的,中医可治,西医可治。因此,我的耳朵痛了,我首先寻找的是,我的空间在哪里生病了,而不是怀疑我的肉体生病了。

一个人丧失了聆听,他的全部世界就变小了。然而耳朵是五官中最无奈的,它不像眼睛,遇到不喜欢看的东西就闭上,也不像鼻子,遇到难闻的气味,将其一掩,换成嘴来出气进气,虽然别扭一些,但可以逃脱气味的。你听到了什么?这样的问话让我的耳朵感受到了压力。我常常好奇地想听到什么,又常常不想听到什么,但这由不得一个正常的耳朵所决定,有时我正常的耳朵被弄得不正常了。耳朵无辜,它只能像一个奴隶忠心耿耿地服务。

这些天来,我常常从睡梦中惊醒,觉得自己一无是处。生活的空间,一下子全垮塌了,只剩下狭小的一角,动弹不得,没有了出路。

刚开始,我对耳朵的疼痛没有在意,疼痛却在加重。

今天上午,我打了一辆出租车,到了安徽省中医院,先挂号看神经内科,医生说,是突发性耳聋。这个词我听过,没显得有些慌张,不知所措。"要住院的。"医生又说,"不妨挂号再看一下五官科,因为神经内科看不见耳朵里面的情况。"于是,我又到五官科看了一下,诊断仍是一样的,要住院。

我拖着沉重的脚步,在医院的楼梯上上下下地走动着,身上没有一丝力气。

该住院了,钱是省不得的。办完手续,我背着包,拿着住院单到10楼去找护士长。护士长把我的住院单子放到一个铁夹子里夹好,与另外一个护士小声地商量了一下,说:"就住18床吧。"然后,护士长就对走廊里的另一位护士说,"喂,安排一下18床,住院。"走廊里有两个护士推着手推车,大概在整理病房,就应了一声。

我被护士领了过去,18床在中间,空着,边上的两张床已住了人,一张床上住的是一位老者,另一张床上住的是一个小男孩。

我一走进去,就有一位老人笑嘻嘻地迎上来说:"哎呀,伙计,你人真不错啊。"老人是17床的护工,瘦高身材,头发全白了,上身穿着一身蓝布衫子,颈子的一粒扣子扣得很严实,下摆的一粒扣子却敞开着,下身穿着一条皱巴巴的蓝裤子,趿拉着一双黄色的塑料拖鞋,仿佛与我已认识了好久。

我对这里的一切很陌生,而且有一种本能的排斥感,我不想把自己归属病人的行列,因此,我对护工猛然的热情还不习惯,还不能回以热情,我只是叹息了一声,淡漠地说:"耳朵病了。"

老护工听到我的叹息,说:"小伙子,不要想不开嘛,有什么好叹气的?吃五谷杂粮的哪有不生病的?"他热情地开导我,我的叹息仿佛使他也感到了沉重,他不能袖手旁观。

这时,两个护士过来,把床上原来的床单撤掉换上一床新的,叠好,又轻盈地走出去了。

我放下包,躺到了床上,刚才在门诊处跑来跑去,已有些疲惫,现在,我躺下来时,感到全身放松。

不久,护士来给我量体温,做登记,然后走了,我算是正式的病人了。

我躺在床上,我的身下不再是家里那松软的温情的床了,而是一张病床。病床有一点硬度,透进我的身体里,洁白的床单和家里床上的花被单在我的眼前交错着,使我的身体不知所措。

一个女孩子在喊我的名字,声音清甜清晰,这声音使我惊了一下,我很少被这种女性的声音喊过,我本能地答应了一声,立即从纷乱的思绪中回过神来,这才注意到是一个护士在喊我。她端着一个铁盒子,盒子里放着一些药水等东西。护士来吊水了,我这才清醒意识到,我是在医院里——后来,我知道她叫马利。

我伸过手臂,护士用橡皮管子在我的手臂上系紧,然后叫我握紧拳头,再用手拍拍我的手面,几条青紫的血管就凸现了出来。护士用药棉凉爽地擦过,然后取出那枚针头,轻轻地刺了进去。我的眼睛一眨不眨地看着,只感到一阵被咬噬的痛后,那枚金属的针头已长在了我的皮肤里。药水正沿着透明的塑料管子,从高处流下来,流进我的身体里。

我久久地凝望着与自己血脉相通的塑料管子,忽然感到,这是我的血脉在延伸,延伸到了体外,一头钻进了高处的那只塑料瓶子里,像大草原上经过干旱迁徙的牛群,埋头在河流里饮水。

我两只眼睛第一次盯着这只瓶子,我在陌生的背后,渐渐生出了许多的悲愁。

到吃晚饭的时候了,病房里的人都拿着碗去打饭,饭是一个馒头、一碗稀饭,外加一点小菜。19床的孩子来自乡下,他的父亲护理他,他吃着从家里带来的一罐咸菜,咸菜是炒熟了的,掺着咸肉装在一个玻璃罐头瓶里,看起来很像一件工艺品。而我是第一次来,饭还没有着落。

老护工也打来了饭,送到我的面前,要我拿个馒头吃。我还不习惯吃陌生人的东西,老护工很热情地一遍一遍劝我吃点,我有点不耐烦了,说:"我不吃的,吃饭有什么客气的。"老护工这才坐回自己的椅子上,说:"对不起了,是我不像话啦。"我说:"没什么。"我始终不明白老护工的热情缘于何处,这中间应当有一个环节被省略了,让人受不了。

一瓶水吊完了,我就按床头的铃,护士来重新换了水,并且关小了输液器,说输得太快了。

吊完最后一瓶水时,天已黑下来了,我开始收拾一下,准备回家。我的家离医院较远,要穿过整个城区;但好在有一路公交车可以直达,也很方便的。

看我有要走的意思,老护工有一丝欣喜,对我说:"这个床,我晚上睡了。"至此,我才明白老护工热情的用意。我本不想同意的,自己的床铺让别人睡,这让我感到有点不舒服,但自己走了后,又怎么能管着呢?只好说:"你可以睡,但不要弄脏了。"老护工满口答应,说:"不会弄脏的,你看我老头还不脏吧?"

我从病房里出来,外面的夜色已深,满眼都是灯火,让我感到有点身在世外,走在马路上,也有了异样。过去是一个健康的人的脚步,今天却是一个病人的脚步了。

回到家,我躺在床上,宽阔而松软的床铺接纳了我,我的身子开始慢慢还原。

第二天一早我就起床了。过去,每天这个时间我是赶去上班的,今天,我开始赶往医院。

我准时赶到病房,睡在白色的床铺上,护士来给我吊水,喊 18 床。现在我已习惯了,自己的名字就叫 18 床。

## 跟　踪

几天后的一个下午,我站在窗子前,外面是一块草地。这可能是一块野草地,在楼群的死角,似乎没有人来修剪过,呈现着纷乱蓊郁的生机。有几棵小草挺着细细的茎,上面托举着几乎可以忽视的花朵,阳光是公平的,一样照耀在这块草地上。两只蝴蝶扇动着翅膀在草地上欲飞欲停,让人浮想联翩。

我站在窗子前望着,身体内有一种欲望在被唤醒。

身后的嘈杂似乎远了。

我转过身来,和老护工的目光正好相撞,老护工一直在背后盯着我,这让我的心里很不悦。他大概也看出了我的心思,讪讪地说:"是不是想家了?"

我没有搭理他,在床前坐了下来。

想家,这是一个挺俗的字眼,我不想用这个思维来界定我的情绪;但此刻,我真的想出去走走,不想待在这病房里局限自己。我不应当是一个病人,因为我除了耳朵疼痛外,其他一切都是健康的。我为什么要和这些病人堕落在一起?

下午吊过水之后,就是一段长长的空闲时间,我想出去走走。

我换了一身干净的衣服,戴着太阳帽,走出病房,一股热气直扑上脸。外面的阳光是明亮的,仿佛可以穿透人的身体,让人变成一个发光体。知了在拼命地鸣叫着,甬道上人们来来往往,有穿着白大褂的护士,有来看望病人的亲戚朋友。

走出医院的大门,就是马路了。马路上车水马龙,熙熙攘攘,我站在一棵梧桐树的阴凉里。在医院里,和那些病人在一起,我觉得我是一个健康的人;而走出医院的大门,站在这个明亮的世界的一角,我忽然觉得我是一个彻头彻尾的病人。虽然没有镜子,但我可以想象到我的面容,木讷、痴傻、卑微,甚至我的身子都是弯曲的。瞧我面前来来往往的人,他们神采奕奕,步履轻健,他们生活在一个健康的世界里。从我面前走过的那位女子,高挑的身材、白色的衣裙、丰满的胸部、棱角分明的面部,分明是大师手工打造的。她那么近地从我的面前走过时,空气中飘过一阵淡淡的清香味,不是那种香水的香味。我这样望着,忘记了自己究竟要干啥。

我想再回到病房里去。

就在这时,一位女士从医院里面走了出来,她戴着墨镜,肩上挎着一只白色的小包,打着一把遮阳伞,婀娜地从我的面前走过。我一看就知道她是护士马利,但她可能没有看到我。我刚想走过去和她打声招呼,但她已走远了,我想就算了。

马利这是下班回去了。我望着她远去的背影这样想。

忽然,我对她的去处有了神往,我不由得转回身,跟在她后面走了几步,看到她在前面走着,我张望了一下。她的背影有着一种魔力,我情不自禁地又跟着她向前走了过去。我是被一种魔力拽着的,由不得自己了。这样走过几幢楼后,开始拐入一条巷子,我忽然意识到,我这是在跟踪,跟踪一个人,是多么可怕、可耻!过去只有在电影里看到一个坏人跟踪一个好人,或者一个特务跟踪一个交通员,我怎么能做这样的事呢?但我没办法阻止自己对她的渴望,就像我过去在一本书上读到过的一句名言:一个女性在前面引导着你走。不,她是女神。随着她的脚步,附着在她身上的裙子打起褶皱,她的腰肢在迈步时轻轻地扭动,丰满的臀部像要牵着我的手,我不能拒绝。她既然能走着回去,说明她住的地方肯定不远,我可以陪着她走,我想看看她到底住在什么地方。

可能是风吹起了她的头发,她把头朝后一甩,我惊慌了一些,要是被她发现多不好意思。但她没有发现我,我赶忙把太阳帽再压低一些,把自己的面部遮在长长的帽檐底下。

走过一个铁道口,正好有一列工厂区的火车通过,前面拦了一群人和许多车辆,我看到她也站在那些人的后面。巨大的火车头轰鸣着缓慢地从面前通过,接着是长长的黑黑的车厢。在火车的轰鸣声中,我的耳朵忽然开始剧痛,疼痛像一只铁锹在用力地朝我的头颅深处挖掘,要挖出里面的肮脏。我用双手紧捂着耳朵,蹲下身去,我想治疗的成果可能前功尽弃了,我的身上汗津津起来。

火车过后,栏杆打开,人流车流像潮水一样奔流起来,一时,道口混乱无比。她的身影也消失在这人流中了,我失去了目标,脚步迟疑起来。然而,就像在洪水中漂起一片树叶一样,人流散开过后,我又看到前面她那白色的身影了,我加快脚步赶了过去,这时耳朵里的疼痛在慢慢消失。

前面是一个小区,楼群是哥特式的尖顶,上面涂着金黄的颜色,在阳光下金光闪闪。无数个窗户像岩石一样层层叠叠地累积着,每个窗户后面,就是一个幸福的家庭吧。

马利拐向小区,我想,她可能就住在这样的富人区了,这样的楼房才配住下她高贵的身体。

我的跟踪就要结束了。

我看到她走过去了,但没想到小区旁边还有一个巷子,她走了进去。巷子长长的,两边是高高的砖墙,墙面上已有些破旧了,上面写着歪歪扭扭的办证号码、租房启事等,地面是沙石的,坑坑洼洼。我跟在马利的后面,不知道她要把我带向何处,尽头是什么谜底。

墙上贴着一则《寻人启事》,是一位年轻的男子头像,面孔清癯,眼神忧郁,两只大耳朵仿佛蝴蝶张开的两只翅膀。启事里说他患精神分裂症,有好幻想、爱做傻事等特点,最近不慎走失,希望他看到启事后,立即回家,如有知其下落的,也请通知家人,家人表示重谢,等等。

走了几分钟,巷子到头了,眼前豁然开朗,原来是几幢破旧的瓦房,大概是留下的老工厂的集体宿舍。房子前有几丛低矮的杂树,还可以看到当初这里没被开发时的原生态模样。平房的四周都是高耸的楼群,为什么开发商独把中间的这一块地遗留下来了呢?

我站在附近的一丛灌木后面,看到马利收起遮阳伞,站到一间房子的门前,然后从包里拿出钥匙,打开门走了进去,然后随手关上了门。显然,这就是她住的地方了。

马利,她怎么就住在这样简陋的房间里?我感到失望,感到世界的不公平,我想把她从里面拯救出来;但我不可能,我是一个小人,还在偷偷摸摸地跟踪哩。

我蹲下身子,傍晚的阳光已没有了力量,但光线还是很明亮的,知了还在歇斯底里地叫着,没有一丝停息的意思。灌木的影子覆盖在我的身上,仿佛也把我压缩成黑色的一团,裹挟进马上就要降临的夜色里去。

我站起身,若无其事地走近这间平房。红色的砖墙太老了,仿佛随便用手就可以抠下一块来,瓦片下的木桁条有的已经腐朽,每家门上的红色油漆已斑驳,露出木头的底色。木头的窗棂也破裂着,让人怀疑是否能关紧。我估计着来到马利住的房子后面,屋里亮着灯,远远望去,她白色的裙子已换下了,她穿着蓝色的短袖睡衣,正在厨房里忙碌。另一间可能是她的卧室了,我小心翼翼地走上前去看了一下,里面一张床铺,床的前面是一个梳妆镜,窗子下是一张桌子,上面放着我借她的书《守夜人札记》,可能是随手扔上去的,书歪斜在桌面上。

我只看了这一眼,叹息了一声,赶紧撤回身,返回了。

## 病　房

我躺在病床上,静静等着查房。

我已是一个病人了,我躺在这张床上,就要享受医院周到的服务。我现在已有了这方面的依赖,觉得做一个人就应当这样,而不应当被人遗忘。

医生来问我耳朵疼痛减轻了没有,大小便正常没有。

马利照样穿着白色的大褂子来了,身后跟着另一位推车子的护士。马利又恢复了她的高贵,她天使的模样让我望尘莫及。但她不知道,我已知道她住在那排平房里,孤身一人。

她来到我的床前,两只乌黑的眼睛在白口罩的上方朝我程序化地看了一眼;但我的内心还是感到一阵莫名的躁动,我保持着平静。

她问:"18床,睡觉还好吗?"我在她的面前永远就是一个数字。

她不知道我的名字,她说话的声音是柔柔的,有着毛茸茸的感觉。

我说我昨夜有点发烧。

我期望她的手能抚一下我的额头,或者俯下身来,仔细观察一下我的眼睛。但是她没有,她拿出一根体温计,用手甩了两下递给我,说量量体温吧。我接过来,把体温计夹在腋下。马利又翻到我的处方单,看了看,说今天还得吊水。说完,弯下腰,到车子里拿出三个小瓶子挂到钩子上,把一根一次性的输液管插进去,然后给我吊水。

马利的动作十分轻柔,手中很亮的针头刺进我的皮肤里,就像在做一件工艺刺绣。然后,她轻轻地抚几下我的脉搏,把吊水的流速仔细地调整好,才轻手轻脚地离开。

她是在我的认真注视中做完这一切的。她不知道,我内心里对她的渴望,如果感应是有力量的,她应当会被我左右,但这不会发生。

吊上水,我躺在床上,凝视着那只晶莹剔透的瓶子,里面的水面不断地冒着气泡,在小小的空间里制造出天堂的想象,长长的管子垂下来,落在我的手面上,那是上帝的一只手在挽着我吗?我想起了一些诗句:"在一张纸上练习,让我汉字的名字被一个阿拉伯数字代替,练习让一枚针头从手背刺进我的静脉,接通一场火焰。过去在一张纸上练习,幼稚还堆积在墙角,被灰尘覆盖;现在,白色的被子盖在我的身上,病痛高高地悬挂在一枚钉子上,在我的眼前晃动。纷乱的状态、陌生的光亮,静静地流进我的体内,不再回头。"

"今天是几号了?"护理 19 床的男孩的父亲过来问我。在这个病房里,他们都默认我是一个有文化的人,有什么事情,总爱找我说,但男子的话打断了我的思绪,我有点不高兴。

我说:"4月22日。"

"我不是问阳历,我是问阴历。"这个男子瘦高的个子,脸上黄黄的,好像缺少营养,他仍站在我的面前。

我用手机查了一下,对他说:"今天是农历十六。"

"哎呀,要下秧了。"男子说着,回到自己的床上坐下。

我已好久没有听到过这样充满生活气息的话了,我一下子想起故乡里那一畦畦的秧田,秧苗绿茸茸地鲜嫩嫩地生长着,长大了,再经女人的手拔出来,移栽到大的秧田里,生长成一片秋天,收起堆堆金黄色的稻谷。

老护工又过来和我说话。我开始对他有了一些了解,老护工是近郊农村的,老伴已在八年前去世了,三个孩子都成家立业了,自己一个人生活,他想趁现在身体还能动,挣上点钱攒着,以备晚年用度。老护工护理的这个病人,是重症,大小便不能自理,不能说话。因为他是公家人,看病的钱能全报销的,几个孩子几乎没见来过。

"养孩子有屁用。"老护工直言不讳地说,"我护理他有大半年了,就是为了两个钱。要不我这一头白发,带孙子的人了,还来给他倒屎倒尿?"

老护工说:"我还去干部病房护理过哩。干部病房高级啊,一个病房一张床,有卫生间、空调。农民住院都住不起,这些公家人住院还分干部不干部的,以前我没干过护工不知道,现在知道了,才感到农民是真伤心。干部病房的人还没普通病房里的人好护理,我在干部病房护理过一个干部,在我去之前他已换过二十八个护工了。我不信,就去了。他一个人住在一个大房子里,门窗不给开,怕有细菌进来;窗帘要拉上,怕外面的光。这样做不如意那样做不如意,我干了半个月,就走人了。"

19床的小男孩,是尿道有问题,小男孩上初一,现在休学了。我没见他看过一本书,只见他一天到晚躺在床上看那些哭哭啼啼的港台肥皂剧。小孩子的父亲常常要看他的身体恢复得怎样了,他就不给看,有时父亲偏要看,就揭了他的被子,在小男孩的胯下翻来覆去地瞅,小男孩就一边用手挡着,一边不高兴地说,好了好了。

我不明白,一个尿道有问题的人怎么和一个耳朵有问题的人住在一起? 尿道是生殖器官,它是属于下半身的,用来排泄的;而耳朵是和脑子连在一起的,是上半身的,是高智商的。尿道有问题有何作为? 耳朵有问题的有过著名的人物,如凡·高、贝多芬等,现在把尿道有问题的和耳朵有问题的混在一起住,有点荒唐的戏剧味道吧。我想不出所以然来,只是觉得好笑,人间充满了喜剧。

病房里的事日复一日,重复单调,即使是一个健康的人,在里面过不了多久,也会成为病人的。这大概就是信息场的作用,因为你永远是一个病人,而不是医生。

吊完水,我下床到走廊上走动走动。

路过护士值班室,看到马利坐在大台子后面,低着头,我知道她肯定又在看书。她的高贵与白色是如此和谐、如此相融。我不敢有丝毫邪念,我走了几步,忽然听到背后有个声音在喊我,18床,18床。不用回头,我知道是马利,她的声音里有着毛茸茸的感觉,即使是高音部位,也是平和的,而没有尖锐。

我回过身来,马利站在台子后面正朝我笑,我走了过去。马利没有戴口罩,她白皙的面容完全地呈现在我的面前,我从没见过马利的笑是这么美丽。

马利问:"18床,这本书你看完了吗?"

我瞅了一下,她拿在手里的书是《守夜人札记》,我说:"看过。"

马利说:"哈,写得真好,我都抄了几段了。"

我说:"你抄的哪几段?"

她找到给我看。

我故意说:"不好,我不喜欢。"

马利急了,她问:"18床,你说哪里不好?"

我故作高深地说:"作者看到的都是生病了的空间,给人很大的压抑。"

马利说:"18床,看样子你的水还挺深的啊。"

我说:"我没有水,有水也是你们护士天天给我吊进去的。"

马利捂着嘴咯咯地笑了,笑声在我的耳朵里是圆形的,像一颗颗珠子在滚动,我已忘记我的耳朵是一个病体。

## 耳　光

两天后,我第二次跟踪马利。

跟踪是一种古老的手段,现在,人们已不用这种手段了。喜欢一个人,可以用微信打视频,可以用短信聊天,等等,但我还是喜欢这种古老的手段,我觉得可靠、安全、刺激,总是有一种神秘在前面等着你。

然而这一次,我的跟踪失败得一塌糊涂。我知道这一切迟早会发生的,但我不知道会发生得这样快。

我跟在马利的后面,保持着一段距离,我可能太想入非非了,没有注意到马利已经注意到我了,当她停下来时,我距离她只有十几米远了。她愤怒地瞪着我,此时,我可以逃走,但我没有,我一生最看重的品质,是保持自己的诚实。我愣怔了一下,还是向她走去,就像一只飞蛾扑向一团火焰。

她本来好看的面孔,现在变得扭曲,她问:"你是不是在跟踪我?"

我凝视着她,此时,我可以狡辩,譬如说这是巧合啊等等;但我没有说,我不能对我心中的神圣撒谎,我默默地点了点头。

她甩手就给了我一个耳光。"流氓!"马利大声地斥责我。

马利站在我的面前,她大口地喘息着,我能看到她的胸脯在剧烈地起伏,她原本温柔的大眼睛,现在变得凶恶可怕起来。

"我是一个病人。"我说。我捂着脸,站在她的面前。我的意思是说,我是你的病人,一个患有耳病的人,你正好打了我的耳朵。

我的耳朵里慢慢开始疼痛,这种疼痛像大海的波涛从远处慢慢地涌过来,它们越涌越高,然后像一堵墙站立起来,但瞬间又倒塌下去,发出一片巨大的声响。

马利这时醒悟过来,怒气顿消了许多。

她说:"你是一个病人,你不待在病房里,你跟踪我干啥?"

我胆怯地说:"我……我喜欢你。"

她不屑地哼了一声,脸上毫无表情,把包往肩上提了一下,转身就走,我站在她的背后。就在我快要转身往回走的时候,她喊了我一声,说:"18床,你过来。"

我简直不敢相信自己的耳朵,但她又喊了一声:"18床,你过来。"

我不在病房里,我在这个现实的世界里难道也是18床?我走了过去。她来到屋子前,打开了门。我站在几步远的地方,看着她。她气哼哼地说:"你来。"

我跟着走进了她的屋子,我们两个都站着,有点不知所措。过了一会儿,她端来一只凳子,让我坐下。

屋子里的光线有点暗,地面是水泥的,墙壁上的石灰已有点剥落。屋子里的陈设很简单,几乎没有过多的累赘。一张吃饭的桌子上,放着几只碗和几双筷子。

马利进到里屋,过了一会儿出来,我注意到,她的头发已梳理过了。

她坐在我的对面,我又看到她一双乌溜溜的大眼睛了。现在,她没有穿那一身白色的衣服,呈现在我面前的是另一种崭新的姿态。

她的态度变得和气多了,她问:"你知道为什么让你到我屋里来吗?"

我不知道她要干啥,没有回答。

她说:"我还是一位心理医生,我看出你的心理肯定出问题了,所以我喊你过来,给你看看。"

这太出乎我的意料了。她起身进到里屋,拿出一个心理医生资格证让我看,我拿在手上,看到她那张黑白的二寸照片下面,盖着凸起的钢印,我信任地点了点头。

她说:"你不光是耳朵生病了,你的心理也生病了。"

在她的循循善诱下,我开始和她说话。我说,我不是耳朵生病,是这个空间生病了,我把我生病以来的一切感受告诉了她。

她递给我一张纸,让我随便写点什么,我凝思了一下,写道:

失聪的耳朵,在秋天的早晨凝结着一层白霜,是白色的,有着轻轻的寒意。它从一个人的脑袋上跌落下来,在秋天的土地上,独立地行走。

## 治 疗

心理医生这个职业我过去听说过,但我不相信这个东西。我觉得这肯定就像一个老巫婆,顺着人家的心事往下抹,抹到哪算到哪,没有一个硬性的指标可以直观。但我喜欢马利,因此,我就答应了,让她来做我的心理治疗。我不相信我的心理出了问题,我是一个耳朵生病的人。我的心里明白着,我只需要和马利来说话。

"你能坐我的面前,就说明你已经决定踏上了自我成长之路,并且你选择了我来陪伴你,我没有理由不对你说一句,谢谢。"马利对我说。她的话是对我的尊重,语速是低缓的、平和的。我的耳朵为什么会生病? 可能是听多了领导的官腔、小人的恶言、势利者的冷言,我的耳朵缺少的是知己者的声音。

"首先,此时此刻,你心里的所有困惑都再正常不过。那是当你感到焦虑、危险或不愉快时,用来唤醒自我警惕的机制,它会驱使你用一定的方式,调整内心的欲望与现实之间的矛盾。其次,自我成长意味着自我改变和修正,这种心理上的改变或修正,不是换发型、服装、口味那么简单,它甚至牵涉到你的人生观、价值观。

"最后,我要提醒你,当你感觉到了自我改变之后的你,悄悄问一下自己：面对心理医师，你是不是有些排斥或逃避，会用各种借口不想再面对心理医生，就像不愿照镜子，不想看见那个真实的苍白无力的自己？"

马利坐在我的对面，我们中间隔着一张马利吃饭的饭桌，桌子上盖着一块蓝色方格子的桌布。马利说话时，两眼注视着我的眼睛，我看到她眼睛里的清澈，那是我渴望得到的东西，但我有时慌张地躲开了，端起茶杯喝了一口。

马利用她的理论来诊治我。她说我迷失了自己，在这个现实世界里失去了自己的身份；她说我有婴儿的恐惧症，我需要强大起来。"一切成功都从内心开始，外在世界的成就不过是内心世界成就的倒影。只有心理上变得强大起来，你才能战胜外在的困境，然后才能找到自己。"

现在，马利的现实生活就呈现在我的面前。马利的本职工作是在医院做护士，心理医生是她业余自学的，她很喜欢这个职业，她认为现在心理问题是个被社会忽视的问题。我问："你经常给人看病吗？"她说："不。"

做完两个小时的心理治疗，我就回到了病房里。我睡在白色的床单上，望着白色的天花板，头顶上的白色慢慢幻化成一个人的身影。就是她，马利，她穿着白色的工作服，面孔像一块糖果让空气中有了甜味；就是她，马利，她坐在我的对面，中间隔着一张桌子。疼痛骤然来袭，我按了按胸口，我的欲望，在她的裙子底下隐匿、燃烧，而周围的空间是生病的，只剩下这朵花的存在。

有一次，那个老护工问我："这些天见你一个人在默默地笑，在想什么开心的事？"

我懒得回答他,我说:"我为什么不能笑?"

老护工搞得很没面子,说:"一个人偷偷地笑,总给人感觉不好,像一个坏人,在算计什么。"老护工说这是他在干部病房做护理时,观察那些干部得出的经验。

嘿,还有这种理论,难道一个人的时候,就要傻呆呆的?这还是我第一次听到关于笑的谬论。干部病房里的人,他们生病可能是在躲避战场,然后计划。我是一个小老百姓,我的笑应当是纯洁的。

马利照样做她的护士工作,她像过去一样给我吊水、分药,在这里,我是一个病人,我必须要服从医院里的规定。

马利说话照样是轻柔的,那些药的名字从她的口里说出来时,也有了光辉。那些药水的瓶子被她的双手握过,也有了神性,它们最后都到达了我的体内,治疗着我生病的身体。马利的美丽对于我,本身就是一剂药。

因为马利问我借过书,病房里的人都知道的,他们都对我刮目相看,觉得我是受到恩赐的人。平时,护士与他们很少有来往的,他们有了什么问题想找护士问问,有时候就托我去找马利。我为19床问过孩子用药的问题,我为17床问过什么时候出院的问题,等等,这使我很有面子。

几天后,马利喊我过去。我跟着她来到吧台前,她走进去,我站在外面。她把《守夜人札记》放到台子上,对我说:"书看完了,还你哈。"

我把书拿在手里,下意识地翻翻,说:"感觉如何?"

马利说:"写得好。"

我说:"你不是夸奖吧?"

马利说:"我怎么是夸奖?我也不认识作者。"

我笑笑说:"你认识的,作者就是18床。"然后,我指了指自己的鼻子。

马利惊讶地张大了嘴巴,说:"不会吧?"

我说:"你看看这名字。"

马利歪着头瞅了一下,一缕长发从她的头上耷拉下来,她用手将了一下,说:"真是你啊。"

我说:"是啊。"

她转身找来18床的病历,那上面果然也写着我的名字。

"哈!"马利兴奋地用手中的不锈钢病历夹子拍了一下我的肩膀。

是的,我不叫18床。

接下来,我和马利的交往更加顺利了,我也了解到了马利的一些家庭情况。她原来有一个家,她的老公是一家单位的经理,经常在外面跑业务,跑得多了,心就松动了,有了外遇,他们正在闹离婚。这里是她租住的房子,她从家里搬出来已快一年了。

经过马利认真的心理治疗,我对许多事情恍然大悟,心里也渐渐轻松起来,明白了许多问题,也对心理治疗从原先的排斥到信服了。

我和马利的进展很顺利,便有了我们认识以来的感情高峰。

这天晚上,我们的心情都很好,决定一起出去走走。

我们在马路上漫无目的地走着,我已不是她的病人,她也不是我的护士,我们是一对好朋友。有时,我想靠她近点,她便朝旁边让了让;有时我故意离她远点,她便朝我的身边跟了跟。在这忽远忽近的距离中,我揣摩着我们感情的距离。忽然,我有了一个想法,我对马利说:"我们去郊区吧,那儿有一处新建的公园。"

马利犹豫了一下,还是同意了。我们拦了一辆出租车,很快来到市郊。

公园里有着茂密的树林,空气里有着淡淡的草木花香,我们在水边的长椅上坐下来,看着面前的湖水,倒映着远处的灯光和近处朦胧的树影,水面上一片迷离。马利一抬头,看到两架飞机闪着灯,在高高的天空上相对飞着,她说:"瞧,两架飞机马上就要相遇了。"我也抬起头,看到那两架飞机贴着天空,迎面飞来,又擦肩而过,我说:"这在地面上看离得很近,其实很远哩。"我们就这样欣赏着夜色,说着开心的话。

夜色是哗啦一下倒下来的,待我们意识到时间已过了很久时,夜已经深了。我们开始往回走,走了很远也打不到出租车。马利已有了倦意,她紧挽着我的臂,我感动地轻轻地抚了一下她的长发,她抬起头来,眼睛微眯着,薄薄的唇翘着,一副柔情令人怜爱不已。

前面已接近工厂了,马路边有一栋农民盖的楼房,已停工好久了,门窗都没有安。我眼睛一亮,说:"我去个地方,你可敢去?"

她毫不犹豫地说:"敢!"

"那今晚我们就住那里吧。"我用手指了指那栋房子。

马利抬头看看说:"我怕。"

我说:"不怕,我在你身边哩。"

马利信任地点了点头。

我拉着她的手,顺着楼梯走到二楼,楼里散乱着一地的砖头。我们打量了一下,选了一个通风的地方,我把砖头拾起来,码了两个凳子,往上一坐,说不错。马利也坐下来,头伏在我的腿上,她实在是困极了,不一会儿就呼呼地睡着了。我把衬衫脱下,披在她的身上,然后轻轻地弯下身去,伏在她的背上。两个人身体的温度渐渐融合起来,愈来愈浓。四周静静的,我们仿佛置身在海洋中的孤岛上,我半睡半醒着,努力保持着警惕。

好久,马利动了一下,她可能以为睡在床上,然后一惊,睁开眼睛看着。我用手安抚地拍拍她的背,她问:"你怎么不睡?"

我说:"保护你呀。"

马利感动地站起身,我也站了起来。她扑在我的身上,我们热烈地亲吻着。细细的吮吸声仿佛是一种鼓动,让我情不自禁起来,我的身体燃烧着,有一股膨胀和冲动,我的手毫不犹豫地伸向她的私处,她尖叫了一下,叫声冲跑了睡意,我们从迷离中清醒过来。

她喘息着说:"今晚,是我们第一次在一起过夜,应当纯洁,我相信你。"

马利的话,让我产生了强大的责任感,我冷静了一下,强烈地抑制住自己的欲望,说:"你放心,我一定不会做对不起你的事的。"她看着我,点了点头。

我们又冷静地坐了下来,慢慢地,马利的睡意又袭上来,她伏在我的腿上睡着了。月色透过窗口静静地照进来,她的半个脸十分洁白,仿佛瓷质一样闪着诱人的光泽。我努力克制着自己,我想,我对马利是有承诺的。

天开始有了亮色,屋外已响起赶集人的脚步声。马利醒来时,天已大亮了。我问:"昨夜睡得怎样?"

"很好,今生最美好的夜晚是你带给我的。"马利羞怯地说。我看到她的眼睛里升起一层薄薄的光来,那是一种幸福和吉祥。

## 出　院

我就要出院了,护士长已开好了出院手续,我已到财务处结完了账。

医生让我去检测听力。关上房子里的那道小门,医生把一个耳机戴在我的双耳上,让我听仪器里发出的一个一个的声音。我从来不知道声音会分这么多种:有的声音是从遥远的地方慢慢接近我的;有的声音是从我的身边慢慢向远方逝去,再也不回来的;有的声音是欢喜的,有的声音是沉重的。它们都被储藏在那个小小的仪器里,就像储藏在魔盒里一样,现在释放了出来。我每说一次听到了,医生就在表格上画一个点,听着听着,我的眼睛就看见了风中摇曳的花朵,红色的花、蓝色的花、白色的花,我还能感觉出它们的不同的味道来,有的酸,有的甜,有的辣……这些声音渐渐远去,接着来到的是马利喘息的声音,舌头吮吸的声音,从这些声音里我可以想象出我和马利在一起时的各种场景。

检测完了,医生给了我一张表格,上面是把各个点连接起来的一条曲线。这就是我治疗的结果,它是我抽象的神经在具象上的反映。

回到病房,吊完最后一瓶水,马利把针头从我手上拔下,我对正在取瓶子的马利说:"把这个瓶子给我吧。"

她奇怪地问:"你要这个东西干啥?"

我说:"做个纪念哩。"

她把瓶子给了我,笑着说:"病房里那么多人出院也没有人要个瓶子做纪念的,一个小病有啥了不起的。"

我接过瓶子看着上面我的名字和床号,说:"谢谢。"

我们一问一答着,彼此心照不宣。感情这东西,越是深厚,表现出来的反而越是平淡、自然。

我开始收拾东西。

老护工过来送我,我对他说再见,他说,在医院不要说再见,要说走好。

走过长长的洁白的走廊,来到医院的门外,我向身后望了一眼,阳光照在医院里那座高楼上,有着明亮的光,我毫不犹豫地大步走上了马路。

出院了。我在心里喃喃地对自己说。

夏天的太阳在这个城市的上空燃烧,没有什么办法可以阻挡。马路上的行人都穿着短衣短裤,走路也爱选择有阴影的地方了。我提着一只袋子,里面有一双用报纸包着的拖鞋、一条睡觉时换穿的棉衬裤。

公交车来了,我上了车,车上的人很少,我找了一个座位坐下。

车子开动了。

## 马　利

秋天很快就到了,这几天北风从屋内穿堂而过,带走了夏季的酷热。这风与夏天的南风不同,它是从遥远的北方吹过来的,它越过崇山峻岭、大江大河,捎来雪峰上的洁白,在我空荡的空间里停留逡巡。我喜欢这个季节,体肤上的惬意和心灵上诞生的梦想达到完美的统一,我的耳朵无比灵敏,能听到遥远的细小的声音。这个夏天,我的黑暗消散了。我坐在凉爽的秋风里,浑身充满了激情,觉得有许多事要去做。

一个多月没有见到马利了,下午,我去找她,我给她打电话,她说她住院了。

马利生病了,这出乎我的意料。我问她在哪里,要去看看她。她拒绝不过,就说在市二院内科病房。

马路边有一家花店,我进去选了一束花,鲜艳的花盛开着,散发出淡淡的清香,外面是一层勿忘我,开着碎碎的白花。花店里的女孩子把花包好,我捧在胸前,打了一辆出租车赶到市二院。在内科病房,我跟值班的护士说,要找病人马利。

护士是一位年轻的女孩子,胸前挂着实习生的牌子,她把我带到病房。我一看,马利躺在病床上,穿着病人的条纹褂子,身下是白色的床单。

马利可能早就在等着我了,我到门口一站,她就要起身;但她还是没有起来,又躺了下去,脸上满是不好意思。

我走上前,她示意我在床边的凳子上坐下来,我把花轻轻地放在她的枕边,她转过头来嗅了一下,笑着对我说:"你真会选花,这束花是我最喜欢的。"

我问她生了什么病,她苦涩地笑笑。我看到她美丽的面孔呈现出巨大的沧桑,她告诉我,经过这么长时间的离婚官司,法院决定判决他们离婚。在裁定完离婚证书后,马利的丈夫说:"让我最后拥抱你一下吧。"马利犹豫了一下,同意了。丈夫紧紧拥抱着她,让人没有想到的是,他从口袋里掏出了一把刀子,用力地刺进了她的肋下,她惊叫一下,瘫软了下去。

听完她的讲述,我惊讶地望着眼前这朵被摧残的花朵,她的眼睛既不是护士的眼睛,也不是心理医生的眼睛,而是我姐姐的眼睛。

我坐到她的身边,她把头靠过来,靠到了我的肩膀上,然后用细长的手指轻轻地捏住我的耳朵,揉了揉说:"耳垂大的人善良,有福气。"

我沉浸于这样的美好中。过了一会儿,我说:"等你出院了,我们恋爱吧。"

她的眼睛一下子红了,她没有点头也没有摇头,而是平静地看着我。

我离开医院时,西下的太阳像一只大橘子挂在高耸的楼群间,使这个城市像童话一样,充满了爱意。我加快脚步走着,我的内心被巨大的激情鼓荡着。这个停在路边的夏天,因为两颗被拯救的心而像花朵一样突然绽放。

# 后记：一个写小说的人

少年时的一个夏天，我和许多大人在打过稻子的场地上纳凉，一位外号叫大麻子的长辈，给我们讲故事。他讲一个叫大麻子的人怎么征战沙场的，故事曲折，我听得十分入迷；而且他不计较自己的外号也叫大麻子，给我们增添了浓厚的兴趣。至今，我还能记起那晚蔚蓝色的天空，稻草堆里散发出的新鲜而青涩的味道。这个场景为我后来理解小说打下了基础，譬如小说是从民间口头文学中诞生的，譬如小说要讲究故事性。

一个写小说的人，他不能不被"故事"这个词缠绕。许多作家的创作经验也一再告诫：写出好故事。

故事在小说里经历了两个过程：先是先锋作家排斥故事，不再信任故事；后来，许多作家又放弃了先锋，回到了讲故事上来。在我的阅读经历里，我曾跟着这股风像坐过山车一样起伏翻转。

在我的写作经验中，一篇小说的前半部分的写作最难。因为那些人物刚刚出现，他们就像一群上访者，在你面前纷纷攘攘，你不知道让他们如何去，让他们如何留，如何解决他们狭路相逢的仇恨。这个时候，我是被动的，作品里的人物是主动的，我被他们追得寝食难安。有时我会从半夜里醒来，睁着眼睛为一个人物的出路而思索。他们都是我带出来的人,和我在一条路上走,我要对他们负责,不能轻易地丢下某个人不管,即使是卑微的小人物,我也要尊重他们。直到写到下半部,把人物一一安排好,把他们的矛盾解决好,我心里才豁然开朗,轻松无比。

一个写小说的人,一生都在追求叙述一个精彩的故事。"我的工作是在第一章就把读者捆在他们的车上,随后,让他们飕飕地经过各种场景和惊诧之事,循着精心设计的线路,以一种小心控制好节奏。"我喜欢英国作家萨拉沃·特斯说的这句话。

当一篇小说这样写故事时,无疑是成功的;但我认为,故事不能只是沦为技巧。我在写故事的同时,也在寻找人物的精神,我想把人物的精神代入故事的公式里去求解,寻找答案。这个时候,小说里的人物精神,也许是我自己的,也许是宽泛的。

小说里的人物在时间面前总是显得有些慌张,我想让他们长久一些,不要迅速地消失。我需要耐心地、认真地写好小说里的每一个人物,而不是粗糙地扎一个稻草人,插在田地间,在一场风雨中腐败。

多少个黑夜,我和这些小说里的人物在灯光下默默地对视。

收在这本集子里的小说,是我从近几年发表的作品中选出来的。

每写一篇小说的时候,我都会想到很多,回过头来选它们的时候,心里又觉得空荡荡的。现在流行量子力学,我找不到平行时空,但我知道这些文字是和我平行存在的,这些人物、这些情感、这些生活都沁透了我,一打开就被看见。

我的许多小说是从写日记开始的,先是记录一个日常小事,或自己经历的,或听别人讲的。起初只是一缕淡淡的云烟,但写着写着便进去了,便开始结构,开始塑造人物,开始有了小说的样子。因此,可以说切口都很小。这些小说描写人生的困境、亲情的扭曲和小人物的小成功。他们的形象在现实的背景下,具有普遍的代表性;他们的呈现,也有我对艺术探索的足迹。

我的职业是一家大型文学期刊的主编,我很热爱这份工作,因为工作,我对中短篇小说有着偏爱。如果有几篇重点作品(中短篇小说)的支撑,一期刊物的发稿我就不害怕了,否则便会惶惶然。从这方面来说,每家文学期刊都不能忽视了中短篇小说,中短篇小说所依托的载体主要是文学期刊。又因为审稿,我业余时间也进行中短篇小说的创作,在创作中既理解了中短篇小说的技巧,也能把握作者在创作中的动态过程,提出中肯的修改意见。

中篇小说与短篇小说虽然都在小说的范畴里,但它们又有区别。对于写作者来说,短篇小说可以一气呵成,但中篇小说需要谋篇布局,它上承长篇小说,下接短篇小说,是一个宽阔的地带。"许多小说家的重要成就和创作激情充分体现在他们的中篇小说中。许多有成就的作家正是通过中篇小说的创作,奠定了他们的文坛地位。"(阎晶明语)20世纪八九十年代是中篇小说创作的高峰期,许多经典作品和文学史是通过中篇小说完成的,不像现在每年要出版多少万字长篇小说,却构不成文学史,以致只有高原没有高峰。

我们的小说创作还在路上,AI创作已经登场,这使我们面临着新的惶恐。我认为,人的创作最大的取胜点是在完成心灵史上,AI可以把文本写得很完美,但人的心灵是唯一的,不可复制的,倘若写作不能完成心灵史,真的不如让位于AI了。

在这本书之前,我已出版了几本中短篇小说集。由于朋友索要,自己手上仅有的几本也送完了,我便去孔夫子旧书网上淘几本留存。一本书是广州某技校图书馆的,上面还贴着藏书的条形码,盖着图书馆蓝色的章。图书馆流出来的书,让我好奇有没有人看。我翻看时,发现几处用铅笔画着的痕迹,这让我眼前一亮,没想到真有人读,还读得这么仔细。虽然我和他们是陌生的,隔着遥远的时空,但在他们画线的那一刻,我和他们的情感是相通的,这便是文字所具备的力量。

一位写作的人,对书籍永远有着崇敬之情。这些作品虽然在《收获》《人民文学》《钟山》《北京文学》等刊物上发表,并被《小说月报》《小说选刊》《思南文学选刊》等刊物选载,但收集起来,出一个单行本,还是我的梦想。在此,深深感谢安徽文艺出版社。

2024年2月20日